『死者の書』の謎

折口信夫とその時代

Suzuki Sadami

鈴木貞美

作品社

『死者の書』の謎／目次

凡例

一、引用本文は各種校訂本を底本とするが、散文は、原則として、今日の読者に読みやすいよう、漢字、仮名遣いは現行のものを用いる。漢字はひらかない。「おどり字」など繰り返し記号は底本どおり。ただし、作品のタイトルなど、旧仮名遣いを残す場合もある。振り仮名は適宜、取捨追加する。詩歌は底本どおりとし、短歌は、作者が分かち書きにしていないものは、上下句のあいだを一字開けにする。引用には〈　〉を付す。

二、釈迢空・折口信夫のテクストに、現行仮名遣いのあるものは、それを底本に用いる(巻末、引用参考文献欄を参照されたい)。釈迢空によるカタカナ・ルビ、傍線などは尊重する。

三、引用する古文・漢文の前後には、適宜、語釈、現代語訳、読み下し、および大意などを現行仮名遣いで示す。それゆえ、漢文に訓点は付さず、読み下し文にも片仮名を用いない。

四、出版物(単行書、新聞、雑誌)の題名には『　』、作品タイトルには「　」、章題には〔　〕を付す。引用中の補助にも〔　〕を用いる。

五、文学・芸術学、史学・民俗学など諸分野の議論にも耐えられるよう、適宜、補注を簡潔に付す。

六、人名生歿年、外国人名及び著書の原綴りは、索引に委ねる。

『死者の書』の謎

――折口信夫とその時代

神に予定はない。時を逐《お》うて人間が規定して行くのだ。

釈迢空「零時日記」より

序章　釈迢空と折口信夫のあいだ

『死者の書』は謎だらけ

釈迢空の長篇小説『死者の書』は、第一級の批評家たちから、日本文芸史上、比類のない作品と評されてきた。国際的に見ても、そういってよい。それほど異様な迫力がある。だが、その比類のなさゆえに、長く「難解」といわれてきた。

折口信夫に師事した池田弥三郎により、ゆきとどいた注解がなされ（『日本近代文学大系46』一九七二）、多くの評論・論考類の集成もなされ（石内徹編『釈迢空「死者の書」作品論集成』全三冊、一九九五）、近年では富岡多恵子、安藤礼二両氏によって、折口信夫の学生時代に新たな照明が当てられ、だいぶ様変わりしてきたように想える。が、まだ「難解」の霧は晴れていないと思う。

時代は、奈良の都の華やかなりし頃、権勢をふるった藤原仲麻呂《ふじわらのなかまろ》（恵美押勝《えみのおしかつ》）の長兄、豊成《とよなり》の娘が主人公。豊成と仲麻呂の父、武智麻呂《むちまろ》が藤原南家を興したので南家の郎女《いらつめ》と呼ばれる。武智麻呂は、天智天皇に藤原姓を賜った藤原不比等の長男にあたる。彼女がその父親の屋敷で写経に疲れ、ふと見やった西の空、大和葛城《かつらぎ》、大坂との境をなす二上山《ふたかみやま》の上空に御仏《みほとけ》の幻を視、その幻に次第に惹かれるようになっていった。彼女が千部写経を成し遂げたとき、憑《つ》かれたかのように、二上山の麓《ふもと》を訪ね、当麻《たいま》寺に迷い込んでしまう。女人禁制の掟を破ったため、庵に幽閉され、深夜に怪しい亡霊の訪れに悩まされもするが、蓮糸で布を織り、阿弥陀仏が来迎するありがたい絵を描くまでの物語である。これが物語のいわば縦糸をなす。

折口信夫は、『死者の書』の自作解説のようなエッセイ「山越しの阿弥陀像の画因」（一九四四）で、長谷観音のお告げにより、蓮糸で「当麻曼荼羅」を一夜で織ったという中将姫《ちゅうじょうひめ》伝説をふまえたものだと述べている。その伝説は、謡曲「当麻」や近松門左衛門の浄瑠璃「当麻中将姫」で知られ、また浄土真宗にいう節談《ふしだん》説教「中将姫」などで広く民間に流布してきたもの。それらで中将姫は、藤原豊成の娘の一人とされる。南家の郎女が中将姫に仮託されていることは明らかだ。『死者の書』は、その伝説を、南家の郎女が二上山の二つの峰のあいだに視た阿弥陀仏の幻が寒そうなので衣をかけてやりたいという一心から、当麻寺の庵室で、蓮糸で〈上帛《ハタ》〉（ふつうは上等な白絹）を織り、さらにそれに彩色をほどこし、その来迎図を描いたことに転じている。

ところが、この小説は、二上山に葬られていた滋賀津彦《しがつひこ》の霊が目覚めるところからはじまる。神隠しにあったと噂される南家の郎女の魂に呼びかける修験者の一行の声に、滋賀津彦の霊が応える声をあげる。これが、横糸の発端をなす。

滋賀津彦は、飛鳥朝の皇族、天武天皇の息子で文武の誉が高かったが、謀叛の疑いをかけられ、刑死した大津皇子《おおつのみこ》のこと。それは、大津皇子と、その死を悼む同母姉、大伯皇女《おおくのひめみこ》の詠んだ『万葉集』のうたが引用されているので、誰の目にも明らかだ。だが、なぜ、滋賀津彦と名前を変えたのか。

『死者の書』が発表された当時は、不敬罪がやかましく、謀叛の咎《とが》を受けた皇族の名前をあからさまにするのは、はばかられたからと見当はつく。が、では、なぜ、わざわざ、中将姫伝説の小説化にあたり、そのような人物を絡めたのか。それについては、満足のゆくような明確な答えは、まだ、なされていない。それゆえ、滋賀津彦の霊が目覚める横糸と、南家の郎女が阿弥陀仏を幻視し、また庵室で夢に訪れる妖怪に悩まされる、いわば入眠状態に陥ってゆく縦糸とが逆方向で、しっくり絡んでいないといわれたり、いや、それがむしろ、ダイナミックな展開を生んでいるといわれたり、意見が分かれている。▼1

小説には、それにもう一つ、『万葉集』の編纂にかかわった歌人、大伴家持《おおとものやかもち》をめぐるエピソードが絡む。家持は建設途中の奈良の都を馬で見て歩き、また時の権力者、藤原仲麻呂（恵美押勝）と対話を交わすが、この第三の糸の絡み具合も、よく解きほぐされているとはいいがたい。つまり、『死者の書』は、評判は高いのに、肝腎なところが謎なのだ。いまなお、「難解」なのである。

折口信夫は、一八八七（明治二〇）年に大阪の西南市外に生まれ、そこで育ち、国学院で国文学者への道を歩みながら、柳田国男について民俗学を学び、母校の国学院に民俗学の講座を開いた。一九二八（昭和三）年には自由な学風の慶応義塾大学教授となり、異色の研究を続けた。傍ら文芸家として釈迢空の名で、歌人として活躍、また鋭い批評を発し、詩も書いた。彼自身、「二股《ふたまた》」をかけていると語りもした。

一九五三（昭和二八）年に逝ったが、尊敬の輪は拡がりつづけ、一九七〇年代後半にはブームが起きた。わたしなどは、そのなかで、御多分に漏れず、『古代研究』三冊（一九二八～二九）などに大いに啓発された。『死者の書』についても、さまざまな議論を耳にした。が、どれにも判然としないところを多く残していた。

わたしは、とくに二〇世紀への転換期から第二次世界大戦後にかけて、日本の文芸文化史を編みなおす仕事を心がけてきた。それはちょうど折口信夫の生きた時代である。新しい文芸と古典評価とが連動する様子も探ってきた。それゆえ、折口信夫の著作も機会のある毎《ごと》に覗いてきた。また、各界におよぶ折口信夫の影を尋ねてもきた。たとえば、外国文学に見識をもつ新進批評家、阿部知二『文学論』（河出書房、一九三九、のち、『文学入門』）は、戦後も広く読まれたものだが、その〈文学の生成〉の章の補注に、手引書としてJ・E・ハリスン『古代芸術と祭式』（一九一三、佐々木理訳、創元社）をあげ、日本については〈折口信夫博士の名著「日本上代文化」のごときが多くの示唆をあたえるであろう〉と述べている[2]。『古代研究』三冊を指していると想われる。

またたとえば、吉田光邦『日本科学史』（一九五五）第一章〈自然と人間―古代より王朝までの精神像〉には、若き日に折口信夫に親炙した跡が歴然としている[3]。それに足を取られ、日本人の自然観の総体が情感重視になってしまっている。和歌は実景と実感ないし情感を重んじるという自明の規範が忘れられているのだ。これは、しかし、吉田光邦に限ったことではない。

だが、「折口学」にしても、釈迢空の文芸や批評にしても、その骨組みを解きほぐすことは容易でない。多くの人びとが努力を重ねてきているが、民俗学者はその民俗学に、文学研究者はその国文学研究に、そして作家や批評家は『死者の書』に、と専門に分かれている。彼の活動の多面性を多面性のままに包みきれず、そうでなければ、逆に振りまわされている。その弊は拭いがたい。

総じていえば、とくに折口学の根幹をなす「神道」に対する姿勢に、いまなお、いわば「左右の偏見」がつきまとっていると思う。また、短歌史をはじめとする国文学研究にも、釈迢空のうたぶりや詩についても、かなりの変化があることが疎《おろそ》かにされていると思う。大きな理由は二つある。その一つは、折口信夫が時代思潮に敏感で、それへのリアクションとして彼が突き出しているところが測られていない。それをいうには、同時代の思想文化をほとんど一から説き直さなければならないと思うことがしばしばある。本書に「折口信夫とその時代」と副題をつけた所以である。

なぜ、フィクションが仕組まれたのか

もう一つの理由については、富岡多恵子が『釈迢空ノート』（二〇〇〇）〔はじめに〕でふれている。

釈迢空は、折口信夫から派生した詩人ではなく、釈迢空も折口信夫も、両性具有者のごとくそれぞれが両者を所有し、また、それぞれが入れ子になってもいるところが、このひとの幸でもあり不幸でもあった。釈迢空は、たいてい折口信夫の側から眺められていた。[4]

しばしば「釈迢空と折口信夫の仕事は一体」といわれることに、鋭く嘴《くちばし》を入れている。が、そのようにいわれるには、いくつかの意味が重なっている。その一つは、たとえば折口信夫「短歌本質成立の時代―万葉集以降の歌風の見わたし」（一九二六）に、突然、〈古今無名氏の歌に還れ、万葉の家持に戻れ、更に黒人の細みを回復せよ、と言いたい〉[5]と、当代歌人たちに向けたメッセージが発せられることによく示されている。彼の短歌史研究は、あくまで当代短歌の実践の場に身をおいてなされたものだからだ。〈黒人〉は、飛鳥時代の歌人、高市黒人《たけちのくろひと》。折口信夫は、その瞑想的な歌風を発見したといわれる。
〈細み〉は、短歌の用語ではない。芭蕉が句の味わいを呼んだ「わび、しほり、細み、軽み」から借りている。和歌と俳句の連続性を見ているからだ。今日では、やや忘れられた感のある観点である。

だが、混乱を招く一因は、本人の側にもあったことは否めない。富岡多恵子『釈迢空ノート』〔ノート4〕にも引用されているが、最晩年、自らの境涯を大きく、柔らかに振り返る「自歌自註」（一九五四）に、一九一四、五（大正三、四）年の頃、〈茂吉・白秋が相競《きそ》うて、宗教的な概念をもった歌を詠んでいた。それが流行の真っ先にあった〉といい、自分も宗教的探究に打ちこんだが、〈学問上の勉強と、芸術上の精勉とが、境界を踏み乱すことが多かった〉と語っている。[6] その頃、釈迢空は、斎藤茂吉、北原白秋だけでなく、愛読していた谷崎潤一郎の小説にも、「概念化」の傾向があると非難している。「概念化」とは何を意味し、なぜ、それを非難したのか。彼の芸術観の根幹にかかわることだ。むろん、『死者の書』にも。本書（第四章）で踏み込むつもりでいる。

釈迢空の若い頃の小説に「身毒丸」（一九一七）がある。河内の長者、高安通俊の息子、しんとく（俊徳）丸が、継母《ままはは》に疎《うと》まれ、家を出、悲惨な境涯を送るが、最後には観音の慈悲に救われるというストーリーで、説教節・謡曲（弱法師《よろぼし》）・浄瑠璃・歌舞伎でさまざまに脚色され、演じられてきた。釈迢空は、その〔附言〕で、比較的原型に近いと想われる説教節から、〈宗教倫理の方便風な分子をとり去って、最《もっとも》原始的な物語にかえして書いた〉と述べている。

わたしどもには、歴史と伝説との間に、そう鮮やかなくぎりをつけて考えることは出来ません。殊《こと》に現今の史家の史論の可能性と表現法とを疑うて居ます。史論の効果は当然具体的に現れて来なければならぬもので、小説か或は更に進んで劇の形を採らねばならぬと考えます。わたしは、其《それ》で、伝説の研究の表現形式として、小説の形を使うて見たのです。／この話を読んで頂く方に願いたいのは、わたしに、ある伝説の原始様式の語りて〔手〕という立脚地を認めて頂くことです[▼7]。

冒頭の〈歴史〉は、記され、編まれた歴史叙述のこと。〈史論の効果は〉以下、学問は広く受け入れられてこそ、という含意でいわれている。仏教の因果応報の教えを伝えるための便法や継子いじめ譚《たん》の枠組を取り払い、原《ウル》「しんとく丸」を示してみるというのだ。「身毒丸」と題したのも、もともと病持ちだったと解釈するゆえである。この姿勢が、日本の「神道」信仰の民俗として活きているかたちに寄り添い、のちに加わった儒・仏・道などの諸要素を剝がし、おおもとに遡って考える「折口学」につながる。

地方の伝承をもとに、情景描写や心理描写を入れて小説に仕立てなおすことは、ロマン主義で盛んに行われ、フランスのプロスペル・メリメ「カルメン」（一八四五）、日本では森鷗外「山椒大夫」（一九一五）などがよく知られる。だが、小説「身毒丸」は、それとはちがう学問的姿勢によるものである。「身毒丸」を釈迢空名で書いたのは、厳密にいえば、学問と芸術の〈境界を踏み乱す〉部類に入る。

ところが、先の「身毒丸」〔附言〕の一節が、『死者の書』の解説にも引かれる。『死者の書』にも学問的な姿勢は活きている。たとえば、『死者の書』〔七〕後半に、〈貴族の家庭の語と、凡下の家々の語とは、すっかり変って居た〉とあり、当麻寺に迷い込んだ藤原南家の郎女の話すことばが寺の人びとに通じない、と述べる個所がある。民俗学者、折口信夫は、とりわけ奈良時代に豪族の生活や言葉が庶民や地方のそれとかけ離れたものになったと見ており、その見解の上に『死者の書』の世界が築かれている。

だが、折口信夫はエッセイ「山越しの阿弥陀像の画因」で、〈私共の書いた物は、歴史に若干関係あるように見えようが、謂《い》わば近代小説である〉▼8といっている。この姿勢は「身毒丸」〈附言〉に示されたものとは明らかにちがう。かといって、中将姫伝説に情景を織り込んだり、登場人物の心理を書き込んだりして、ノヴェライズするのともちがう。

『死者の書』は、奈良・葛城の当麻寺に伝わる蓮糸で織られた当麻曼荼羅を一夜で織ったという中将姫伝説を踏まえてはいるが、大津皇子や大伴家持ら歴史上の人物を絡め、さらに多くの要素を加えて架空の時空を膨らませたフィクションである。『死者の書』は「折口学」を土台にした長篇フィクションと言い換えた方がよい。

このような虚構の世界の作り方は、実景・実感に立つ釈迢空の短歌とはまるでちがう。想像力を豊かに羽ばたかせる彼の詩ともちがう。さらには「折口学」も、国文学と民俗学とでは直接の対象がちがう。折口信夫は、その用語にも方法にも、そして表現する行為にも極めて意識的なひとだった。それについては、かつて新版『折口信夫全集』第二巻の月報（一九九五年三月）に寄せた拙稿に記したことがあるが、その考えは、いまも変わっていない。本書でも、おいおい述べてゆくが、その人が、なぜ、このような虚構を仕組んだのか。折口信夫と釈迢空とのあいだにかかわることどもに、問いが向かってこなかったのではないか。

謀叛の者どもの活躍

『死者の書』には、謀叛が満ちている。〔一〕は、滋賀津彦（大津皇子）の霊が塚のなかで目覚める独白からはじまり、〔二〕では、その塚の傍を修験者たちが通りかかる。〔三〕では、藤原南家の郎女が、女人禁制の掟を侵して迷い込んでしまった当麻寺にまつわる事情が語られたのち、語り手は当麻《たぎま》の語部《かたりべ》の嫗《おむな》に乗り移って語る。*〔四〕は、その嫗の神うたではじまり、嫗が「滋賀津彦の霊が郎女を二上山の麓の当麻に呼んだ」と語る。〔五〕で大津皇子の霊が滋賀津彦を名のり、妻の殉死も止められもせず、子が連れ去られたと語る。この世に怨念を残していることがわかる。

＊現行テクストは「姥《うば》」と混用しているが、著者の手で「嫗」に統一しようとした書き込みのある本が遺っており、本書では煩瑣《はんさ》を避けて、「嫗」に統一する。

大津皇子は、天武天皇の皇子、漢詩文の才能をうたわれたが、異母弟の草壁皇子と皇位を争う位置にあったため、謀叛の疑いをかけられ、磐余《いわれ》にある訳語田《おさだ》の自邸にて自害させられた悲劇の人として知られる。『日本書紀』巻第三〇〈持統天皇紀、朱鳥元（六八六）年冬十月〉条に、天武天皇殁後、大津皇子の謀叛が発覚し、一味を捕縛、三日に大津皇子は訳語田の家で死を賜ったとある〈賜死皇子大津於訳語田舎〉。

〔四〕の終わり近く、当麻の語部の嫗は、身分の高い娘の閨《ねや》を訪れる好色な神、〈世に言う「天若みこ」〉について、そのいわば正体として、〈神代の昔びと、天若日子《アメワカヒコ》〉の名を出し、〈天若日子こそは、天の神々に弓引いた罪ある神〉と語る。

神代の昔びと、天若日子。天若日子こそは、天の神々に弓引いた罪ある神。其《それ》すら、其《その》後、人の世になっても、氏貴《うじたか》い家々の娘御の閨《ねや》の戸までも、忍びよると申しまする。世に言う「天若みこ」と言うのが、其でおざります。

天若日子は『日本書紀』〈神代下〉では、天稚彦《アメノワカヒコ》と記され、高天原《たかまがはら》の最高神、高皇産霊尊《タカミムスビノミコト》が葦原《あしはらの》中国《なかつくに》の平定のために最初につかわした天穂日命《アメノホノヒノミコト》が国ツ神の大巳貴神《オオアナムチノカミ》におもねり、三年経っても帰らず、次いでつかわされたその子も父に従い、復命しなかったので、三番目につかわされた神である。だが、天稚彦も国ツ神の大国主神《オオクニヌシノカミ》の娘、下照姫《シタテルヒメ》を娶《めと》って、自ら葦原中国を支配するつもりになり、やはり高天原に帰らなかった。高皇産霊尊がその様子を探らせにやった雉を天稚彦は射殺すが、矢が高天原に飛んでいったので、その矢を逆に高皇産霊尊に投げ返され、死んでしまう。『古事記』でも大筋は変わらない。この神話から、下照姫とせっかく懇《ねんご》ろになったのに邪魔されたため、高貴な家の若い娘への妄執がいつまでも漂っているという伝承が生まれたのだろう。

そして、後半に登場する大伴家持は、その死の直後、謀反に関与したとされ、処罰された人だった。歿後の処罰とは、埋葬を許さず、墓を暴き、官籍から除名することである。〈十四〉で、その家持と対話する藤原仲麻呂、すなわち国政を牛耳る恵美押勝――不比等の長男で藤原南家を創始した武智麻呂の次男――も、のち、孝謙女帝の信任篤い道鏡を排そうとして軍事クーデターを企て、敗れて一家が殺害された（七六四年）。

この二つの事件は、物語の外のことだが、奈良時代末の政変や家持による『万葉集』の編纂事情を多少なりとも齧っていれば、想い起こされて当然である。つまり誰でも気づくことだが、天若日子もふくめ、『死者の書』に登場する男性四人は、みな謀叛の咎を負って歿したことになる。こうまで謀叛の者どもを並べていることは何を意味するのか。問いは、そこに向かわざるをえない。

さらにつけ加えるなら、河内の万法蔵院を当麻に移築したとされる当麻国見《たぎまのくにみ》（真人）は、壬申《じんしん》の乱というクーデターを起こした大海人皇子《おおあまのおうじ》（のちの天武天皇）についた人だった。また郎女の父、藤原豊成は橘奈良麻呂の乱に連座し、大宰府《だざいふ》に左遷されたこともある。

その虚構性

『死者の書』には、虚構が満ちている。先に述べたように史書では、大津皇子は、自宅で自害したとある。だが、『死者の書』〔一〕では、滋賀津彦は〈訳語田の家を引き出されて、磐余の池に行った。堤の上には、遠捲きに人が一ぱい〉と語り、〔二〕では、修験者の一行の長老格の者が〈池上の堤で命召されたあのお方〉という。〔四〕で、当麻の語部の嫗も、耳面刀自《みみものとじ》が、滋賀津彦が〈磐余の池の草の上で、お命召されると言うことを聞いて、一目見てなごり惜しみがしたくて、こらえられなくなり〉、藤原から池上へ歩いて行ったと語っている。

もゝつたふ　磐余の池に鳴く鴨を　今日のみ見てや　雲隠りなむ（『万葉集』一―四一六）

この大津皇子のうた（表記は『死者の書』のまま）から、史書とはちがう著者の「史実」がつくられているのだ。それゆえ、それが繰り返し語られている。

『死者の書』で、大津皇子が人びとの眼前で処刑されたとしたのは、作者が『日本書紀』の記述を疑ったからかもしれない。そののちの大宝令（七〇一年）に〔獄令〕のうち、重罪について述べた〔決大辟《だいびゃく》〕条に、大辟罪（死刑）を執行する際は、市（人の集まる場所）で行うこと。五位以上、及び皇親について、悪逆以上でない場合、家で自尽を許すとある。これを、釈迢空は、それ以前の飛鳥浄御原《あすかきよみはら》令のもとで行われていたことを条文化したもので、大津皇子は謀叛の咎だから、〈悪逆〉にあたると判断したと考えられなくもない。

だが、小説の上では、処刑される直前に鴨の声を耳面刀自*の哭する声と聞き――幻聴のようにも読める――最期に一度だけ、耳面刀自の姿を見かける運びにして、現世への執心を残すための工夫と知れる。

＊耳面刀自の名は、当代資料には見えないが、『本朝皇胤紹運録』に、藤原氏の祖、藤原鎌足の娘の一人で、大友皇子（のち、弘文天皇）の妃となった女性の名として出てくるという。藤原不比等の異母妹にあたる。その名を借りたと知れる。

まだある。『死者の書』〔九〕では、大伴家持が馬に乗って朱雀大路《すざくおおじ》を南に下る場面からはじまる。柳の並木が花を散らしているのは、唐風の光景を添えたものと知れるが、家並みが切れたところ、普請中の屋敷で、最新流行の築土垣《つきひじ》がつくられているのを見かけ、家持は、その〈新しい好尚《このみ》のおもしろさ〉に惹《ひ》かれるが、〈おれには、だが、この築土垣を択《と》ることが出来ぬ〉と思い、朱雀大路を引き返す。彼には石垣に囲まれた家の方が好ましく思えるからだ。

次の〔十〕に、三〇年前の天平八（七三六）年、朝臣に向けて、石城《シキ》（石垣）を取り壊し、〈新京の時世装に叶うた家作りに改めよ〉との厳命があり、そのとき一度、石垣の塀は取り壊されたとある。それによって、奈良朝前半の天平年間に政権を握った藤原不比等の四人の息子、一時期政権を握った藤原四子が伝染性の病（疱瘡《もがさ》）で次つぎに死んだという噂が流れたこと、また、いわゆる「夜這い」の風習が拡がったと叙述は展開する。

古代の家周《まわ》りの石垣は低く、外部の者は簡単に踏み越えられるが、〈約束としての境界〉の役割をはたしており、鬼神《もの》も入らない信仰が成り立っていたと語り手はいう。その信仰が崩れ、「夜這い」の風習が拡がったこと、つまりは入り婿婚や通い婚の起源を語っているのだ。

だが、天平年間に、その類の詔勅は史書類に見あたらない。今日、平城京、朱雀大路の両側には、かなりの高さの築地塀が建てられていたと推測されている。が、豪族の邸宅周りの石垣の遺構は出ていない。『万葉集』には蘆垣が出てくる。神社にも「玉垣」が巡らしてあるが、「玉」は美称で、まず樹木だろう。耕せば、溶岩などが出てくる土地は、別として、古代豪族の居館周りの濠《ほり》に石垣があったとしても土留めのため。村落や邸宅の周囲に石垣をめぐらすことが、それまで一般に行われていたという説をわたしは知らない*。

＊飛鳥時代、『日本書紀』〈斉明天皇二（六五六）年〉に〈宮の東の山に石を累《かさ》ねて垣とす〉とあり、実際に酒船石遺跡で大規模な遺構が出ている。大和の豪族の屋敷周りに濠と石葺《ぶ》きの土塁がめぐらされたものもあるという。白村江の戦に敗退後、唐や新羅の侵攻に備えて、亡命した百済人を用い、北九州から瀬戸内海沿岸各地、畿内に版築土塁の山城が築かれ、部分的に石積のものもあるという。が、いずれも土留めであり、地面と垂直に立つ石垣ではない。のちの中世の豪族村にも見られない。以上は今日までの発掘調査によるが、一九三〇年代には神籠石《こうごいし》と呼ばれる石垣遺構について、山城か、祭祀関連のものか、論争がなされ、一九三五年には佐保川の川底から羅城門の礎石と見られる

石が発見されていた。これらの断片的知識から、または沖縄など海岸の風習から、かつては石垣が一般化していたという仮説が思いつかれたのではないか。

小説の語り手は、男が女の家屋に忍び入るかたちの、いわゆる「夜這い」の風習など絶対なかったという村々があるといい、〈そうした求婚《つまどい》の風を伝えなかった氏々の間では、此は、忍び難い流行であった〉と語る。「夜這い」の風習が次第に拡がったとし、それを石垣の取り壊しと結びつけている*。そもそも性の風俗は地域差が大きく、一般化しにくい。折口信夫のなかで、いつの間にか固まってきた、石垣の取り壊しと「夜這い」の拡大を関連させる仮説がフィクションのなかで開陳されたとわたしは見る。

＊『日本近代文学大系46』注は、女から「ヨバウ」（求婚する）風習も点在するという。ヨバウの原型としては、夜中に山野で恋うたで呼びかけあい、相手を声で確認して会うかたちを想定してよいとわたしは想っている。その風習は中国・雲南省の少数民族に遺るという。彼らは、恋歌は昼間にうたうものではないとしているという。野遊びから出た中国の踏歌や日本の歌垣とは別形態と考えてよい。それと婚姻形態の地域差、階層差は別の話である。

平城京は、いわゆる「遷都」の勅令（七〇八年）後に次第に建設が進んだことはまちがいない。が、この小説における、その様変わりの叙述は、大伴家持が新旧風俗の変わり目に戸惑い、〈神代以来の家職の神聖〉の意味が失われつつあるという思いに誘われていることを語り、それを読者に印象づける役割をはたしている。

そして〔十四〕では、藤原仲麻呂（恵美押勝）が神祇を守ること、神に仕える斎宮《いつきのみや》*を保持することによってこそ、氏上《うじのかみ》（氏族の長）の地位が保てると語り、同じ神別（天神系）氏族同士の仲を強調して、警戒しがちな家持の気持をほぐそうとする。

＊平安初期、嵯峨天皇のときに近畿一帯の氏の出自を調べなおした『新撰姓氏録《しようじろく》』（八一五）では、まず、神武天皇以降に皇統から分かれた子孫の氏族を〔皇別〕とする。ニニギノミコトの天孫降臨より以前に高天原から降りた神を祖先神とする氏族を「地祇」、天孫降臨に従った神を祖先神とする「天神」、それより三代のあいだに分かれた神を祖先神とする氏族を「天孫」とし、その三系統を〔神別〕に括る。そして、その後に渡来した〔諸蕃〕に三区分する。〔諸蕃〕の内訳は「漢」一六三、「百済」一〇四、「高麗」（高句麗）四一、「新羅」九、「任那」九。合計すると、〔皇別〕三三五、〔神別〕四〇四、〔諸蕃〕三二六、ごく大雑把には、ほぼ三分の一ずつを占める。その他一一七、総計一一八二氏。これらは、むろん、各氏の伝承による。

家持は、氏上の家が、いつ脅《おびやか》されるかもしれないものだと改めて気づくかのように書かれている。この背後には、孝謙天皇が即位し、橘諸兄《もろえ》の子、奈良麻呂が参議に昇ったとき、諸兄に近かった家持は、その政敵、藤原仲麻呂によって、いつ追い落とされるかしれない危惧を抱き、一族に向かって結束を呼びかけたうた「族《やから》を喩す歌一首並に短歌」（『万葉集』四四六五～六七）が敷かれている。そのうたは、冒頭から大伴氏がニニギノミコトの天孫降臨から皇統に仕えてきたことを訴え、家持が大伴の氏上として一族を防衛する姿勢を示している。より大きくは、神祇と仏教のあいだで揺れる奈良朝貴族、家持については、何度も出家を願いながら、とうとう果たさなかった境遇、そして『万葉集』の「東歌」を含め、その編集の思想にかかわる問題群が、この対話の裏には潜められているのだ。

そして藤原仲麻呂、すなわち恵美押勝は、その対話のなかで、南家の郎女が仏教信仰に傾いたことを指して「智慧づく」という語を用い、女どもには、いつまでも豪族の屋敷の女部屋で〈のどかな心〉でいさせてやりたいと語る。その前、〔十〕では、皇族に嫁ぐか、神に仕える斎宮になるか、と噂された美貌の南家の郎女は、父親、豊成が難波の別邸に隠居する際、遺していったものを書写するうちに〈魂を育てる智慧の這入って行くのを、覚えた〉と語られている。それが舶来の新訳『阿弥陀経』(『称讃浄土仏摂受経』)を千部写経する発願となり、郎女が、結果として当麻寺の庵に幽閉されることになったのである。

そして〔十六〕でも、その〈智慧〉が、郎女の口から迸《ほとばし》る。

この身の考えることが、出来ることか試して見や。

それが蓮糸の織物の考案であった。折口信夫はエッセイ「山越しの阿弥陀像の画因」で、中将姫伝説を小説にしようとして、なかなかうまくいかなかったが、山越阿弥陀図とを結びつけることを思いつかなかったと語っている。その二つを結びつけたことが、『死者の書』の根幹をなす虚構である。

郎女は蓮糸の織物に色身の阿弥陀菩薩を描くことを思いたち、南家に岩絵の具を取りに行かせる。むろん、焦がれていた阿弥陀仏の姿を描きたかったからだ。そして、描かれたのが、豪華な来迎図だった。では、それにはどんな意味がこめられているのか。

「山越しの阿弥陀像の画因」

郵便はがき

料金受取人払郵便

麹町支店承認

8043

差出有効期間
平成30年12月
9日まで

切手を貼らずに
お出しください

1 0 2 - 8 7 9 0

1 0 2

［受取人］
東京都千代田区
飯田橋2—7—4

株式会社 作品社
営業部読者係　行

【書籍ご購入お申し込み欄】

お問い合わせ　作品社営業部
TEL 03(3262)9753／FAX 03(3262)9757

小社へ直接ご注文の場合は、このはがきでお申し込み下さい。宅急便でご自宅までお届けいたします。送料は冊数に関係なく300円（ただしご購入の金額が1500円以上の場合は無料）、手数料は一律230円です。お申し込みから一週間前後で宅配いたします。書籍代金（税込）、送料、手数料は、お届け時にお支払い下さい。

書名	定価　　円	冊
書名	定価　　円	冊
書名	定価　　円	冊
お名前　　TEL　（　　）		
ご住所　〒		

お名前《フリガナ》

男・女　　　　歳

ご住所

〒

Eメール
アドレス

ご職業

ご購入図書名

●本書をお求めになった書店名	●本書を何でお知りになりましたか。
	イ　店頭で
	ロ　友人・知人の推薦
●ご購読の新聞・雑誌名	ハ　広告をみて（　　　　　　）
	ニ　書評・紹介記事をみて（　　　　）
	ホ　その他（　　　　　　）

●本書についてのご感想をお聞かせください。

ご購入ありがとうございました。このカードによる皆様のご意見は、今後の出版の貴重な資料として生かしていきたいと存じます。また、ご記入いただいたご住所、Eメールアドレスに、小社の出版物のご案内をさしあげることがあります。上記以外の目的で、お客様の個人情報を使用することはありません。

この小説は、なぜ、『死者の書』と名づけられたのか。折口信夫のエッセイ「山越しの阿弥陀像の画因」には、その理由も語られている。中将姫の伝説には不可思議な魍魎《もうりょう》の類がつきまとうので、書きたいと試みてきたが、うまくゆかず、そのままになっていたことを語ったのち、次のようにある。

> ……何とも名状の出来ぬ、こぐらかったような夢をある朝見た。そうしてこれが書いて見たかったのだ。書いている中に、夢の中の自分の身が、いつか、中将姫の上になっていたのであった[9]。

そして、お弟子のひとりに強く勧められて乗り気になり、箱根と伊豆にこもって書きあげた。折口はそれを〈今度のえじぷともどきの本〉と呼んでいる。大津皇子に絡む部分がエジプトの『死者の書』に似たところがあるので、そのタイトルをつけたという。エジプトの『死者の書』は、死者が死後の楽園に行きつくための道標《みちしるべ》を説いたものである。

> そうする事が亦《また》、何とも知れぬかの昔の人の夢を私に見せた古い故人の為の罪障消滅の営みにもあたり、供養にもなるという様な気がしていたのである。

ある朝の夢に〈古い故人〉が姿を現したのは、その魂がまだ成仏できずにいるからで、その夢をきっかけにしてできた小説を「死者の書」と名づけることは、その人の鎮魂供養にもなろうというわけだ。〈何とも知れぬかの昔の人〉は中将姫のことらしい。そこで、折口信夫の周辺の人びとのあいだでは、その〈古い故人〉は、折口が生前、中学時代の恋人として学生に語ったことのある人物にちがいない、『死者の書』は、彼の鎮魂のための小説だ、といわれてきた。

ところが、富岡多恵子『釈迢空ノート』は、若き日の折口信夫の恋人に別人の名をあげ、この条《くだり》にはもっと屈折した思いがこめられているという。それについては次章で紹介するが、それがそのとおりだとしても、それは釈迢空が『死者の書』を書きあげることのできた、きっかけにすぎない。

「山越しの阿弥陀像の画因」は、そのタイトルに示されているように、山越阿弥陀図をめぐる考証随筆のかたちをとっている。江戸時代の大和絵師、冷泉為恭《れいぜいためちか》の山越阿弥陀図が関東大震災の難を逃れたことについて述べた大倉集古館の人の随筆を昭和の初めに読んだことから筆を起こしている。

どんな不思議よりも、我々の、山越しの弥陀を持つようになった過去の因縁ほど、不思議なものはまず少い。誰ひとり説き明すことなしに過ぎて来た画因が、為恭の絵を借りて、えときを促すように現れて来たものではないだろうか。そんな気がする。

山越阿弥陀図は日本に固有のものといい、冷泉為恭の山越阿弥陀図が震災を免れて世に現れたことも〈日本人が持って来た神秘感の源頭〉が、震災をきっかけに不意に現れたのだといいおいて、『死者の書』の制作動機にふれてゆく。藤原南家の郎女が『称讃浄土仏摂受経』を千部写経したとしたのは、奈良朝時代に流行した簡便な経本として選んだものだが、平安中期の比叡山、横《よ》川《かわ》の僧、源信（恵心僧都）『往生要集』（九八五）も、これを根本に置いているようだと続く。『称讃浄土仏摂受経』は、鳩摩羅什《くまらじゅう》訳『仏説阿弥陀経』（四〇二年頃訳出）に対して、唐の玄奘《げんじょう》による新訳本（六五〇年訳出）をいい、西方浄土の極楽世界の素晴らしい様子を、実に沢山の仏の名をあげて説く。源信『往生要集』は、顕・密双方の経典や往生伝などから、とくに極楽の場面を編んだもので、「厭離穢土《おんりえど》」「欣求浄土《ごんぐじょうど》」を打ち出し、この汚れた世を厭《いと》い、西方浄土を想い浮かべて（観想）、歿後の往生を願う信仰を広めた。宋代の中国に伝えられ、唐末から衰退した天台に復興機運をもたらしたといわれる。

だが、『往生要集』には、「大経」とされる『（大）無量寿経』『観無量寿経』からの引用が目立ち、いわばダイジェスト版の「小経」とされる『阿弥陀経』両漢訳からの引用と特定できる箇所はない。『往生要集』の芯のところに、玄奘訳『阿弥陀経』がはたらいたとは、折口信夫の直観的推測にとどまるといわざるをえない。

そして、中将姫伝説のまつわる当麻曼荼羅は『観無量寿経』の変（絵解き）である。八世紀、中国浄土教の大成者、善導による『観無量寿経疏《そ》』にもとづくとされる。釈迦の教団を外れた提婆《ダイバ》達多《ダッタ》の勧めで、阿闍世《アジャセ》が父王の頻婆娑羅《ビンバシャラ》王を幽閉して餓死させようと図り、それを阻止しようとして、やはり幽閉された母の韋提希《イダイケ》夫人が霊鷲山の釈迦に安楽な世界への往生を求めて説法を受ける。仏教では、一人の仏が一つの国土を受け持つが、彼女は阿弥陀仏の国土を撰んだというストーリーを、画面の左辺に展開する。この変は、敦煌・莫高窟の壁画のうち、唐代のものにも見える。

当麻曼荼羅には、往生には阿弥陀仏が来迎すると説かれているが、「九品」(九つの等級)に別れ、最も高級なそれは、諸菩薩や天人・天女を大勢引き連れてくる。聖衆とはその大勢をいう。これが下辺に描かれている。*

＊下辺中央には、蓮糸で織られていると記されているが、実際には蓮糸ではなく、高度な絹織で、今日では中国から渡来したものではないか、と推測されている。

来迎図は、阿弥陀如来が観音・勢至両菩薩を脇侍《わきじ》に従えて紫雲に乗ってやってくるのが基本だが、「九品」あるのだから図も各種におよぶ。そのうち、山の端に阿弥陀如来が姿を現すのを描くのが山越阿弥陀図である。脇侍を引き連れているのもある。山の端に沈む夕陽に向かって日想観を行ったことによろう。山を霊場とする山岳信仰や修験道などとの習合も考えられよう。

日想観は『観無量寿経』の一節に、日没を視て、浄土観想の初めの一歩にせよ、とあることによる。以下、水想観、宝池観、宝樹観など一三の瞑想法が説かれる。当麻曼荼羅には、この一三の観法が画面の右辺に描かれている。

だが、そうした考証など、どうでもよいかのように折口信夫はいう。「山越しの阿弥陀像の画因」(以降、エッセイ「画因」と略記する)という〈表題は如何《いかん》ともあれ、私は別に、山越しの弥陀の図の成立史を考えようとするつもりでもなければ、また私の書き物に出て来る「死者」の俤《おもかげ》が、藤原南家郎女の目に、阿弥陀仏とも言うべき端厳微妙な姿と現じたと言う空想の拠り所を、聖衆来迎図に出たものだ、と言おうとするのでもない〉と。では、なんのためのエッセイか。

ただ山越しの弥陀像や、彼岸中日の日想観の風習が、日本固有のものとして、深く仏者の懐に採り入れられて来たことが、ちっとでも訣《わか》って貰えれば、と考えていた。

これこそが作者自らが明かす『死者の書』の根本モチーフである。そして四天王寺の日想観の賑わい、謡曲「弱法師」、熊野の補陀落渡海《ふだらくとかい》、『平家物語』の平維盛《これもり》の最期などをあげ、〈日想観もやはり、其と同じ、必《かならず》極楽東門に達するものと信じて、謂わば法悦からした入水死である〉、〈自ら霊《たま》のよるべをつきとめて、そこに立ち到ったのだと言う外《ほか》はない。／そう言うことが出来るほど、彼岸の中日は、まるで何かを思いつめ、何かに誘《おび》かれたようになって、大空の日を追うて歩いた人たちがあったものである〉とたたみかける。このようにして、太古からの〈日祀《まつ》り〉の風習が根底に流れているという考えにより、当麻曼荼羅、山越阿弥陀図、日想観とを結びつけ、補陀落渡海なども一挙に重ねられる。エッセイ「画因」は、インドの韋提希夫人も海に沈む夕陽に日想観を行ったにちがいないと想像している。山国の日本では、それが山の端に移ったと考える。

源信が隠居した横川は、琵琶湖を見おろす比叡山の東側であり、入陽を拝む位置にはないことも「画因」中に明記している。だが、源信は天慶五（九四二）年、大和国北葛城郡当麻に生まれ、七歳で父親と死別、九歳で比叡山に入門したとされる。折口は、源信の生地は、当麻より二里北の狐井・五位堂のあたりとし、幼時に二上山のあいだに落ちる入陽を見て育ったにちがいないと読者の想像を誘う。

実際に、当麻寺あたりは二上山の山裾で、二つの山の頂は北西にあたる。つまりそのあいだに夕陽は落ちない。小説でも、南家の郎女が夕刻、庵室から観るのは男岳《おのかみ》の頂が赤く染まっている光景である。〔十七〕で、郎女は、万法蔵院の門まで行って、かなり無理な角度から二上山の男岳、女岳《めのかみ》のあいだを望み、そこに御仏が自分を見降ろしていると感じる。少し寂しそうな様子を見せて。ここでは御仏が郎女を誘惑している。

だが、折口信夫はいう。〈今日も尚、高田の町から西に向って、当麻の村へ行くとすれば、日没の頃を択ぶがよい。日は両峰の間に俄《にわ》かに沈むが如くして、又更に浮きあがって来るのを見るであろう〉と。〈高田〉は現・大和高田。入日の不思議に信仰が集まって当然だろうと、折口信夫はさりげなく語りかけている。実際、釣瓶《つるべ》落としのように落ちる夕陽を眺めつづけていると、その下弦が地平線や水平線にかかるかどうかというときに、止まったり、ときには浮きあがったりするように見えることがある。動かない地表と対比して、落ちる速さが緩やかになるように感じられるのだ。

つまり、折口信夫のエッセイ「画因」は、源信『往生要集』が聖衆来迎の想念を拡め、来迎図を呼び出し、そのヴァリエイションである山越阿弥陀図も生じたと考え、そうなったのは〈日祀り〉の習慣が日本人の意識の底に潜在しているためだという。実際、『死者の書』を書いているときには気づかなかったが、南家の郎女が彼岸の中日に奈良の都から、日を追って当麻へさまよい出たと自分は書いていたという。日本人の心の底には、日に向かって魂を寄りつかせずにはいられない欲求が潜んでいるということになる。エッセイ「画因」の冒頭から少し進んだあたりに、〈日本人が持って来た神秘感の源頭〉とあったのは、その意味だった。

太古からの〈日祀り〉の風習や日想観が、折口信夫の脳裏に、なぜ、それほど強く印象づけられたのか。また、民間に生きる日本の神々への信仰を探ってきた折口信夫が、このときなぜ、山越阿弥陀図を日本固有のものとして突き出してみせたのか。それらを問うてみなくてはならない。

第一章　『死者の書』の同時代

甲種合格の大学生に
兵隊にとらるゝことの
にぎはしき　心をどりは、
さびしかるべし
〔気多はふりの家〕より（『春のことぶれ』）

『死者の書』は実に魅惑的だ。魅力に満ちているが、幻惑されるところも多い。最初の書評二篇を手がかりに、それを乗り越えるには、どうすればよいかを提示する。また、大津皇子が滋賀津彦と名づけられた理由を、当時の言論弾圧の様子から推測する。

最初に『死者の書』のまとまった案内を女性向け雑誌に書いたのは、折口信夫に親炙した作家・堀辰雄だった、いまなお、最初の入り口にふさわしい。それが「人性《ユマニテ》」の書であり、かつ、日本の「小さな神々」の命運を示す書であることを見抜いていた。

その評言は、日中戦争から「大東亜戦争」へと時局は変わっても、「抵抗」の姿勢を貫いた折口信夫という学者の芯のところを射通している。ところが、いまでは、その意味さえ、判然としなくなっている。

その抵抗の姿勢が何に由来するのかを、戦後の文芸批評家・平野謙や作家・高見順の回想記を手がかりに突きとめ、もう一人、中野重治の遺した感想から、折口信夫という人に接近する方途を探ってみたい。

難解さの所以

『死者の書』は、一九三九（昭和一四）年に『日本評論』一月～三月号に三回に分けて連載された。*その連載中と連載直後に、活字になった反応が二つあった。どちらも全篇を読み通したものではない。が、それだけに『死者の書』が「難解」とされる理由をよく語っている。

＊もと『経済往来』。評論家として活躍する室伏高信が主筆を務め、一九三五年五月号には中野重治の小説「村の家」を掲載、五～八月号には小林秀雄「私小説論」を連載。一〇月号で雑誌タイトルを替えた。折口信夫は一九三六年七月号に「国語国字を語る」を寄稿、一九三七年八月号から翌年四月号にかけて「日本文学の発生―序説」を連載していた（途中、一回休載）。

その一つ目は『国学院大学新聞』昭和一四年二月五日号に掲載された臼居雅雄名の書評[1]で、学生のあいだにセンセーションを巻き起こした、とはじめている。外国文学者ならちらほらいても、大学教授が小説を発表すること自体、珍しい。折口信夫は国学院大学出身。そのときは慶応義塾大学教授で、国学院大学教授を兼任していた。数え五二歳。歌人、釈迢空の名は著名で、折口信夫の評論、エッセイはジャーナリズムを賑わしていた。だが、いわゆる文献学や実証主義が国文学研究の官学主流を占めてゆくなかで、学界内では毀誉褒貶《きよほうへん》甚だしかった。それは、折口信夫の薫陶を受けた人びとも隠そうとしていない。

たとえば、池田弥三郎「折口信夫集解説」（『日本近代文学大系46』）は〔二　二つの名〕の章で、折口信夫と釈迢空の関係について述べたのち、折口の学術論文について、〈詩人的な曖昧な表現にまぶされた、直観的で、飛躍に満ちた、創作にすぎぬとする〉評は〈折口信夫に対する批評として、一般化された、常識論的批評である〉[2]と述べている。むろん、あとのところで、そのような〈常識的批評は、折口信夫にとっては全く恐れるに足りない〉と受けているが、その著書の刊行は一九七二年。その〈常識論的批評〉は戦後も長く続いていたことがわかる。折口ブームが起きたのは、そののちのことである。

それはさておき、その大学新聞の記事は、「死者の書」と題された連載第一回を一篇の短篇と見ている。巻頭には、古代中国・周の穆《ボク》王の伝記、「穆天子伝」より、穆王が盛姫を失って哀悼の念が深かったことを述べた部分を抜き書きして掲げてあった。

小説は、若い女の旅人が、二上山を望む葛城の万法蔵院（雑誌初出時は〈万蔵法院〉）の落慶供養が済んで間もない当麻寺に踏み入るところからはじまっていた。その旅人が藤原南家、豊成の美しい姫（郎女）であった。宮家からの輿入れの誘いにも耳を貸さず、打ちこんでいた千部の写経を終えて旅発《だ》ったと事情が語られ、女人禁制の境内に踏みこんだため、寺の一隅の庵室に留め置かれ、当麻の語部の嫗から藤原の始祖神や滋賀津彦、また天若日子の伝承を聞くことになる。*

＊現行の〔六〕にあたる断章が冒頭に置かれ、〔七〕が章題抜きに続き、〔三〕〔四〕で終わっていた。

その書評は、梗概を簡単に述べたのち、〈詩情に富んだ文章と平安朝時代文学の用字を多数取り入れたクラシックな表現法〉で、〈語部のミステリーな話法やジェスチャー〉で民俗的雰囲気を醸し出していることを賞賛し、だが反面、そのクラシックな表現法が弱点になり、〈殆ど全ての行に説明なしに出て来る考証的語句には困却する〉と述べている。折口信夫の講義を聞きなれたわれわれでもそうなのだから、一般読者はなおさらだろう、と。

連載第一回は、藤原南家の郎女の話に終始するが、それでは、なぜ「死者の書」と題されているのか、なぜ、巻頭に「穆天子伝」の一節が引かれているのか、読者にわかるはずがない。それを差し引いても、「国学」を学ぶべくつくられた大学の学生ですら〈考証的語句〉が多すぎて困惑するというのである。だが、学術用語が頻出するわけではない。

たとえば〔三〕の冒頭、当麻寺には孔雀明王像が据えられた庵室があり、その庵室のいわれが語られている。河内の国（現・大阪府太子町）に、聖徳太子の異母弟・麻呂古《まろこ》王（当麻皇子）が建てた万法蔵院（山田谷にあり、山田寺とも）を当麻国見（真人）がここ当麻に移築したことや、修験道の開祖とされる役《えんの》小角《おづぬ》との関連など実に詳しい。このような、いわば衒学的な態度を、この評者は〈考証的語句には困却する〉と述べたのだろう。今日でも『死者の書』が「難解」とされる理由の一半である。

なお、孔雀明王は、孔雀が蛇を食うところからインドで神とされていた。修験道は、大津皇子の塚の近くを修験者が通りかかる場面と関連するし、当麻国見は壬申の乱の功臣であることは、本書〔序章〕でふれた。

もう一つの評は、『東京朝日新聞』三月四日の「文芸時評」で、詩人で小説家の室生《むろう》犀星《さいせい》が前月中に刊行された総合雑誌、文芸雑誌より七篇取りあげたうちの一篇。『日本評論』二月号には、

「死者の書（正篇）」と題され、現行の〔一〕〔三〕〔五〕すなわち滋賀津彦に関するところがまとめられ、〔八〕から〔十〕まで大伴家持の話が続いていた。連載第三回は、三月号に『死者の書（終篇）』と題され、現行の〔十二〕から〔二十〕がまとめられていた。

　室生犀星の時評は、文芸同人雑誌『文学者』から宮内寒弥「印象」、川崎長太郎「裸木」、『早稲田文学』から井上友一郎「従軍日記」と活躍中の作家の作品にふれたのち、新人二人の作品を〈小説らしい小説〉でつまらないと述べ、そして「死者の書」について、〈前篇は読まなかったが、この終篇をよみ歌人である作者がいかに……たのしみを打込んで書いているかが、私には分った〉と前置きし、〈小説ばなれのした、何だこんな物とひとくちに云えないものを持っている不思議な、何かありそうで薩張《さつぱ》り分らんところに馬鹿にならぬものを含んでいる作品である。一体この曖昧模糊たるものは何か、恐らくこの作者の考えのうしろにある教養とか物知りとかが〉その正体だろうと述べて結んでいる。▼3 そのあとには、この「文芸時評」退任の弁が続く。

　前篇も読まず、いささか小馬鹿にしたような評言にも感じられるが、犀星の文章は、野放図で投げやりの調子に繊細なところが覗くのが持ち味である。いま、詳述は控えるが、川崎長太郎「裸木」も井上友一郎「従軍日記」も取りあげられて当然の作品である。「死者の書」は、連載の最終回にふれただけでも、〈馬鹿にならぬもの〉を感じたゆえに取りあげたのだ。一九三〇年代半ばには創作能も関心を集めていたから、大津皇子という歴史上の人物の霊が語るのは、夢幻能の形式を借りていることは犀星にはわかっただろう。が、大津皇子が耳面刀自などという聞いたこともないような女に死に際に懸想したり、史実と伝承と虚構とが交錯し、何が潜められているかわからない、ただならぬ気配を感じとったのだ。今日でも同じ感想をもつ読者がいることだろう。

つまり、『死者の書』には、神秘的で、かつ衒学的なところがある。二重のミステリーといってよい。たとえば国枝史郎『蔦葛《つたかずら》木《き》曾桟《そのかけはし》』(一九二六)のような伝奇小説、また本当なのか嘘なのかわからない虚実をとりまぜた久《ひさ》生《お》十蘭《じゅうらん》の歴史考証ものにも通じる面白さである。死後の霊が若い娘の閨に忍び寄るなど、セクシュアルなところもある。

物語の現時点

繰り返すが、これらの感想は、『死者の書』を長篇小説として読み通してのものではない。その四年半のち、一九四三(昭和一八)年九月に、再編集と改稿が行われ、歌集類を出版していた青磁社から瀟洒な装丁を施した『死者の書』が刊行された。このテクストが現行版である。

『死者の書』は、冒頭、大津皇子の霊が目覚めるときがいつか、藤原南家の郎女と呼ばれる豪族の娘が女人禁制の当麻寺の境内に迷い込んだのはいつか、などなど、場面場面の時点、その関係がすぐには判然としない。途中、当麻の語部の嫗が郎女に語る遠い昔の藤原氏の祖先神の話や、郎女の幻覚や夢なども出てくる。とくに南家の郎女の場面は、当麻寺の庵室から奈良の屋敷での千部写経のいきさつへと遡って語られる。それゆえ、しばしば「時空が交錯している」といわれてきた。

だが、読み進むうちに、物語の時空は次第に明確になってゆく。後半に入って、平城京の都大路に、大伴家持が登場し、国政を牛耳る藤原仲麻呂(恵美押勝)の屋敷で対話する場面に、失踪中の南家の郎女の話が出てくる。物語の現在時は、冒頭から、さして動いていない。郎女が藤原仲麻呂の姪にあたることなど、人間関係も明らかになってゆく。

場所は、二上山周辺と奈良の都の二ヵ所に限られている。二上山には大津皇子が葬られた塚があり、その麓に当麻寺があり、郎女はその庵室に幽閉されている。奈良の都も、郎女が千部写経に打ちこんだ父親・豊成の屋敷、大伴家持が馬上から眺め歩く朱雀大路、家持が訪ねた藤原仲麻呂の屋敷の三ヵ所に限られている。シーンが次つぎに切り替わるだけだ。語り手の回想のなかで、時と場所がこんがらがるのとはわけがちがう。エッセイ「山越しの阿弥陀像の画因」で、折口信夫は、まるで無意識に導かれて書いたかのように述べているが、それは深層からの促しのことをいっているので、意識朦朧の状態で書いたという意味ではない。

場面が回想や夢想をふくめ、次つぎに切り替わることなら、映画が得意とし、二〇世紀小説には溢れている。ただ『死者の書』は、馴染みのない古代の人物ばかり、それも歴史上の人物や伝説上の神などが入り乱れるので戸惑うのだ。しかも、南家の郎女は、作中〔三〕で、〈姫〉〈郎女〉と呼ばれており、ここまで誰だかわからない。〔六〕で〈旅の若い女性〉〈横佩《よこはき》家の郎女〉〈南家の郎女〉と呼び変えられてゆく。他も同様で、厭わずに辿れば、謎めいた時空や人物関係が次第に解けてゆく。そういう面白さが味わえる。そのようにしくまれているのだ。その意味では、外国の探偵小説などと、さして変わらない。ミステリーの手法といってよい。

それをはじめから解説してしまうのは気が引けるが、「難解」の霧を払うにはしかたがない。実際に登場する主要人物は、大津皇子（滋賀津彦）、藤原南家の郎女、語部の嫗、大伴家持、藤原仲麻呂（恵美押勝）の五人。大伯皇女や耳面刀自は大津皇子の回想に、郎女の父親、藤原豊成も郎女の回想に、天若日子は語部の嫗の語りのなかに出てくるだけである。あとはその他大勢の類。

本当のところ、補足しておかないとわかりにくいのは、場面に姿を現さない郎女の父親、藤原豊成に関してだろう。豊成は、藤原南家を起こした武智麻呂の長男。豊成の祖父にあたるのが藤原不比等《ふひと》（淡海《たんかい》公）で、耳面刀自は不比等の妹（異母妹）。南家の郎女にとっては、大叔母にあたる。この関係は〔四〕で示されている。聖武朝末に、武智麻呂と三人の弟（藤原四子）が天然痘で急死すると、光明皇后の甥・豊成は右大臣になり、左大臣、橘諸兄（皇后の異父兄）と並んで政治を指揮した。気取って太刀を横ざまに差したところから、横佩大臣《よこはきのおとど》の異名をとった。それで娘が〈横佩家の郎女〉と呼ばれる。が、この時期には孝謙天皇の下で、弟の仲麻呂が台頭し、豊成は政権から外れていた。これらのことは〔六〕に書かれている。

〔六〕では、郎女は父親が大宰府長官として〈筑紫に居る〉と信じているように記されているが、この物語の時点で、豊成が難波の別邸に隠居していたことは〔十〕で知れる。〔八〕の大伴家持の段では、豊成が一昨々年〈太宰員外帥《いんがいのそつ》に貶《おと》されて〉とある。郎女は知らされていないが、豊成は橘諸兄の子、奈良麻呂が藤原仲麻呂と対立し、叛乱を起こそうとした事件に加担したとされ、左遷されたのだった（『続日本紀』天平宝字元（七五七）年七月一二日条）。

ここで物語の現時点を明らかにしておこう。〔十四〕の初め近く、大伴家持の述懐のなかに、〈八年前、越中国から帰った〉とある。奈良の大仏の開眼供養にもふれている。家持の帰京は七五一年、大仏の開眼供養はその翌年。家持は作中で〈兵部大輔〉と言い換えられており、この昇進は七五七年。現時点は七五八年ないし九年に設定されている。

さらにいえば、家持との対話で、恵美押勝は〈紫微中台《しびちゅうだい》〉を口にしている。紫微中台は、七四九年に聖武が退位して上皇になり、独身女性の新帝・孝謙を後見する光明皇太后の地位を強化するため、七五九年に恵美押勝が発議して、初めて設けられた令外の官である。「紫微」は中国の道教で、北極星を「紫微大帝」などと呼ぶのにちなんだ語。大納言・押勝は、自ら紫微中台の長官、紫微令（のち、紫微内相）につき、中衛大将を兼ね、これによって朝廷の政治と軍事の権限を完全に握った。すなわち物語の現時点は、史実にのっとって、七五九年に設定されていることになる。そのように決めてよい。*

＊その対話中、家持が藤原仲麻呂を「大師」と呼んでいる。これを『日本近代文学大系46』注は、「太師」――律令で定める太政大臣を「太師」と改称していた期間にあたる――と重ねて読んでいる。だが、恵美押勝のこの昇進は七六〇年正月のこと。家持の帰京から八年後、とは一年ズレてしまう。「大師」を一般的な尊称ととれば、問題は起きない。なお、この場面は、『万葉集』第二〇巻、元正天皇の「幸行於山村之時歌二首」（四二九三）の左注に、天平勝宝五（七五三）年五月、少納言大伴宿彌家持が藤原仲麻呂の家を訪ねたことが記されていることから着想されたものだろう。

「小説ばなれ」の内実

面食らうことはほかにもある。その一つは、耳に馴染まないオノマトペ。たとえば冒頭、滋賀津彦（大津皇子）の魂が目覚めるところに、

　　した　した　した。耳に伝うように来るのは、水の垂れる音か。

とある。静かな雨音を「しと、しと」と形容する部類だが、古代語ではあるまい。折口の育った

大阪の南西市外、今宮付近の方言でもなさそうで、情調を醸すための折口独自の工夫のようにもいわれるが、もとは狂言台本に見えるという。[*4]

＊泉鏡花が戯曲『日本橋』（一九一四）などで足音に、小説「五本松」（一八九八）で水音に、それぞれ用いていることが指摘されている。[5] なお、〔十五〕の冒頭、〈つた　つた　つた〉と霊が近づく足音に対応している。

同じ〔一〕の終わり近く、滋賀津彦の骸《むくろ》の様子を述べる〈足もあがかに〉も馴染みがない。〈身あがきをば、くり返して居る〉と続くので、じたばた足掻くさまと見当はつく。『古事記』〈仁徳天皇〉に、皇后石姫《いわのひめ》が嫉妬深く、天皇の妾が目立つようなことをすると〈足母阿賀迦邇嫉妬〉（足モアガカニ嫉妬ス）[6]とある。「アガカ」は「足掻か」でよいだろう。そうかと思えば、滋賀津彦の霊が、まだ自分が誰だか気がついていないときの独白に、こんな条がある。

そうだ。此は、おれの墓だ。／いけない。そこを開けては。塚の通い路の、扉をこじるのはおよし。……よせ。よさないか。姉の馬鹿。

ずいぶんくだけた口調だが、「馬鹿」などと高貴な人はもちろん、古代には誰も口にしなかったはず。[*] 目覚めて間もない霊の幼児性を示し、姉に甘える気分も滲ませていよう。

＊柳田国男「嗚《を》滸《こ》の文学」（一九四七）は、「馬鹿」は人を笑わせるためにいう「ヲコ」が転じたものと説き、「馬鹿を申す」の用法が慶応元（一八六五）年あたりの旅日記に見えると述べている。罵りことばの「馬鹿」の流通は、よほど時代が下ってからのことらしい。

〔十〕の前半には〈物忌み――たぶう〉と、もとポリネシア語で人類学から広まった語も出てくる。つまりは変幻自在のことばを楽しめばよい。

〔二〕の場面は、闇のなかに水音と大津皇子の独白だけが響く。〔三〕は、月の光に照らされた二上山の大津皇子の塚の辺り、神隠しにあったと噂された藤原南家の郎女の魂を修験者の一行が〈こう　こう　こう〉（来い、来い、来い）と、呼びながら通りかかる。その魂を呼ぶ呪言に、塚の中から、〈おお〉〈おおう〉と応える声が聞こえはじめ、〈こう　こう　こう〉〈おおう……〉の応答が繰り返される。舞台の一場面を想わせるだろう。

これらの暗いオノマトペとは対照的に、〔十二〕では、明るく澄んだ陽ざしのなかに〈ほほきほほきい　ほほほきい〉と鶯の声が当麻寺の境内に響きわたる。こちらは、南家の郎女の心のなかと応答を呼び起こし、次第に嬉しそうな高い音に移ってゆく。〈鶯の鳴く声は、あれで、法華経法華経と言うのじゃて〉。『法華経』には女を救うことが書かれているとか、『法華経』と経の名を唱えるだけで、〈あの世界の苦しみが、助かる〉などと、他愛ないがゆえに庶民の女たちのあいだに拡がる教えが郎女の耳に入る。それらが郎女の心に、「知恵」を呼び覚ましてゆく。心憎いほどの運びである。

ただし、「南無妙法蓮華経」と題目を唱えるだけで救済されるという教えが、この頃、すでに中国天台にあったかどうか、詳らかでない。それが奈良朝期にもたらされ、俗言として拡がっていたとは考えにくい。のちに拡がる称名念仏を投影した虚構の工夫であろう。つまり、奈良朝を舞台に、史実や風俗の再現と作者の作為による虚構が交錯している。この交錯が解きにくいのだ。

それはともかく、こうして、ストーリーは南家の郎女の話に戻り、大伴家持と恵美押勝の対話の段も挟まれる。語り手が次から次へと変わり、時間と場所の関係が入り組んで感じられること、それも室生犀星のいう〈小説ばなれ〉した〈曖昧模糊〉の一因であろう。映画の手法、フラッシュ・バック、ないしはモンタージュの応用を見てとる人がいても不思議はない。

青磁社版では、長い眠りから覚めた大津皇子の霊の語りが冒頭に移され、〔一〕とされ、当麻寺の庵室の南家の郎女のシーンと交互になるなど、断章の順序と番号が入れ替えられたが、芝居の舞台転換を想いながら読んでゆくと効果が了解されよう。実は……、実は……と意外な展開が続き、因果の糸がほどけてゆくのも、能楽や歌舞伎などの常套である。しかも、大伴家持と恵美押勝との対話に、藤原不比等（淡海公）の屋敷が荒れたさまに懐旧の情を寄せる山部赤人のうたが『万葉集』から引かれる。それは藤原氏の興隆とその内部での新旧交代に読者の思いを誘わずにはおかない。かなり意味深長な暗示に満ちている。室生犀星が〈馬鹿にならぬもの〉を感じたのも当然なのだ。

それにしても、これほどまでに、語り手の状況説明（三人称視点）と、登場人物それぞれの内心の独白（一人称視点）とを自在に転換しながら運んでゆく語りの手法（narative）は、世界の現代小説に類例がない。しかも、夢幻能や歌舞伎など、日本の伝統芸能の手法によっているのだ。『死者の書』は、その意味で、まさに「小説ばなれのした」小説なのだ。

滋賀津彦が生まれた理由

大津皇子が滋賀津彦と呼ばれているのは、皇族の名を直接、名指すことがはばかられるような風潮に折口が配慮したといわれてきた。それにちがいはないが、大津皇子のうたも、姉の大伯皇女の作として『万葉集』に載せられている挽歌も、作中に引かれているのだから、滋賀津彦が大津皇子であることは誰の目にも歴然としている。それを韜晦《とうかい》（ごまかし）とはいわないし、『死者の書』が曖昧模糊と感じられる理由の一つにはならない。

明治期から筆禍事件はさまざまにあるが、一九一〇年に大逆事件が起こり、一九一一年、世が乱れるのは南北朝併立論が悪いとばかりにジャーナリズムが書き立て、正閏論争に火が点き、明治天皇が南朝を正統と認めて決着がついて以降（ただし、皇室は従来通り、北朝方の天皇の霊も祀りつづけた）、南北朝の争乱を書くことはタブー視された。そののち、皇族内の争いを書いたものでは、中里介山が『改造』一九二七（昭和二）年六月号から連載した聖徳太子の伝記小説『夢殿』が知られる。厩戸皇子が曾我馬子と組んで、物部氏と戦ったのち、崇峻天皇が暗殺される「弑逆《しいぎゃく》」の場面を書いた第四回（九月号）が削除処分を受けた。*

*「発禁処分」が通説だが、『出版警察』に「発売頒布禁止」の記載はない（浅岡邦雄氏の教示による）。「安寧秩序」を保つための全文削除命令を受け、改造社の社員が書店に出向いて切り取り作業を行ったケースである。中里介山は、のち、単行本（一九二九）で表現を改めた。

そのときより、言論状況は一層、厳しくなっていた。「国体明徴」（天皇主権論）が国会へ持ちこまれる一九三五年以前にも筆禍事件は起きている。といっても、権力によるものではない。『日本評論』がまだ『経済往来』だった一九三四年四月号に掲載された中央大学教授で法制史家の瀧川政次郎による「大化改新管見」は、右翼の攻撃を受け、彼は、満洲国司法部法学校教授に移った。彼自身、戦後の『日本歴史解禁』（一九五〇）のなかで、古代王権の奴隷制にふれたため、と回想している。大化の改新により、唐の制度の導入を図り、奴隷制もそれに倣ったという論脈だか、神聖な皇室の歴史を汚すと攻撃されたわけだ。*

＊今日、『日本書紀』の記述には、大化の改新についてもさまざまな潤色が指摘されているが、天智朝にかけて、中国の律令にならった制度に移行してゆく動き自体は否定されない。

だが、『死者の書』の場合、〔五〕で大津皇子の霊が滋賀津彦を名のるところで、妻の殉死が止められもせず、子は連れ去られたと怨みごとを語るが、大津皇子の謀叛のカドには一字一句も言及していない。これでは内務省警保局は、掲載不許可はおろか、注意のしようもない。あからさまにしているのは、天若日子の叛逆だが、日中戦争期に、神話の世界まで警戒しなくてはならないほど神がかりが進んでいたわけではない。まして謀叛で罰せられたとはいえ、神と皇子である。相手が国学院大学と縁の深い折口信夫とあっては、極右も遠慮しただろう。つまりは、皇族の名をあげることに配慮していますというサインだけ送っておけばよかったのである。論文なら別だが、文芸作品、それもファンタジーである。いささか配慮が過ぎるくらいに想える。

掲載時に急遽、「滋賀津彦」に書き換えたと考えてみてもよい。* モチーフが崩れることを嫌った釈迢空が、窮余の一策に選んだ抜け道だったかもしれない。むろん、それに彼は不本意だった。戦後、池田弥三郎が『死者の書』を舞台化した折、折口信夫は滋賀津彦の名を大津皇子に変えるように指示したという。▼7

＊より踏み込んで、『日本評論』の主筆・室伏高信が慎重を期した可能性を想ってみてもよい。第一次世界大戦後、『改造』特派員としてヨーロッパ文明の危機を実感し、アジア主義を唱えて活躍した室伏は、満洲事変以降、体制側に接近していた。

『死者の書』をめぐる対話

一九四三年、青磁社版『死者の書』が刊行される二ヵ月ほど前の七月、その予告のようにして親切な案内が『婦人公論』八月号に掲載された。堀辰雄が『婦人公論』に連載していた長篇エッセイ『大和路・信濃路』中、「『死者の書』——古都における、初夏の夕ぐれの対話」である（『大和路・信濃路』の単行本は敗戦を挟んで一九五四年に刊行）。予定していた青磁社版の刊行が遅れたのではないだろうか。堀辰雄がゲラ刷にも目を通していないことは文面からわかる。

その「対話」は、京都に住む「主《あるじ》」のもとを小説家の「客」が訪れ、「まだ、自分には古代の研究がなにひとつ身についていない」と嘆くところからはじまる。

客　……どうもこのごろ、自分でも悪い癖がついたとおもい出していたところだ。日本の古代文化の上にもはっきりした痕を印しているギリシャやペルシャの文化の東漸ということを考えてみているうち、いつか興味が動きだしてギリシャの美術史だとか、ペルシャの詩だとか読み出している。それはまだいい、そのうちにいつのまにかゲエテの「ディヴァン」だとか、ノワイユ夫人の詩集までが机の上にもち出されているといった始末だ。▼8

堀辰雄は、ここで東西文化の融合した文芸に惹かれる心情を吐露している。* この掲載号が発行されたのは七月のうちだが、日本軍が前年六月にミッドウェイ海戦で敗退して以降、実際の戦局は長い消耗戦期に入っていた。が、勇ましい報道に、国民のあいだには、まだ対米英戦争の勝ち戦気分が残っていたときのことである。

＊「ディヴァン」は、ドイツの文豪、ゲーテが晩年、ペルシャの詩人、ハーフィスの歌謡集“Divan”のドイツ語訳に刺戟され、『コーラン』をはじめ、オリエント世界に浸りきって書いた抒情詩集『西東詩集』（一八一〇）のこと。〈ノワイユ夫人〉は、フランスの女流詩人、アンナ・ド・ノワイユ。堀辰雄の小さな案内記「ノワイユ伯爵夫人」（一九四三、『堀辰雄小品集・薔薇』角川書店、一九五一に所収）に、〈青みがかった黒髪、蒼白い顔、大きな眼をした、小柄なアンナは、非常に東洋風な風采があり、希臘人を祖先にしていることに少からぬ誇りをもっている〉という一節が見える。▼9その「客」の愚痴に「主」は応えて、『死者の書』に言及する。

主　（同情に充ちた笑）まあ、ゆっくりでもいいから、あまり道草をくわずに、仕事に精を出したまえ。……そういえば、数年まえに釈迢空さんが「死者の書」というのを書いていられたではないか、あの小説には実によく古代の空気が出ていたようにおもうね。

客　そう、あの「死者の書」は唯一の古代小説だ。あれだけは古代を呼吸しているよ。まあ、ああいう作品が一つでもあってくれるので、僕なんぞにも何か古代が描けそうな気になっているのだよ。僕ははじめて大和の旅に出るまえに、あの小説を読んだ。あのなかに、いかにも神秘な姿をして浮かび上がっている葛城の二上山には、一種の憧れさえいだいて来たものだ。そうして或る晴れた日、その麓にある当麻寺までゆき、そのこご〔凝〕しい山を何か切ないような気もちでときどき仰ぎながら、半日ほど、飛鳥の村々を遠くにながめながらぶらぶらしていたこともあった。

主　その二上山だ。その山に葬られた貴いお方の亡き骸が、塚のなかで、突然深いねむりから村びとたちの魂乞いによって呼びさまされるあたりなどは、非常に凄かったね。森の奥の、塚のまっくらな洞のなかの、ぽたりぽたりと地下水が巌《いわお》づたいにしたたり落ちてくる湿っぽさまでが、何かぞっとするように感ぜられた。

客　全篇、森厳なレクイエムだ、古代の埃及《エジプト》びとの数種の遺文に与えられた「死者の書」という題名が、ここにも実にいきいきとしている。

刊本やそのゲラ刷を見ていたら、大津皇子の霊が〈呼びさまされるあたり〉とはいうまい。冒頭に来ているのだから。

そのあと、「主」は〈あの小説には、それからもう一つ、別の興味があった。大伴家持だ。柳の花の飛びちっている朱雀大路を、長安かなんぞの貴公子然として、毎日の日課に馬を乗りまわしている兵部大輔の家持のすがたは何んともいえず愉しいし〉という。そして〈一方、万葉学者としてもっとも独創に富んだ学説をとなえてきた、このすぐれた詩人が、その研究の一端をどこまでも詩的作品として世に問うたところに、あの作品の人性《ユマニテ》があるのだね。だが、どうしてあれほどのものがほとんど世評に上らなかったのだろう〉と、ことばを重ねる。〈人性《ユマニテ》〉は人間性と同義で、人間の営みを見つめる目、「人文主義」（ユマニスム、英語、ヒューマニズムの原義）の意味である。信仰も、神学や教義を、でなく、人間の心のはたらきとして見、考察する態度である。

「客」も〈本当にこの作品を読んだという人は、僕の知っている範囲では、五人とはいなかったものね〉と応じ、ふたりして『死者の書』の読みどころを示し、読者への誘いがつづく。この「客」は、藤原道綱母『かげろふ日記』に題材を求め、『かげろふの物語』を書いた堀辰雄自身、

「主」もまた、堀辰雄自身の批評眼をよく示す「分身」であることは、読者には即座に了解されよう。「客」は『死者の書』を読んだのち、大和路を踏んだと述べている。一九三九年三月、堀辰雄が期待をかけていた立原道造が身罷《みまか》った。堀は春から夏にかけて、慶応義塾大学の折口信夫「源氏物語全講会」に通い、宇治十帖を聴講。折口信夫への傾倒を深めていた。堀辰雄が神西清と二人で奈良を一〇日ほど歩いたのは、その間、五月のことだった。

堀辰雄は、この案内に先立ち、『大和路・信濃路』の「十月」に、こう漏らしている。

> 日本に仏教が渡来してきて、その新らしい宗教に次第に追いやられながら、遠い田舎のほうへと流浪の旅をつづけ出す、古代の小さな神々の佗《わ》びしいうしろ姿を一つの物語にして描いてみたい。[10]

これを読んで、わたしは、日本神話で、雄略天皇一行に悪戯をしかけ、『日本霊異記』では役小角に縛られる一言主《ヒトコトヌシ》を想い浮かべたりする。また、このように書いたとき、堀辰雄は、ドイツの詩人、ハインリッヒ・ハイネが晩年、フランス滞在中に書いた『流刑の神々』（一八五三）を念頭においていたと思う。キリスト教に追いやられ、山岳地帯に秘かに息づくギリシャの神々を書いた作品である。そして、堀辰雄は「折口学」の根幹をなすモチーフを適確につかんでいたとも思う。釈迢空が『死者の書』で、〈古代の小さな神々〉が寂しいうしろ姿を見せはじめた時代として奈良朝を舞台にとったことの意味も、よく理解していたにちがいない。

語部の媼が消えゆき、女たちのあいだにも仏教が拡がりゆく時代。日本の信仰の曲がり角を象徴する小説。ここに『死者の書』の核心がはっきりと指さされている。そして、それは、信仰の移り行きに惑う〈人性《ユマニテ》〉を追究する立場から書かれている。

エピソードを一つ、つけ加えておこう。ハイネ『流刑の神々』の、英訳版にだろう、触発された柳田国男は、それを「諸神流竄《るざん》記」と題して幾度か紹介した。そして『遠野物語』（一九一〇）序文に、次のことばが登場する。

> 国内の山村にして遠野より更に物深き所には又無数の山神山人の伝説あるべし。願わくは之を語りて平地人を戦慄せしめよ[11]。

折口信夫は、一九一四（大正三）年春に大阪の今宮中学校の教壇を降り、上京して本郷赤門前に彼を慕ってやって来た元生徒たちと暮らしはじめた年の瀬、神田の古本屋の露店で、憧れていた柳田国男『遠野物語』を見つけ、なけなしの銭をはたいて購入した。釈迢空の詩「遠野物語」（所収『古代感愛集』一九四七）は一九三九年の作だが、その折の感激をことこまかに書いている。書付を残していたにちがいない。そして折口信夫は、そのときの感激を、遠い田舎に隠れ住む山神・山人を、いや、その伝説を語り継ぐ人びとの心を訪ねることこそが、彼の生涯を賭した仕事になったと堀辰雄に語ったことがあったのではないか、とさらに想像が膨らむ。

とはいえ、『死者の書』に登場する大津皇子の亡霊が、仏教によって追いやられる〈古代の小さな神々〉を代表するわけではなさそうだ。それは、あくまでも謀叛の咎をうけて刑死にあった皇族の亡霊であり、この世に遺した無念の妄執なのだから。では、なぜ、謀叛の咎を負った皇族の亡霊だったのか。その謎を解く鍵は、われわれが探さなくてはならない。

フランス・モダニズムの詩や小説で人気を博していたジャン・コクトー作品の翻訳紹介などから活躍期に入り、マルセル・プルーストやライナー・マリア・リルケにも親しんだ堀辰雄は、折口信夫を導き手として日本の古典に親炙し、『かげろふの日記』（一九三七）などを手掛けるようになっていた。一九三八年七月から八月にかけて、折口信夫は軽井沢に滞在。堀辰雄とのつきあいも一層、深まった。堀辰雄を中心にした詩誌『四季』に詩を寄せもした。釈迢空が『死者の書』などの自装本を手掛けたことにも、堀辰雄の趣味が映っているかもしれない。そして、日本古典の現代語訳シリーズが刊行されるなどして、中古文学への関心が高まった一九四〇年、『文學界』八月号座談会「国文学と現代文学」は、折口信夫を囲んで青野季吉、堀辰雄、舟橋聖一が古典を現代に活かす方法などを語りあった。堀辰雄と釈迢空は、このような応答をもっていた。

そして、もう一つ。『死者の書』の雑誌連載が終わる丁度一年前、一九三八年に堀辰雄『風立ちぬ』の終章「鎮魂歌」（のち「死のかげの谷」）が文芸雑誌『新潮』三月号に掲載されていた。語り手が結核で逝った婚約者との愛の追憶に閉じこもる姿勢を示して終わっている。日中戦争が泥沼化した局面を考えれば、遠くに鳴り響く砲声に背を向ける作家の強い姿勢が読みとれよう。[12]

折口信夫の抵抗

日中戦争期の釈迢空のうたは悲しい。歌集『天地《あめつち》に宣《の》る』（一九四二）より一つだけあげておく。「煤《すす》ふる窓」歌群中〔山の悲しさ〕の一つ（のち、歌集『遠やまひこ』（一九四八）に編入）。

萱山《かやま》に　炭竈《すみがま》ひとつ残り居て、この宿主は　戦ひに死す[13]

だが、彼は、一九四一年一二月八日の「大東亜戦争」の開戦の報に接し、次のようなうたを詠んでいる。

大君《オホキミ》は　神といまして、神《カム》ながら思ほしなげくことの　かしこさ
東《ヒムガシ》の邃《トホ》き思想を反《モド》くもの　今し　断じて伐たざるべからず[14]

前のうたの〈大君〉や〈神ながら〉の意味は、おいおい考えてゆくが、後のうたからは、その戦争を「大東亜」の深く澄んだこころの実現のためのもの、東洋対西洋の戦ととらえていたことは明らかである。

その翌年、一九四二年五月、折口信夫は、奈良で開かれた日本諸学振興会全国文学特別部会で「古代日本文学に於ける南方要素」と題して講演した。日本の民俗のなかに南方から渡来した人びとが持ち来たった要素を考察した。同題論文（一九四三）がある。その講演が済んで、東京帝国大学の国文学者、山田孝雄《よしお》が発言し、民俗学を「土俗学」と称したのに対し、折口は猛烈な抗議をし、翌日、総括集会で激論をたたかわせた。[15] 山田孝雄は皇国史観を振りかざして活躍していた。

折口信夫は、一九四〇年、国学院大学に民俗学の講座を新設していたから、「民俗学」が蔑称されたことに憤慨を隠さなかったのだ。実際、台湾では、柳田国男の民俗学に同調する小学校の教諭たちが生徒に課した各家庭の風俗観察の作文を雑誌に掲載していた。柳宗悦の民芸運動も朝鮮、

満洲に拡がり、台湾の郷土玩具を紹介する絵本も「内地」で刊行されていた。

が、ここには、それにとどまらない問題が潜んでいると思う。「妣が国へ・常世へ――異郷意識の起伏」（一九二〇）などに示されているように、折口信夫は、日本人の祖先の主流を南島経由で幾度となく渡ってきた渡来民と考えていた。「国文学の発生（第三稿）」（一九二七）〔一三 まつり〕では、〈祖先の有力な一部分〉が南方から持ち来たった〈農業暦〉を想定している。[16] 民間道教的な信仰の拡がりを考えていることになる。そののちに、〈漢人の季節観〉が持ち込まれたという。つまり、水田耕作の弥生文化は、中国南方より持ち込まれたと確信していた。*

＊今日、日本のイネは、持ち込まれた経路は別にして、花粉の化石分析では長江一帯、その原産地はDNA分析で、さらに南方と判明している。それどころか、二〇一五年からはじまった石垣島の遺跡（白保《しらほ》竿根《さおね》田原《たばる》洞穴）から、かなりの数の旧石器時代の人骨が見つかっている。だが、縄文人の起源は北方からの渡来もあり、一元的とは限らないとされる。[17]

その山田孝雄との応酬は、「大東亜共栄圏」を文字通り多元的なものとして実現するという主張が勢いをもっていた時期のことである。一九四一年一一月から四三年三月まで三回にわたって『中央公論』誌上で行われた京都学派座談会『世界史的使命と日本』（一九四三年刊）中、とりわけ第二回「東亜共栄圏の倫理性と歴史性」（一九四二年四月号）は、対米英戦争の勝ち戦に便乗し、欧米帝国主義とソ連に対して、文化多元主義の立場から、日本のリーダーシップによるアジアの解放をうたっていた。一九四〇年三月には汪精衛「南京国民政府」が成立していたし、東南アジアで民族独立を目指す指導者のなかには、たとえばビルマ（現・ミャンマー）のアウン・サン将軍など、一時期は「大東亜共栄圏」構想に賛同していた人がいたのもたしかである。彼らには日・米どちらにつくのが独立に有利か、絶えず問われていた。
だが、蒋介石国民革命軍の本拠地、重慶への英米の支援ルートを断つことにかまける軍部指導層に、各地の独立運動を援助した形跡はない。やがて内地でも多元主義の主張に警戒の目が向けられるようになり、一九四二年秋、『改造』誌上に発表された細川嘉六の論文「世界史の動向と日本」を陸軍報道部長が共産主義と見なして摘発した。これが横浜事件と呼ばれる一連の事態の発端だった。やがて『改造』と『中央公論』は刊行停止に追い込まれる。

そのような推移のなかで、もう一件、折口信夫がかかわる事件が起こる。「満洲国」建国一〇周年記念式典（一九四二年九月一五日、新京、現・長春）に日本文学報国会事務局長として列席した作家、久米正雄が翌日の内地の新聞向けに書いた報告記事（『東京日日新聞』朝刊に掲載）に、「満洲国」皇帝・愛新覚羅《あいしんかくら》溥儀《ふぎ》を「現人神」として敬う文言があった。久米正雄は、何の疑いももたずに、そう書いたのだろう。とりわけ、対米英戦争の開戦後、「満洲国は大東亜共栄圏の模範たれ」と関東軍広報部長もハッパをかけていた。「満洲国」は建国スローガンに「民族協和」（しばしば「五族協和」）の旗を掲げていたからである。そして建国一〇周年に目白押しの記念行事では、「両陛下」と並列して呼び、神聖視することが通例だった。ちなみに釈迢空も「建国十周年」に際し、皇帝・溥儀を寿《ことほぐ》うたを詠んでいる▼18。

ところが、その久米正雄の書いた記事が、半年後に、国体を乱すものとして問題にされた。イチャモンがつけられたのは、溥儀を日本の天皇と同格に扱った、「国体護持」に背くという理由である。これには、内閣の下に思想宣伝と取り締まりを一元化した情報局（一九四〇年一二月設置）が一九四二年一二月に言論統制の強化を狙って創設した大日本言論報国会の思惑がからんでいた。

「大東亜共栄圏」を文化において担う多元主義の方向に進んでいた文学報国会を牽制する意味があったと推定される[19]。

その問題をめぐって一九四三年三月二一日に開かれた文学報国会理事会での見聞を、戦後、文芸批評に活躍した平野謙が書いている（「アラヒトガミ事件」一九五三）。平野謙は当時、情報局第五部三課（芸術文化一般を担当）の常勤嘱託を務めていた。

言論統制を嫌い、文学報国会の結成自体に消極的だった菊池寛や、国文学部会の理事として折口信夫が理事会に顔を出したのははじめてだった、と平野は書き、折口信夫の様子を観察している。

〈普通の人の顔よりおおきめで、その顔色もかわっていた。なにいろといえばいいのか、皮膚というより壁みたいだった。眉毛にかさなって、完全に緑色したアザがはみだし、まるで入墨しているようだった。私のおどろいたのは、小さな七つ道具みたいなナイフをだして、たえずチッチッと指の爪を削ったり、ふと薬の缶をとりだして丸薬みたいなものをポンと口にほうりこんだりすることだった。……いつも伏眼になったまま、ほとんど上の空で、話などまるで聞いていないようにみられた。一人前の大人で、こんな神経質な女性的な感じを受けた人はいない。しかし、そこからはかすかな磁力みたいなものが放射されて、隣りの人とはちがった空気につつまれているようだった[20]〉と。

小柄でナヨナヨしているが、初対面の人を驚かせる面相と傍若無人の態度で、オーラを発しているというところだろう。この頃、折口信夫は、三つ揃いのスーツを着用することが多かったようだ。

「事務局長辞任」の案件に、久米正雄は辞任を表明。菊池寛は反対したが、久米の意志は固く、決着がつきかかった。そこでおもむろに折口信夫が口を開いたという。

アラヒトガミといえば、生き神さまのことで、近代では天子さま御一人をさすのが普通のようだが、実は天子であるとないとにかかわりない、一種の神性をあらわす言葉にすぎない。神の表現の一形式とみなすのが正しい。久米正雄の用法はたまたま古義にのっとったもので、万葉集にも「住吉乃荒人神　船の舳にうしはきたまひ」とある。* アラヒトガミは特定の生き神のことではない、反対に神が人間のすがたを以て具現すること一般を指すのである。アキツミカミという場合はまた別の事情を考えねばならぬが……折口信夫は関西なまりの口調で、ぼそぼそと説明した。

＊『万葉集』の長歌（一〇二一）の一節、〈住吉乃　荒人神　船舳尓　牛吐賜〉（ふなのへにうしはきたまひ）。住吉の荒人神が船の舳に鎮座なされて、の意。[21]

ファナティックな天皇主義、天皇すなわち生き神（現人神＝アラヒトガミ）論が飛び交うなかでのこと。この発言は〈やはり大きな勇気を必要としたにちがいない〉と平野謙は述べ、〈当時、私はやっぱり学者ってエライものだ、とただ単純に感心しただけだったけれども。あの女性的な風姿のなかに、それだけの男々しい勇気をたたみこんでいたまことの学者として、いまさら景仰の念にたえない〉と記している。折口信夫の訃報に接し、この一文をものしたと結んでいる。

この折口信夫の発言によって、事務局長が不敬呼ばわりされて引責辞任することにならず、文学報国会のメンツも立ったと関係者は胸を撫で降ろした。今日、久米正雄は、精確には、二年の任期が満了する五月を待たずに年度替りを理由に、中村武羅夫《むらお》と事務局長を交代（常任委員に留任）したことが明らかにされている。それゆえ、実質的な罷免と受け取る向きがあっても不思議ではない（今日出海『山中放浪』一九四九）[*22]。

＊平野謙の歿後、この記事中に、当時の課長、井上司朗（歌人・逗子八郎）が自分を誹謗する表現があるとし、就職の後ろ盾になってやったのに、という含意で、平野を「忘恩の徒」と罵倒することになる（『証言・戦時文壇史―情報局文芸課長のつぶやき』一九八四）。井上司朗の筆には相当の虚飾が感じられるが、若くして文芸批評家を志した平野謙が権力の動きを観察できる機関に潜りこもうとしても不思議はない。「アラヒトガミ事件」にいうように〈私が情報局第五部第三課につとめたのはひとつの偶然だった〉[23]とは到底想えない。なお、この「事件」については、折口信夫「宮廷生活の幻想」（一九四七）中に言及がある。

アラヒトガミ論争

少し遡るが、一九三〇年頃から盛んになる「天皇＝現人神」論議のなかで折口信夫が果たした役割を見ておこう。一九三〇年、日本精神文化研究所のイデオローグ、紀平正美《ただよし》の『日本精神』（岩波書店、一九三〇）が出た。ドイツ観念論哲学を実にややこしい手続きで転倒し、日本文化の特殊性を〈ことあげせぬ惟神《かむながら》の道〉（言葉で論じることをしない、神があるがままの行き方）と説いた。明治天皇歿後、一九一二年に「天皇＝現人神」論を説きはじめた東京帝国大学法学部教授・筧克彦は、一般向けの『皇国精神講話』（春陽堂、一九三〇）を著し、天皇を「宇宙大生命」の現れである

「現人神」（生き神）とうたい、これは皇道派将校の教科書のように扱われた。[*]

＊一九三七年九月、中国戦線で死んだ杉本五郎は「軍神」のように崇められ、一二月には、杉本五郎中佐遺書『大義』が刊行された。「大義」とは、尊皇に生きること、「神国日本」のために、すすんで自らのいのちをさしだすことである。その第四章〔神国の大理想〕には〈人類救済こそは、歴代天皇の念願にして、肇筆《ちょうひつ》の大事業なり。／釈迦もキリストも孔子もソクラテスも、天皇の赤子《せきし》なり〉とある。天皇崇拝の極致だが、これは、万物が「宇宙大生命」の具現者たる「天皇」の「赤子」になるという「論理」であり、筧克彦の思想の翻訳にほかならない。一九四三年三月刊行の携帯版の「後記」には〈元版は刊行後十万部を突破し、この携帯版は初版二万部、五月刊行〉とある。出版統制下であり、誇大表記はなかったはず。[24]

まさにそれと同じ年、折口信夫は「古代生活に於ける惟神の真意義」（一九三〇）で、筧克彦の名をあげ、〈楯突く考えでは毛頭ないが〉と前置きし、天皇を〈生神《イキガミ》〉の意味で「現人神」と呼び、〈我々の生活も惟神の道であるというような事がよく言われている〉が、それは間違いと否定した。「惟神」の古代の意味はかなり多様に用いられ、定まらないという意味である。〈惟神〉は〈天皇か神であるという事を基礎〉にし、アキツミカミ（秋津御神、明御神など）は〈生き神〉の意味だが、「現人神」の場合は、神の「命《ミコト》持ち」（命令の伝達者）、すなわち神の代理人として国家を統治するスメラミコト、つまり人間としての行為に限定されると論じている。[*] また〈天上の神と同一の威力が人に感じられて来る。この状態が実は惟神《かむながら》なのである〉と述べ、神話や『万葉集』の柿本人麻呂のうたにしても、「まるで神そのもののような」という修辞に用いられていると三種に分類している。[*][25] 先の平野謙「アラヒトガミ事件」中の折口信夫の発言は、これらにもとづいている。

＊それ以前、折口は「古代人の思考の基礎」（一九二九〜三〇）中〔三　惟神の道〕では、『日本書紀』巻第二五〔孝徳天皇大化三（六四六）年〕夏四月の詔中、〈惟神〉に割注して〈謂随神道、亦謂自有神道也〉（神道に随うをいう、また自ずから神の道に有るをいうなり）とある文言について、〈惟神〉は〈主上が、神として何々をする〉、〈随神〉は〈神の意志のとおりに行う〉という意味にとっている。▼26 そして、すでに、この論文中〔一〇〕でも『日本書紀』に漢学や仏教的要素が混じりこんでいることをいい、筧克彦が「神ながら」を純日本式とすることに疑問を呈している。たとえば『出雲国造神《いずものくにのみやつこのかむ》賀詞《よごと》』〔祝詞〕にいう〈かけまくもかしこき現御神《あきつみかみ》と大八島国知ろしめす天皇命《すめらみこと》〉は「口するのも畏れ多いほど尊い人間として、大八島を統治する天皇」の意味。なお、宮廷詩人の役割を果たした柿本人麻呂は「神ながら」を天皇のほか、天武直系の皇族にも用いている。

筧克彦の天皇＝アラヒト神による祭政一致国家論は、彼の『古神道大義』（一九一二）および、それを焼き直した『続古神道大義』上下巻（一九一五）に発するもので、どちらも日本の神々の系譜を編みなおすことに努めているが、前者に、ヨハン・ゴットリープ・フィヒテとフリードリッヒ・シュライアーマハーの名があげられている。フィヒテ『人生論―恵まれたる人生への道しるべ』（一八〇六）にいう神の「生命」の表れとしての人間の生活という考え、また、シュライアーマハーが『キリスト教信仰』（一八二一〜二二）などで、信仰とは絶対に依存する個人の感情や意識であるが、歴史的には民族共同体の形をとると説き、キリスト教を無限者の最も優れた「表現」であるイエスによってもたらされた倫理的一神教と規定した考えを換骨奪胎し、筧克彦は『日本書紀』巻第七〔景行天皇四〇年〕や『続日本後紀』巻一九〔嘉祥二年三月〕に登場する天皇を「現人神」と見なす考えにアテハメ、日本神話の神々とその「表現」である天皇を絶対化し、それに帰一する「一心同体」の精神共同体として日本民族を規定する。[27] かつ、本居宣長『玉くしげ』（一七八九）にいう〈天照大御神は、その天をしろしめす御神にてましませば、宇宙のあいだにならぶものなく〉、どんな国も、この神のおかげで成りたっているという考えや『石上私淑言《いそのかみのささめごと》』（一八一六）にいう〈わが御国は天照大御神の御国〉など、[28] 普遍神を仰ぐ復古神道論を一挙に結びつける。そして、『続古神道大義』下巻（第四章）には〈古神道に於て神と観念して居るものは、唯一絶対なる大生命及び其の表現者に外ならない〉という命題が登場し、〈大宇宙の生命〉〈世界の大生命〉と言い換えられ、その普遍性により、儒学も仏教も日本化されたとし、やがてキリスト教も日本化されると予言する。[29]

そして、筧克彦は、若い神職のあいだに起こった神道を「諸宗教を超える宗教」として興そうとする動きにかかわったり、漢語「万歳」を退け、「弥栄《いやさか》」を唱える動きなどの発信源にもなった。また、大正天皇の妃・貞明皇后の信任篤く、一九二六年二月に進講し、これが『神ながらの道』として宮内庁神社局より一一月に刊行され、昭和天皇即位の詔勅に、大正天皇のときにはなかった「神ながらの道」が登場した。

だが、いくら何でも、昭和天皇を「生き神」とするような考えを支持する知識人は少なかった。実際のところ、岩波書店の雑誌『思想』一九三四年五月号「日本精神」特輯の巻頭、津田左右吉「日本精神について」は、近ごろ「日本精神」ということが喧伝されているが、何を指していうのか判然としないなど、種々の疑問を投げかけるところからはじめて、〈支那や印度の思想の入らない前の日本に純粋の日本精神、日本固有の精神がある〉とする考えをはっきり退けている。[30]「神ながらの道」など〈古典には全く見えない語〉といっているが、先の注にあげた『日本書紀』（孝徳天皇大化三年〉の詔中、〈惟神〉すなわち〈随神道〉とする割注から「惟神道」が混同され、ないしは、派生してもおかしくはないだろう。

その特輯で、次に掲載されている長谷川如是閑「国民的性格としての日本精神」は、古代の『古事記』の編纂や、中世の北畠親房『神皇正統記』が幕末維新期に持てはやされたことをあげ、「復古」が繰り返されてきたことを日本の特徴と論じ、そのころの風潮に警告を発している。一九六〇年代末、イギリス・ケンブリッジ大学の歴史学者たちが提起した「伝統の発明」論——民族「伝統」なるものは近代ナショナリズムの産物——という議論に似た指摘だが、日本では、それが古代から繰り返されてきたというのが論旨である。

ところが、一九三五年に国体明徴運動が国会に持ち込まれ、天皇主権論が二度、内閣で決議され、国会で承認されると、神がかった天皇主義に対して表立った反撃は見られなくなる。それゆえ、このあたりに思想史の分水嶺があったとわたしは見ている。その流れに抗して、折口信夫は自らの学術的立場を貫く姿勢を示しつづけていた。

大君は神にしませば

一九四三年四月二三日、折口信夫は靖国神社で執り行われた「招魂の儀」に初めて参列し、エッセイ「招魂の御儀を拝して」(『芸能』七月号)を遺している。

儀式の始まる前、蓆《むしろ》の上に座っている〈遺族の方々〉の姿に、民俗探訪の旅で見かける人びとの姿を重ね、戦死者の霊が神輿《しんよ》とともに本殿に向かうのを、老婆が〈ほうっとしたような気持ちで見て居られる後姿〉に感じ入る。そして、〈三年近い年月を経た御魂が、今や完全に神様におなりになった〉と書いている。▼31 かつては何代も経て神になった死者の魂が、いまは三年で神になる時代なのだという実感である。祭りの場で村人たちの実感を体得しようと重ねてきた経験による「神道の現在」の認識以外の何ものでもない。
釈迢空の第二歌集『春のことぶれ』（一九三〇）に、こういううたがある。

夜まつりに、
たはれ歓ぶ
　山びとの　このとよみに、
　われ　あづからず▼32

山人の実感を共有しようとして村祭りの興奮のただなかに身をおいているが、一緒に声をあげて戯れ騒ぐことをしない〈われ〉がうたわれている。これは疎隔感でも違和感でもない。堀辰雄のいう「人性《ユマニテ》」、人びとの営みをこそ見つめ、身を寄せて感じとる学者としての現身、その存在の自覚のほかではない。
このエッセイ「招魂の御儀を拝して」にも、冒頭に、うたが二首、掲げられている。

大君は神にしませば、ますらをのたまをよばひて　神とし給ふ
まのあたり　神は過ぎさせ給へども、言《こと》どひがたき現身《ウツソミ》　われは

前のうたは、天皇が神の代理人たる〈大君〉という古来の姿で戦死者の魂を神あげする本来の仕事をなさっているという意味である。後のうたの〈神〉は、前のうたを承けて天皇、あるいは戦死者の霊をともに称していようが、それがいわば「擬制」であることを知っている〈われ〉を詠んでいるととってよい[33]。

折口信夫が一九三五年頃から生活の同伴者《パートナー》にしていた藤井春洋と父子の約束をして戦場へ送り出したのは、一九四三年九月のこと。翌四四年七月、硫黄島に着任の知らせが届く（同月、養嗣子として入籍）。もとより覚悟していたものの、その死は、先の情報局主催の会合があった年、二月から三月にかけての激戦で現実になっていた（三月二一日、大本営が硫黄島「玉砕」を発表）。

そして、もう一つ。敗戦間際の一九四五年七月二六日、情報局が本土決戦に備え、国民の士気高揚を図るため、芸能団体の関係者を霞が関の内務省ビルの講堂に集めた会合での折口信夫の言動を高見順『昭和文学盛衰史』（一九五八）が書きとめている。情報局長の挨拶、海軍報道部長、情報部長らの演説ののち、質疑応答に入ってしばらくすると、出版界から〈国民の士気を昂揚させるためには、言論出版結社の自由を国民に与える必要がある〉〈民を信ぜずしてなんの士気昂揚か〉と意見が出された。それに対して、海軍報道部長が罵声を浴びせた。すると、高見順の隣にずっと黙って居眠りするかのように座っていた人が、いきなり〈静かに発言をもとめる手をあげた〉。高見順は〈はっとした〉と書いている。

> そのひとが言葉こそおだやかだけれど、強い怒りをひめた声で、／「安心して死ねるようにしていただきたい」／と言うのに、私はまた、はっとした。民を信ぜよという声を頭から押

しつぶしたことに対して、そのひとは黙っていられないというふうだった。すると上村哲弥（一九三九年から雑誌『公論』を刊行する公論社の社長―引用者）が、／「安心とは何事か、かかる精神で……」／とやり出した。軍にたてつくとは何事かと言わんばかりで、まるでそのひとが売国奴であるかのような罵倒をはじめた。そのひとは黙って聞いていたが、罵倒が終ると、もの静かに、／「おのれを正しゅうせんがために、ひとを陥れるようなことを言ってはなりません」／低いが強い声で上村哲弥をたしなめた。これはそのひとの言葉そのまま、そのものである[34]。

高見順は感じ入り、家に帰って、それを〈立派な言葉だった〉と書きとめておいたという。そして、この一節を〈――そのひとが折口信夫だったのである〉と結んでいる。

平野謙と高見順が記した折口信夫の態度は、ふたつとも、戦時下の一種の「抵抗」の姿勢を示している。陸軍報道班員としてビルマや中国に赴き、観ることと記録に残すことに徹した高見順に比べると、折口は、腹に据えかねれば、時の権威にも盾突く姿勢を示した。激しやすいが、〈強い怒りをひめた声で〉静かに発言する態度、周囲の者にそれとわからせる「態度の演技」を身につけていた。

誘惑者の所以

折口信夫と親交のあった人びとは、表面は穏やかだが、芯の強いところ、あるいは依怙地《えこじ》なところのある人だった、と異口同音のように回想している。そういう態度を実際、しばしば示したということだ。

中野重治は、折口信夫と戦中期に一度、戦後も何回か、顔をあわせていた。エッセイ「折口さんの印象」（一九五三）には〈芸術の上でも、学問の上でも、また何かその他というような面でも、折口さんは、わたしには、よくわからぬような、魅力のある気味わるさのある人として映っていた〉と書いている。例として、一九五三年五月三〇日、芝の増上寺で行われた堀辰雄（二八日歿）の告別式で、挨拶抜きに〈あの破格の詩を立って行って読まれた〉ことにふれて、〈「内気」というようなものと、「依怙地」というようなものと、一種の爆発的なもの、内攻したデモーニッシュなものとでもいうようなものと、そんなものが折口さんのなかで混じているような具合にわたしには見えた〉と記している。[35]

堀辰雄の葬儀の件については、釈迢空にしてみれば、威儀を正して挽歌を詠んだまで。型破りのことをしでかすつもりはなかったはずだ。読んだ詩は「弔辞」として『文藝』七月「堀辰雄追悼号」に掲載された。

〈このさ丶やきが、はるかなあなたの心に　達することを信じて〉と前置きして、『四季』（第一次）に詩を投書していた頃を振り返る平叙文の詩である。途中の一節のみ引く。

其頃の気もちを追想すると、／ひたすらに堀君を尊敬した／弟子の一人だったことは、確かだ。[36]

だが、その気持を、ある人に伝えると、堀辰雄は詩を書いていないが、という意味のことばが返ってきた……と続く。第三者に揶揄されたことへの反論を弔辞で述べるのは、たしかに型破りかもしれないが。堀辰雄『かげろふの日記・曠野《あらの》』（角川文庫、一九五一）の「解説」冒頭にも、雑誌に発表した〈堀君〉に呼びかける五七調を基本にする四篇の詩が収められている（釈迢空『現代襤《らん》褸《る》集』〔一九五六〕に収録）。

　中野重治は、東京帝国大学の学生時代に堀辰雄らと同人雑誌『驢馬』を創刊し、堀の若い頃から相談役になっていた室生犀星とも親しい間柄だった。が、このような折口信夫の態度・物腰の文化的文脈がうまくつかめなかったのだと思う。それでいて、世評や歴史の上で、誤解され、葬られたままになっているものを丸ごと掬いとろうとする折口の態度をよく見抜いていた。「折口さんの印象」では、相手を裁断することなく、あるがままに見ようとする態度を指して、〈折口さん独特のあのリアリズム〉といい、森鷗外と坪内逍遥の「没理想論争」について論じた「逍遥から見た鷗外」（一九四八）をあげて、逍遥に味方するような評言を〈弱小で過失多いものにたいして、同病相憐れむかのような調子〉ともいっている（のちの「折口信夫・釈迢空」（一九六九）では〈おちぶれ者への没入的な同情〉▼37）。〈ところが折口さんは、そのことをずばずば言ってしまわない。話にすじをつけて、形を論理的に整えようと必ずしもしない〉とつづく。そして〈論理的な形を観念的にととのえようとする誘惑に、顔をうつむけて抵抗しているようなところもある〉と評している。

　折口信夫「逍遥から見た鷗外」は、鷗外のいう「理想」はイデオロギーだと批判し*、論争に負けた逍遥については、その『当世書生気質』（一八八六）を読み直すことで、江戸の戯作の写実主義をベースに西洋の影響を受けとり、明治後半のリアリズムができたという文学史の文脈を示すことに眼目がある。いわば敗者の側に身を寄せて、掬い出すべきものを掬い出しているのだ。

＊鷗外は、無意識の普遍性を説くエドゥアルト・フォン・ハルトマンの哲学に依拠し、逍遥のいう、人情、世態のあるがままを写す「没理想」の考えでは、〈無底〉になってしまうと批判した。[38]

中野重治に、もう一つ、よく見えていたのは、理念形を拒否する折口信夫の姿勢である。それがよく見えたのは、中野が左翼の闘士時代の「肩肘張った」姿勢を反省する心境になっていたからだろう。折口が民俗学の師匠、柳田国男から古代人——といっても、当代の沖縄の祭りの見聞をもとにしているのだが——の信仰における神・霊・人の区別をつけるようにいわれても、頑として従わなかった姿勢も知っていたにちがいない。＊

＊中野重治「折口信夫さんについて」（一九五二）は、折口の「短歌滅亡論」（「歌の円寂する時」一九二六など。後述）に言及しているし、紀行文にも目を通している。〈『古代研究』なども読んでいない〉とあるが、それは本論のことらしく、口絵写真は憶えていた。[39]

折口学の方法

『古代研究』全三冊——『古代研究（民俗学篇1）』（一九二八）、『古代研究（国文学篇）』（一九二九）、『古代研究（民俗学篇2）』（一九二九）——をもって「折口学」が開始されたとするなら、それは第一歩から近代的な客観的観察記録と類型的分類に疑いをもち、対象の立場に身を寄せ、その在り方を内在的に把握しようとすることで、その限界を超えようとする態度を具えていた。『古代研究』第三冊目の掉尾《ちょうび》に付された〔追ひ書き〕には、次のようにある。

私は、人類学・言語学・社会学系統の学問で、不確実な印象記なる文献や、最小公倍数を求める統計に、絶対の価値を信じる研究態度には、根本において誤りがあると思う。記録は、自己の経験記以外のものは、真相を逸した、孫引き同様の物となることが多い。計数によるものは、範疇を以て、事を律し易い上に、其結論を応用するには、あまり単純であり、概算的である。比較研究は……其幾種の事物の間の関係を、正しく通観する心の活動がなければならぬ。此比較能力の程度が、人々の、学究的価値を定めるものである。だから、まず正しい実感を、鋭敏に、痛切に起す素地を——天稟《てんぴん》以上に——作らねばならぬ。▼40

〈天稟〉は、天から与えられた才能のこと。ここでは、既存のモノサシで現象を割り切るな、ということをいっている。では、どうすればよいか。〈資料と実感と推論とが、交錯して生まれて来る、論理を辿る事〉〈地方生活を実感的にとりこもうと努め〉、民間伝承の報告書からは零れてしまうような〈実感〉の記憶に裏打ちされた仮説を提出することを自らの学究的態度にしている。そうであればこそ、〈虚偽や空想の所産ではない〉ことが確信できる。それによって、ジェームズ・フレイザー『金枝篇』（一八九〇〜一九三六）が〈提供した証拠を、そのまゝ逆用して、この大先達のうち立てた学界の定説を、ひっくり返すことも出来そうな弱点を見ている〉と述べている。*国際的大家の学説も、日本の事例をもってすれば転覆できる。それが彼のいう〈新しい国学の筋立て〉▼41（『古代研究』〈追ひ書き〉）の一面だった。

＊フレイザーは、生活条件により、鉱物・動物・植物のどれかの霊がトーテム（祖先の霊のもととその象徴）に選ばれるとするが、折口は、人類学にいう「マナ」（外からやってくる呪力をもつ霊）をトーテムとする（「花の話」一九二八）。マナは、その本体、さまざまなはたらき、その象徴が未分化なま

ま信仰されているものをいい（マルセル・モース『呪術論』一九〇二）、折口は、マナを村々の首長ないし祖先神が迎えると考える。トーテム＝村の祖霊と考え、また「霊」「神格」「人」とを分けて考える柳田国男とは、この点でちがいがあった。

ただし、ヨーロッパの文化人類学は、古代ギリシャのポリスを指標とする農耕・牧畜をベースに置く都市文明に、植民地（第二次世界大戦後は旧植民地）の野蛮（savage）、すなわち狩猟採集の文化を対置するスキームによるが、そのスキームは、遊牧を欠いているだけでなく、東アジアには効かない。温暖・湿潤な気候による比較的豊かな自然の産物に恵まれ、狩猟・採集を主とする縄文人は、早くから定住生活を営み、やがては畑作を併せ行う「山住」の生活に移行した。柳田にせよ、折口にせよ、対象としたのは、その末裔である「山人」を含め、主に日本列島や沖縄の耕作定住民の民俗だった。

さらにいえば、彼らと同時期に、鳥居龍蔵『人類学上より見たる我が上代の文化』（一九二六）（一三　薩満教について」は、遊牧民のシャマニズムが善悪二神を設定することを明らかにしていた。日本古代神話にも、その要素は混入している。

折口信夫「古代人の思考の基礎」（一九二九〜三〇）は、江戸時代の「国学」が「俗神道」を陰陽道や仏教の影響を受けたものとして退け、その実、儒学や仏教の影響を受けた古代国家の文献を基礎にしていると批判し、むしろ村々に活きている「俗神道」にこそ、かえって〈昔から亡びずに伝っている、純粋な古代精神が、閃《ひら》めいている〉▼42という。それゆえ、柳田民俗学に倣《なら》い、フィールドワークを重ね、さまざまな信仰の形態のうちに直観される「閃き」（本質的同一性の表れ）をつかむ、「国学」を超える「新しい国学」を名のったのである。直観に頼っているようだが、これは、二〇世紀前半の哲学に盛んになった現象学の考え——観察者の意識に映る現象を分析しても対象の本質はつかめない、本質は直観でつかむしかない——にのっとったもの。そのあとのところで、多くの事例により、それを検証すると述べている。なお、折口は、平田篤胤を称える講演記録「平田国学の伝統」（一九四二）を残してもいるが、その内実は、篤胤が蘇った死者の話に関心をもつなど、民間の信仰を探った点に限られている。

柳田国男の民俗学は、滅びゆく民間習俗の記録に徹し、多くの事例をあわせ考え、文献を併せて歴史過程を想定する。それに対し、折口信夫は、活きた民俗、人びとの生活全体を感受し、その本質として変わらぬ「神道」信仰を想定し、古代から各時代にはたらく「理」——儒学や仏教、陰陽道《おんみょう》——がそれを「合理」化してきた過程を辿ろうとする。「古代生活の研究—常世の国」（一九二五）〔二〕では、これまでの神道家の神道論が〈古義神道、或いは「神道以前」の考察を疎《おろそ》かにしていた〉といい、その〈古義神道〉が変容した内実を〈陰陽神道〉〈儒教的神道〉〈衛生神道〉〈常識神道〉などと呼んでいる。▼43 最後の〈常識神道〉は、明治以来の、いわゆる「国家神道」（第二次世界大戦後に広まった語）のことだろう。

〈衛生神道〉は、生命を衛ることを本義に置く民間道教の影響を見るものだろう。『日本書紀』〔垂仁紀〕などに登場する「非時香菓《トキジクノカクノコノミ》」説話など、明らかに長寿、永生を願う道教思想によるもので、移入の時期は、はるかに早いだろう。折口信夫は「古代生活の研究—常世の国」〔四〕で、沖縄の先島ではニライカナイを〈禍《わざわ》いの本地とも考えて居る〉と述べ、〔六〕では日本神話に〈根の国・底の国〉の想定を見ている。▼44 そして〔九〕では、藤原京期に「常世」が転換し、理想化されたとしている。このように、宮廷・官人層による神道の組み換えとその時期に見当をつけてゆく。

〈陰陽神道〉の成立は、天武天皇期に「陰陽寮」を設置し、道教から、人形をつくって人を呪うような呪法を除き、『易経』の陰陽五行説による天文・占筮《せんぜい》・遁甲・暦法などを取りこみ、節句などの宮廷行事を執り行うようになったことが指標になろう。*

＊今日、天武－持統朝期に道教崇拝が高まり、持統天皇が吉野に何度も赴いたのは、地祇崇拝の霊場と目したとされる。▼45 多武峰《とうのみね》に道観（道教寺院）を造ってもいる。が、天武－持統朝は陰陽寮を設置し、また、儒による正史の編纂も企図した。漢の武帝が道教を奉じ、文官に儒者を重用し、隋、唐王朝がそれをついだことに倣ったとみれば、怪しむことはない。武帝が利用した人に呪いをかける呪法は厳しく排除され、神・仏と習合した修験道が拓かれる契機になったと想われる。文武天皇期（六九九年）には、修験道の祖とされる役小角が伊豆に流されている（『続日本紀』巻第一〔文武天皇三年五月丁丑条〕）。役小角には、式神を繰って呪法を行うという伝説も残る。

なお、朝廷が祖先崇拝に仏教を取り入れたのは、遅くとも「養老律令」（七五七年）で官僧が定められたことに確認される。インドの仏が地祇に化身して現れるという本地垂迹説は、インドでクリシュナ神が各地の神に化身して現れるという考えをもとに東アジアに移したものと考えてよい。北魏で、太武帝が道教教団と結んで廃仏に走ったのち、王家が仏教の復興を企て、民間道教との融和が図られ、本格化したという仮説が立とう。道教から呪いを除くことも、本地垂迹説も、北魏とも密接な関係をもっていた百済の貴族・官人層によってもたらされたと推測される。とくに白村江の戦（六六三年）の敗北により、彼らが大量渡来した影響は無視できない。

〈儒教的神道〉の考えには、津田左右吉が『神代史の新しい研究』（一九一三）以来、『古事記』『日本書紀』の神話伝承類は、もともと詞章として成り立っていたものではなく、中国思想を身に着けた中央官僚層が文章化したものと決めつけたことがヒントになったかもしれない。それに対して、和辻哲郎『日本古代文化』（一九二〇、改訂版二五、三九）は、津田のいうように政治目的によってつくられたものではなく、逆に、『古事記』の全体を、その序文に出てくる「先代旧辞」のうちの優れたもの、六世紀頃までの民間伝承を芸術的に構成したものを当代語に翻訳したと考える。古代ギリシャの出来事をうたうホメーロス作と伝えられる叙事詩を古代人の想像力が発揮された「芸術」として扱うヘーゲル『美学講義』の態度を参照したものと想われる。ギリシャ神話とは異なり、韻文で記されていないにもかかわらず、『古事記』を「叙事詩」と呼び、日本神話にも「英雄時代」なるものを想定する態度を広めたのは、この書物である。

そして和辻哲郎は、『古事記』中〈武烈帝紀〉など武張ったところの露わな叙述は、中国流の文飾による虚構として切り分け、古代王権による「荒ぶる神」や出雲など部族の征服神話は、『日本古代文化』を改訂するたびに、宗教的統合の面を強調してゆく。和辻がこれほどこだわりつづけた書物はほかにない。長く続いた蝦夷討伐は全く眼中に入れることなく、とにもかくにも、日本民族は、温和で豊かな自然の産物に恵まれ、縄文時代から弥生時代に平和的に連続して発展してきたと説くのだ。それは当代の皇室崇拝とのちがいを、いよいよ際立たせることになる。[46] 和辻は、若いときから、日清・日露戦争で露わになった武張った天皇主義を嫌っていた。[47]

和辻は、のち、『続 日本精神史研究』（一九三五）の〈日本文化の重層性〉の章では、祖先崇拝や神社崇拝と仏教とが〈重層的に統一〉されたものを基層とし、「日本民族」が〈世界史的使命〉を遂行するための〈重大な生の契機〉と論じている。平和主義だが、日本民族の世界的使命が語り出されている。[48] 和辻哲郎が第二次世界大戦後、象徴天皇制を支持する論陣を張った理由は、このあたりに認められよう。

折口信夫の方法的態度は、その両者とも異なる。著しいちがいは、文献では『風土記』類や神社縁起にも踏みこみ、官人層による神道の変容過程をトレースしてゆくことにある。その点は、柳田ともちがう。そのようにして「俗神道」のうちに〈純粋な古代精神〉の本質を遡ろうとする態度が、エッセイ「山越しの阿弥陀像の画因」で、太古から続く〈日祀り〉を押し立てることになった。それが『死者の書』というフィクションを生んだといってよい。

態度の演技について

中野重治のいう〈折口さん独特のあのリアリズム〉とは、近代的・客観的と称して、外から割り切ったりせずに、弱き者に身を寄せて、そっくり受けとろうとする学問的態度、相手を内側から理解する態度のことだ。だが、このような学の姿勢が実際に了解されてゆくのは、一九七〇年代を待たなくてはならなかった。沖縄の祭りに見られるように、当事者にとって、神・霊・人の区別がついていないなら、未分化なら未分化なままに受けとるべきだ、ということにもなるが、こちらは、今日でも浸透しているとはいいがたい。分化を経ずに統合はない。にもかかわらず、はじめから〔潜在的に〕統合されている、などといわれてしまう。当事者の概念とその操作に無頓着な態度は、いまなお溢れている。

『古代研究〔民俗学篇2〕』〔追ひ書き〕は、また、代々の医者の稼業を嫌って、最後には絶縁して出て行った祖父にあたる人の境涯について屈折した思いを述べ、自分に〈古い町人の血が、おどんでいる〉ことを思うと、〈先輩や友人の様に、気軽に、学究風の体面を整える気になれない〉といい、それを自身の〈根本の憂鬱〉と記している。[49] 実は学位論文など書く気になれないことを弁解しているのだが、その底には、学会の権威や遺風を嫌う姿勢がある（ただし、のち、一九三二年、『古代研究（国文学篇）』中に収めた諸篇を「万葉集に関する研究」にまとめて提出し、文学博士号を受けた）。

そのあとには、〈唯珍らし相な主題、伝襲を守るを屑《いさぎよ》しとせぬ態度、私の講義は、こうした意義で、若い人気を、倖に占め得た事もあるに過ぎない〉と述べてもいる。読みようによっては、学生に人気があったことを開陳しているようにもとれるだろう。

中野重治は、折口歿後のエッセイ「誘惑者」（一九五六）で、〈いったい折口さんには、何か一刻なところがあって、都会人なためにそれが陽性に発しない〉と述べている。〈流浪してなくなった兄《あに》さんのことを歌ったもの〉にふれて、〈どうかすると、そういう死に方、生き方に、折口さんは享楽を見だしていたのではないかとさえ思えてくることがある〉、そういう一面が〈私を誘惑する〉という。[50] 実際に起こった事件はともかく、何かに憑かれたように憧れ歩く魂に、折口信夫が強く惹かれていたことはたしかだ。

そして、釈迢空の最後の歌集『倭《やまと》をぐな』（一九五五）から、次のうたをあげる。

誰びとか　民を救はむ。目をとぢて　謀叛人《ムホンニン》なき世を　思ふなり[51]

中野重治は『死者の書』に謀叛人が溢れていることも知っていたにちがいない。知っていたからこそ、歌群のなかから、このうたが立ちあがってきたのだろう。

中野重治は、そのエッセイの最後を〈謀叛《ママ》人の出ない現在をなさけなく思ったのだろうと解釈するがこれはまちがっているだろうか〉と言わずもがなとも思えることばで結んでいる。左翼の連中の多くが、折口信夫は天皇制を奉じているかのように見ていたからだ。

中野重治は、折口信夫の反権力、反権威の態度にも、生死にかかわることに戯れるような魂の在り方にも敏感だった。だが、それらを読みとられた方は、ただ都会風にシャイなのではなく、自分の隠した衝動を他者に知らしめる「態度の演技」に意識的だった。折口信夫は、時局に抗せずにはいられない衝動を、平野謙や高見順に知らしめていた。

自己の「隠蔽と暴露」が同時になされるようなこの態度は、文脈が読み取れない相手には、日常生活に満ちている仄《ほの》めかしと同じで、誤解が生じやすい。演劇などでは、たとえば歌舞伎「勧進帳」で、安宅の関の場面だけ観て、弁慶は、疑いをかけられた義経を本当に憎く思い、金剛杖で打っていると思う子供がいても笑えない。胸に抱いた思いを押し隠して振る舞う登場人物に観客が感情移入し、同情できるのは、ストーリーの一部始終を知っているからこそ。そして、観客は己が主《あるじ》を打ちすえる弁慶に同情しても、演じている俳優に感情移入するわけではない。折口信夫も虚構の別人を演じるわけではない。「自己演技」ということばは幅が広すぎるので、「態度の演技」といっておいた。

『死者の書』の作者は、その折口信夫ではない。作者は南家の郎女になりきって語る。大津皇子にも、大伴家持にも、語部の嫗にもなる。客観的な語り手にもなる。ストーリーの一部始終を知った上で、南家の郎女の見た白昼夢を作者その人の夢と思い込んだり、語部の嫗の神がかりした伝承をそのままに信じてしまうなら、児戯に等しい。『死者の書』についての評言には、案外、それに類することが見受けられる。

第二章　『死者の書』の読まれ方

ものがたり　あはれに告げし　遠野びと過ぎて聞えず。そのこわねすら
〔遠野物語〕反歌（『古代感愛集』）

『死者の書』は、第一級の作家や批評家から高い評価を受けてきた。この章では、釈迢空歿後の批評の流れのあらましを今日まで追ってみたい。といっても、これまでに書かれた『死者の書』論は膨大な量におよぶ。釈迢空論ともなれば、さらに折口信夫論を加えるなら、文献はうず高く積もっている。せいぜい、わたしなりに勘所をピックアップすることしかできない。ご承知おき願いたい。だが、せめて『死者の書』が読まれてきた歴史の一端を掠めるくらいのことはしてみたい。彼に親《ちか》しかった人びとは、『死者の書』に二〇世紀小説の一人称独白体や意識の流れの手法を見ていた。作家、中村真一郎は、それに、日本人の「集合無意識」を書いていることを付け加え、南家の郎女の幻視した阿弥陀仏像に作家の西洋憧憬を指摘した。

それとは別だが、ドイツ文学者で文芸批評家の川村二郎は『死者の書』に最高の賛辞を与え、戦後、折口信夫が唱えた「神道を一神教に」という主張と関連させて、彼の超越的なものに向か

う立場を論じた。

だが、『死者の書』の文体を、ありうべき日本の現代小説ではないと退ける、文芸批評家、江藤淳の意見もあり、佐伯彰一は、深い異性愛のエロスの欠如を指摘している。『死者の書』をリトマス試験紙にして、戦後、日本の文芸批評の問題を考えることもできそうだ。

富岡多恵子は、若き日の折口信夫が藤無染《ふじむぜん》と恋愛関係にあり、その屈折した過去への思いが『死者の書』を生んだという説を唱え、その頃の藤無染が仏教—キリスト教同根論に肩入れしていたことから、それが郎女の見た阿弥陀仏像の背景にあるという安藤礼二の議論を生んだ。それらの検討を通して、『死者の書』の性格を明らかにしたい。

死の季節のなかで

折口信夫が一九五三（昭和二八）年九月三日に歿したのち、『三田文学』追悼号（同年一一月）には、慶応大学の関係者、国文学界はもとより、詩壇から三好達治、文壇から三島由紀夫、文芸批評家、劇評家らも錚々たる面々が名を連ねている。それを通覧して、ことに印象深いのは、慶応義塾大学英文科出身の若き劇作家、加藤道夫の「『死者の書』と共に」である。

追悼号の編集に携わった田久保英夫も、そう書いている（「野性の雅び」『新潮文学アルバム　折口信夫』一九八五）▼1。田久保は、加藤道夫より一世代下の作家。戯曲も手掛けていた人である。

加藤道夫「『死者の書』と共に」は、次のようにはじまる。

> 暗い「死」の季節の中で、折口先生の「死者の書」は特に僕の心をとらえた。あれは多分僕の

青春を圧倒した唯一の日本の小説だろう。日本の小説に構想力と詩の貧困をかこっていた僕にとって、「死者の書」の出現は何か沙漠の中のオアシスに似た救いだった。／青磁社の初版本が出た頃、我々の青春は暗い「死の淵」をみつめることを余儀なくされていた時代だった。だから、あの生けるものと死せるものとの魂の交りが織りなす美妙な幻想図は当時の僕の心に拭い得ぬ実在となって刻み込まれたのであろう。[2]

少し飛んで、〈僕は釈迢空にプルーストやフォークナアとの手法の上での近似性を発見して、得意になって友人達に触れ廻ったものだった〉とある。

のちには、〈……陰鬱なジャングルの中の野戦病院の掘立小屋の片隅に、烈しい熱病に憔悴しきった身体を横たえていた時も、「死者の書」は僕の枕頭にあった〉と記されている。彼がニューギニアの野戦病院で枕頭に置いていたのは、青磁社版『死者の書』だった。

〈死の誘いがそんなにも間近にあった時、あの死のファンテジイは不思議に僕に安堵感を与えるものだった。或いは僕は「死者の書」を通して死の世界と親しく交感し合っていたとも言えよう。僕は目前に死と向い合っていたが死への恐怖は殆どなかった〉とも。このように書いてほどなく、加藤道夫は死に誘われて逝った。

たしかに、『死者の書』は、スピリッツ（亡霊）が活躍する、死をめぐるファンタジーにちがいない。が、語り手が、たとえば大津皇子の霊や南家の郎女に乗り移って語るところに特色の一つがあることはすでに述べた。ここで、加藤道夫がプルーストやフォークナーの名をあげているのは、しばしば「内的独白」と呼ばれた、二〇世紀小説の一人称視点の語り、広い意味での意識の流れの技法（狭義は「無意識の表出」）ゆえである。

加藤道夫の追悼文は、釈迢空の詩「やまと恋」（『近代悲傷集』〔一九五二〕に収録）を引いて終わっている。それは、『四季』再刊号に寄せられたものだった。折口信夫は敗戦後にも、夏に軽井沢に別荘を借りて滞在し、釈迢空名で堀辰雄が主宰する『四季』に詩や随筆を寄せていた。

二〇世紀小説

加藤道夫を堀辰雄の病床に案内したのは、中村真一郎だった。中村真一郎は、程なく「戦後文学の騎手」として文芸ジャーナリズムに踊り出る。彼は、小説の師として堀辰雄を、日本古典の師として折口信夫を仰いだことを誇りにしていた。

中村真一郎が、いつだったか、わたし（鈴木）に「あるとき折口信夫が『君と僕とは、堀辰雄を先生とする生徒同士だねえ』と語ったことがあったんだよ」と笑みを浮かべて語ったことがある。戦後のことにちがいない。折口は晩年、気の措けない相手に、そんな屈託のない軽口を叩いたことが知れる。いや、ただの軽口ではすまされない。折口信夫は堀辰雄の追悼文で、自ら「弟子」と名のっていた。折口信夫は一八八七年、堀辰雄は一九〇四年の生まれ、一七歳齢下でも敬意を表しつづけた。

折口信夫「近代小説文体論序」（一九四六）は、客観的な平叙文とは異なる堀辰雄の一人称語り体を高く評価し、また『かげろふの日記・曠野』「解説」（一九五一）では、堀辰雄の王朝文学への接近の仕方に新鮮なものを覚えたと語っている。堀辰雄『かげろふの日記』は、藤原道綱母『かげろふ日記』冒頭の物語の常套的な語りを捨てて、一人称独白体のところからはじめている。

中村真一郎は、第一次『折口信夫全集』の月報（第24号）に寄せた「『死者の書』私観」（一九六七）を〈折口博士は一度、私に向って『死者の書』が文壇で正当な評価を得ていないと、いたく不満の意を洩らしておられた〉[3]とはじめている。これも戦後のことだろう。

そこで中村真一郎は〈私に対する場合、博士は無類の西洋好きの面を示された〉とことわったうえで、『死者の書』とジェイムズ・ジョイスらによる二〇世紀の前衛小説との共通点として、深層心理に照明を与えていること、〈monologue intérieur（内的独白）の描写法〉（一人称視点の語り）を採用していることをあげ、相違点として、個人の枠を超え、〈共同体の集合意《マ》識《マ》のなかに精神を浸らせて〉書いていることをあげている。中村真一郎自身、その頃からカール・ギュスタフ・ユンクの分析心理学に関心をもっていたことが知れる。*

*「集合無意識」は、ユンクがジークムント・フロイトと袂を分かってのち、エドゥアルト・フォン・ハルトマン『無意識の哲学』（一八六九）が説いた無意識の普遍性を、民族などに細分化して論じるために導入した用語。ハルトマンの日本への紹介者は森鷗外であることは先にふれた。ユンクの分析心理学は、医学史家、富士川游が率いた医学総合雑誌『人性』（一九〇五年創刊）に、フロイトとほぼ同時期に紹介され、正宗白鳥が異常心理を扱った『人を殺したが』（一九二五）などに影響を与えたとされるが、昭和戦前期には、フロイトほど知られていなかった。なお、「集合意識」は、二〇世紀フランスの社会学者、エミール・デュルケイムの用語。

中村真一郎はまた、〈この小説のなかでは、悪鬼や妖精が生命あるものとして、現実に生きて動いている〉といい、一九世紀後半、イギリスのウォルター・ペイターのゴシック・ロマンスの短篇と引き比べ、折口信夫と一度、ペイターについて語りあったことがあるとも述べている。話が弾んだのは、ペイターが生涯、独身者だったことも手伝っていよう。[*]

＊ウォルター・ペイターは『ルネサンスの歴史研究』（一八七三、第二版以降は『ルネサンス―美術と詩の研究』）で知られる。ルネサンスの美術や学芸の価値を、キリスト教会の権威より高く置き、その意味での芸術至上主義を打ち出した書物で、独自の象徴主義の立場から自由闊達に解釈し、今日では「創造的批評」と呼ばれる。折口の若い頃から日本でも広く知られていた。

『死者の書』には、たしかに一人称独白体が幅を利かせている。視点人物の五官の感覚や内心を、人物を転換しながら語るのは、ギュスターヴ・フローベール『ボヴァリー夫人』（一八五六）のそれが知られる。日本では、それを田山花袋が学んで長篇『生』（一九〇八）で試みていた。が、国際的に二〇世紀の小説の主流は、意識の流れをあるがまま（のように）書くことに向かった。日本では、岩野泡鳴によって一人称の饒舌体に向かい、一九一〇年代には宇野浩二、一九三〇年代に高見順、石川淳、太宰治らに展開していた。[▼4] 堀辰雄『かげろふの日記』も、平安時代の女房に乗り移って語る一人称文体の工夫だった。

だが、『死者の書』は、虚構の主人公（＝語り手）の視点で一貫するわけではない。〔一〕は、滋賀津彦（大津皇子）の霊の独白からはじまる。〔二〕では、大津皇子の塚の傍を修験者が通りかかる様子を語り手が客観的に語る。〔三〕では、語り手が藤原南家の郎女が踏み込んだ当麻寺の事情を語り、語部の嫗に乗り移って語り、〔四〕は、その嫗の神うたではじまり、嫗が「大津皇子の霊が郎女を二上山の麓の当麻に呼んだ」と語り、語り手は、それを聞いた郎女に乗り移り換え、その内心を語る。章ごとに、また章の途中でも、語り手は次から次へと位置を変える。このように語り手が虚構の人物に自在に乗り移って語る『死者の書』のスタイルに、みな鮮烈な印象を覚えたはずなのだ。

ところが、戦後の文壇では、身辺の出来事を作家の主観を通して書く「私小説」は客観小説ではない、近代的でないという意見も勢いをもった。それに対抗して、『死者の書』の虚構の一人称の語りが二〇世紀的だと強調されたのだ。大津皇子の霊の語りは、死者の霊が登場して語る夢幻能の応用であり、『死者の書』には、ほかにも芸能の舞台効果を思わせるところがそこここにあることは、演劇と関係の深い人びとには了解されていただろう。が、折口信夫の芝居好きはよく知られていたし、評言は新しさの強調に向かいがちだ。

折口信夫「国文学の発生（第一稿）」（一九二四）は、次のように述べている。

> 一人称式に発想する叙事詩は、神の独り言である。神、人に憑《カヽ》って、自身の来歴を述べ、種族の歴史・土地の由緒などを陳《の》べる。皆、巫覡《ふげき》の恍惚時の空想には過ぎない。併し、種族の意向の上に立っての空想である。而も種族の記憶の下積みが、突然復活する事もあった事は、勿論である。[5]

〈一人称式に発想する〉は、一人称で「想を外に発する」、表現するという意味である。岩野泡鳴の用語法を借りたものだが、折口信夫が泡鳴から多くの感化を受けていることは、章を改めて述べる。ここで〈種族〉は、部族や氏族の意味で用いられている。『死者の書』でも語部の嫗が神がかりして語り、またうたう。が、同時に、語部は消えゆこうとしていることも告げられている。奈良朝期が大きな時代の転換点であったことが示されていることは先にも述べた。

ここで〈種族の記憶の下積み〉が〈突然復活する事もあった事は、勿論である〉と述べられている。中村真一郎は、それを「共同体の集合《マ》意識《マ》」に〈精神を浸らせて語る〉と形容したが、日本民族の基底部からの声にのって語るという意味になりそうだ。

民族の記憶

折口信夫「妣が国へ・常世へ――異郷意識の起伏」（一九二〇）〔一〕では、異郷への思いが次のように語られていた。

> 十年前、熊野に旅して、光り充つ真昼の海に突き出た大王个崎の尽端に立った時、遥かな波路の果に、わが魂のふるさとのある様な気がしてならなかった。此をはかない詩人気どりの感傷と卑下する気には、今以てなれない。此は是、嘗ては祖々の胸を煽り立てた懐郷心（のすたるじい）の、間歇遺伝（あたいずむ）として、現れたものではなかろうか。[6]

わたしは二〇代半ばに、この一節にはじめて出会ったとき、ずいぶん面白い考えだと興味を惹かれた。夢野久作『ドグラ・マグラ』（一九三五）は胎児のときの夢の記憶を扱い、先祖の経験した心理が遺伝するという仮説に立っていた。それに似ていると思った。また、常世の伝説が幾世代も離れた現代人に、突然、噴き出てくるというのは、マルセル・プルーストが『失われた時を求めて』（一九一三～二七刊行）で、ケルトの神話のなかからウサギが飛び出してくるように、とたとえたことに通じるとも思った。それは、アンリ・ベルクソンが『物質と記憶』（一八九六）で、記憶想起のさまざまの例の内にあげていなかったもので、プルーストは、ちょっと自慢気だったらしい。が、日本ではじめてプルーストの名前が発せられたのは、フランス大使として日本にやってきたポール・クローデルの一九二二年、京都大学での講演だった。それより早く、折口は「異郷意識の進展」(一九一六)の頃から「あたいずむ」(隔世遺伝)にふれていた。

「記憶の隔世遺伝」の考えは、富士川游と交流のあった精神医学の草分け、呉《くれ》秀三らが取りざたしていたことが知られている。そのもとは、一八七〇年代に、犯罪者に類人猿や野蛮人(savage)の体質及び気質の甦り(先祖返り)を認める「犯罪人類学」を提唱したイタリアの精神病理学者、チェーザレ・ロンブローゾに発するが、すでにその非科学性が難じられていた。それが当時の日本で専門家のあいだに浮上した理由として、考えやすいのは、ベルクソンが『物質と記憶』で、五官で受けとめ感覚の記憶が積み重なって、「これは〜だ」と判断する「知覚」になるといい、記憶想起のさまざまについて述べていたことに、ユンクの「民族の無意識」、とりわけ普遍性をもつ「元型」の考えが結びつけられたことだろう。あるいは、ハーバート・スペンサーが国家=社会を生命体のように説いた理論(社会有機体論)を重ねても思いつくかもしれない。明治中期に知識人に浸透したそれは、生物のみならず、社会も宗教も、いわば何でも進化してきたという彼の理論と結びついていたからだ。いずれも、人類という種を超えるものではない。

　それを確認しておいたのは、折口のいう〈あたいずむ〉について、エルンスト・ヘッケルが一般向けの『生命の不可思議』(一九〇四)で「個体発生は系統発生を繰り返す」と説いたことが引きあいに出されることがあるからだ。▼7 動物はみな、母親の胎内で受精卵から胎児へと育つうちに、魚やトカゲなどの段階を経るという説で、今日では、種によって複数の経路が考えられている。その説にヘッケルのふれていない「記憶の遺伝」説をあわせると、人間は民族どころか、種を超えて、魚やトカゲが過ごしてきた太古からの記憶を脳内に宿していることになってしまう。これが、『ドグラ・マグラ』に登場する論文「胎児の夢」である。*

＊関連して述べておくと、ラマルクの唱えた、生物個体が生存中に獲得した生存に有利な身体の変化が遺伝するという「獲得形質遺伝」説は、チャールズ・ダーウィンも否定しなかった。が、遺伝子のはたらきとしくみが明らかになり、すっかり否定されたかのようだった。ところが、二〇一〇年代に入って、環境から受けるストレスがホルモン分泌など細胞のはたらきに変化を生じさせ、それが遺伝するケースがあることが、いくつかの実験で確かめられている（エピジェネシックス）。あくまでも細胞レヴェルに限ってだが、「獲得形質遺伝」説が甦りつつあるらしい。

なお、民族文化を生命体として考えるスペンサーの考え方は、彼のレッセ・フェール（自由放任主義）とは矛盾することがトーマス・ハクスリー「行政ニヒリズム」（一八七一）によって完膚なきまでに論破されていた。細胞や器官が勝手に活動したら、生命体は壊れてしまうではないか、と。そして自由放任主義は、行政に対して無関心になること、結果として軍隊の行動を黙認することになるとして、教育の重要性を訴えている。この論文を収めたハクスリーの著書は、明治期、洋書を並べた貸本屋の店頭にも並んでいた。▼8

ところが、スペンサーの社会生命体の進化論は、一八九〇年、帝国憲法制定期に帝国大学総長・加藤弘之によって、日本は原始的族長政治が展開してきたもので、古来、天皇を頂点とする一大家族だったという「家族国家論」に変奏された。* そして、これが日本の国体観の主流になった。

＊加藤弘之の講演「国家生存の最大基礎に就て東西両洋の比較研究」（一八九〇）は、立憲君主政体が当代日本にふさわしいことをいうために、〈皇室は臣民の宗家〉を掲げ、古代に族長のような位置に

あった天皇の権力が徐々に下に降ろされてきたのが日本の国体であり、それを「進化」と説く。「殉国の義」（同年）では〈忠孝一本、万邦無比の国体〉を説きはじめる。「忠」「孝」も、「臣民は王の赤子」も、もとは中国にあった考えだが、易姓革命によって王朝が交代してきた中国とちがって、日本は一貫して一大家族、それゆえ君主に対する忠と親に対する孝が矛盾しないという（ともに『加藤弘之講演全集』一九〇〇所収）。これは、このときはじめて唱えられた日本の「伝統」論である。

　さらには帝国大学憲法学教授、穂積八束《やつか》によって、日本民族が「血統団体」であるとうたう『国民教育愛国心』（一八九七）も出され、修身の副読本のように用いられていった。冒頭、〈我が日本民族の固有の体制は血統団体たり。……吾人の祖先は即ち恐《おそれおお》くも我が天祖なり。天祖は国民の祖にして、皇室は国民の宗家たり〉と説いている。そののち、井上哲次郎『国民道徳論』（一九一二）が、日本神話に祭天の思想はないと断じ、皇統の祖先崇拝を強調した。『易経』にもとづく節気の祝いなど朝廷行事を無視する説である。

　折口信夫はこの考えには反対していた。先に見た「古代生活の研究―常世の国」の〔一〕で、〈神道の意義は、明治に入って〉〈憲法に拠る自由信教を超越する為に、倫理内容を故意に増して来た傾きがある〉と述べている。[9]〈倫理内容〉とは、いうまでもなく、「国民の宗家」たる天皇家に対する忠孝である。〈憲法に拠る自由信教を超越する為に〉は、次の経緯を踏まえている。

　教育勅語（一八九〇年）ののち、文部省が「修身」を尋常小学校の首位教科にすえ、皇室崇拝をうたった。自由民権運動系の人びとは「宗教からの教育の自由」を掲げて反対した。それに応えて文部省は「神道は皇室の祖先崇拝ゆえ宗教でない」とし、さらに忠君愛国を押し立てた。祖先崇拝は「宗教でない」というのは、父祖の地の霊を祀ること、ないしは父祖の地を離れた集団が祖先の霊を祀ることは世界各地に普遍的に見られることだが、それに対して興ったのが新たな宗教であり、ユダヤ教、キリスト教、イスラームなど世界の主要な宗教に祖先崇拝の教義はないからである。仏教にもない。実は『論語』も、とくに打ち出してはいない。中国・漢代から儒家が皇帝に仕え、地祇への崇拝や帝室の祖先崇拝と結びついてゆく一端は、先に見ておいた（68頁）。

ここで、〈詩人の郷愁〉に帰れば、一九二〇年代も後半にさしかかると、普遍的な「生命」の根源に向かう傾きを強めていた。北原白秋「童謡私観」（一九二六、のち『緑の触覚』一九二九所収）はうたっている。

> あゝ、郷愁！　郷愁こそは人間本来の最も真純なる霊の愛着である。此の生れた風土山川を慕う心は、進んで寂光常楽の彼岸を慕う信と行とに自分を高め、生みの母を恋うる涙はまた、遂に神への憧憬となる。此の郷愁の素因は未生以前にある。／この郷愁こそ依然として続き、更に高い意味のものとなって常住私の救いとなっている。▼10

本書〈序章〉で、一九一四、五年の頃、〈茂吉・白秋が相競うて、宗教的な概念をもった歌を詠んでいた。それが流行の真っ先にあった〉という釈迢空「自歌自註」の一節にふれたが、その〈宗教的な概念〉は、〈未生以前〉の普遍的な生命の神秘に向かう心を生んでいた。折口信夫の説いた〈あたいずむ〉は、こちらに近いのかもしれない。

ところで、折口信夫はエッセイ「画因」で、『死者の書』の執筆動機にふれ、小説ができあがってのち、いろいろなことが思い出されてきたと述べ、〈精神分析に関連した事のようでもあるが、潜在した知識を扱うのだから、其とは別だろう〉と述べている。ここでは、折口信夫は、「潜在無意識」と「潜在した知識」とを使い分けている。そして、いう。

私の心の上の重ね写真は、大した問題にするがものはない。もっともっと重大なのは、日本人の持って来た、いろいろな知識の映像の、重って焼きつけられて来た民俗である。其から其間を縫うて、尤《もつとも》らしい儀式・信仰にしあげる為に、民俗民俗にはたらいた内存・外来の高等な学の智慧である。[11]

〈重ね写真〉は、重ね焼きした写真。多くの〈知識〉、つまり意識され、記憶された事象の重なりを意味している。〈外来の高等な学〉は、いうまでもなく、中国から伝来した儒・仏・道（陰陽思想のこと。彼の学は、北原白秋のように普遍的な神秘へではなく、それら〈外来の高等な学〉によって変容する以前の、民俗の〈内存〉、知識の〈記憶の下積み〉に向かった。そしてエッセイ「画因」では、『死者の書』には、太古から続く〈日祀り〉の記憶を潜めたことが明かされていた。

今日、カナダの政治哲学者、チャールズ・テイラーが『自我の源泉—近代的アイデンティティの形成』（一九八九）などで、ジェイムズ・ジョイスがとくに短篇集『ダブリン市民たち』（一九一五）で、モノやコトの「魂」とでもいうべきものが顕現する精神現象を「エピファニー」（epiphany）と呼んだことを指標にして、二〇世紀モダニズム芸術では、ロマン主義芸術における神聖開示（エピファニー）が確固たる基盤を喪失し、それに代わって、言語表現など「芸術それ自体の顕現」が見られると論じている。[12] モダニズム文芸が表現性への意識を高めたのは確かだが、一九世紀後半から二〇世紀前半の文芸の国際的な動きに目を配るなら、民族独立運動が高めた諸民族の多神教信仰、ないしは、それらを自然の背後に普遍的生命の営みを想定する生命原理主義（Life-centrism）に変奏する思想の流れを基盤にしていることに気づくはずだ。

ロンドンでアイルランド独立運動を進めたウィリアム・バトラー・イェーツとインド・ベンガルでインド独立運動の先頭に立ったラビリンドラナート・タゴールとの親交が進み、その傍らで、若きジョイスはケルト復興運動（Celtic Revival）とのつながりを深めていた。その波は、キリスト教文化圏に属する人びとが植民地でネイティヴの信仰と接触したことから呼び起されたものといってよい。英語圏に限っても、ハーマン・メルヴィル『白鯨』（一八五一）が捕鯨船の乗組員たちの南洋諸島の原始信仰を浮かびあげたあたりにはじまり、ジョセフ・コンラッドの世界各地に題材をとった諸篇、イギリス本国でもトマス・ハーディ『ダーバヴィル家のテス』（一八九一）は、若い女性のなかに眠る原始的信仰、異教の太陽崇拝の「血」を呼び覚ましてみせた。それらのなかにも、ロマン主義が盛んにした神秘的な象徴表現は溢れている。総じていえば、キリスト教が邪教として退けてきた多神教信仰を「大いなる生命」という普遍原理の賛歌へと変奏する象徴主義芸術、新たな普遍原理に立って自然観察の態度なども取り込み、自らに至上の価値を置く、その意味での芸術至上主義の展開として、モダニズムは開花したのである。

このような国際的な見渡しに立てば、『死者の書』には、明治期につくられた「国家神道」の進展に対して、太古の日本の民俗、その神秘の顕現が託されているということもできるだろう。だが、日本の場合、象徴主義からモダニズムへの展開は、また、その評価の歴史は屈曲に満ちている。実際、釈迢空自身の歩みも、そうだった。われわれは、折口信夫とその時代に、そして釈迢空と折口信夫の重なりとちがいに、踏み込んで考えてみなくてはならないようだ。

西洋憧憬から超越へ

中村真一郎「『死者の書』私観」に戻る。中村は、作中に登場する大伴家持と恵美押勝との対話にも注目し、日本に珍しい「政治と文学」の対話と評している。その対話はたしかに、権勢の頂点にある者が、何気なく発するかのようなことばで相手を威圧し、また引き入れる術《すべ》に長《た》けていることをよく示している。そして最後に、『死者の書』の中心人物、藤原南家の郎女が二上山の二つの峰の間に幻視した〈理想的美男子、永遠の恋人の姿が、金髪で白い肌の男として描かれている〉ことをいい、それを〈明治の知識人独特の文明感覚〉、つまりは西洋憧憬が折口信夫の無意識のうちにも蔵されていたと示唆して終わる。その〈理想的美男子、永遠の恋人〉を描いた一節を『死者の書』〔四〕より引いておこう。

金色の鬢《びん》、金色の髪の豊かに垂れかかる片肌は、白々と袒《ぬ》いで美しい肩。ふくよかなお顔は、鼻隆《たか》く、眉秀《ひい》で夢見るようにまみを伏せて、右手は乳の辺に挙げ、脇の下に垂れた左手は、ふくよかな掌を見せて……ああ雲の上に朱の唇、匂いやかにほほ笑まれると見た……その俤《おもかげ》。

〈眉秀で〉は漢文でも日本古典でも、ふつう男性に用いた。ここにはたしかに、金髪と白い肌、鼻の高い男性の像が描かれている。これは郎女が、奈良の都の父親の屋敷で千部写経に励んでいたとき、春秋の彼岸中日に二回、〈まざまざと見たお姿〉を当麻寺の庵で想い返したもの。この金髪と白い肌は、もう一度、〔十五〕でも想い返される。先にも述べたが、写経に打ち込み、神経が弱っていたとき、眩《まばゆ》い光のなかに浮かんだ御仏《みほとけ》の髪が金色に輝いていたことは考えやすい。釈迢空は、とくに戦後だが、陽光を浴びて金色に輝く羊を好んで詩に書いた。だが、白い肌を想うのは、なぜか。これは問題として残しておこう。

　死の季節を離れて、『死者の書』に最上級の賛辞を贈ったのは、ドイツ文学者で文芸評論に活躍した川村二郎である。中公文庫『死者の書』（一九七四）に付した解説の第一行を、〈『死者の書』は、明治以後の日本近代小説の、最高の成果である〉とはじめていた。

　川村二郎は、そこで『死者の書』のしくみを「弁証法」ということばを用いて語ろうとしているが、どうにももどかしい。のちの『死者の書　身毒丸』（中公文庫、一九九九）の「解説」では、かつて、他と比較せずに〈最高の成果〉と述べたことに〈気負い〉があったことを認め、〈「無比」もしくは「無二」という言葉を用いたい〉と言いなおしている。そして、〈「超越」が、日本の小説には類を見ないほど感覚的な実質として迫ってくる所に、この作品の無比なるいわれがあるといってみたい〉と述べる。こちらの方がわかりやすい。[13]

〈一般に人間にとって最大の超越は、この世界を成り立たせ、生きとし生けるものを地上にはびこらせてはまた滅し、一切の生と死をつかさどる絶大な力にちがいない〉といい、キリスト教やイスラームの超越的絶対神をあげ、敗戦後の折口信夫が世界宗教としてのキリスト教に強い関心を抱き、〈日本の神道を世界に通用する宗教に高め、普遍化しなければならない〉という信念を語ったことと関連づける。折口が一方では、そのような超越への志向、他方では〈日本古代の神々の世界に、感覚と認識の双方を通じて深く親しんでいた〉ことを指摘し、それが〈『死者の書』の作品世界を実に独自な重層構造たらしめている〉と説いている。以前、「弁証法」という語で説こうとしたのは、その〈重層構造〉のことだった。中村真一郎が明治知識人の西洋憧憬の現れと指摘したことを、川村二郎は超越性への志向に転換したことになる。

人間の及ばない力をもっているとする点では、仏も「超越的」だが、南家の郎女が二上山の上空に見たのは阿弥陀仏であり、仏教は多神教で、しかも、世界の外に立ち、世界を創造したとする一神教の絶対的超越神を想定しない。ただし、中国・天台宗には法華経を根本経典とする考えがあり、最澄がそれを日本に伝えたことはよく知られる。それでも『華厳経』との兼修や『大日経』を奉じる密教との兼修の態度は保たれていた。が、折口信夫がエッセイ「画因」でふれていた源信『往生要集』の「欣求浄土」思想は、阿弥陀仏を極楽浄土への導き手として祀り、唯一絶対神のような位置に置き換えてゆき、それは日蓮宗に至って完成する。日蓮は『法華経』(本門寿量品)の底に「一念三千」、三千大世界の成仏を念じることが秘されているという(「船守弥三郎許御書」第四章)。それを考えあわせると、川村二郎のいうことも、半ば納得できるかもしれない。むろん、中世の信仰を、奈良時代に移し、南家の郎女に託したのは、釈迢空の作為とするわけだ。

関連して、近年では安藤礼二が論考を重ね、釈迢空が『死者の書』の続篇を企て、高野山を舞台にとる草稿断片を遺していたなかに、『西観唐紀』逸文と称する虚構の文献を登場させていること、そこに〈神変不思議の術〉を使う者として磔《はりつけ》にあった夷人《いじん》、つまりイエス・キリストの話が出てくること、それゆえ空海が景教(ネストリウス派キリスト教)の教えに触れていたことを指摘した。[14] 釈迢空は、藤原南家の郎女が二上山のあいだに幻視した阿弥陀仏の像にイエスのイメージを重ねていたことになる。これについては、折口信夫の若き日の恋愛が絡み、やや込み入っているので、のち本章〔仏とキリスト〕の節で述べることにする。

小説の評価基準

川村二郎が〈『死者の書』は、明治以後の日本近代小説の、最高の成果である〉と述べたとき、その「近代小説」には、エッセイ「画因」で折口が次のように自解しているのが映っていただろう（序章で最初の一文だけ引いた。14頁）。

私共*の書いた物は、歴史に若干関係あるように見えようが、謂わば近代小説である。併《しか》し、舞台を歴史にとっただけの、近代小説というのでもない。近代観に映じた、ある時期の古代生活とでもいうものであろう。

＊この〈私共〉は一人称単数の謙辞。このエッセイでは〈私ども〉も用いられている。

その前のところでは、岡本綺堂の新歌舞伎をあげ、歴史の〈合理化〉といっている。歴史的事件に観客を納得させる解釈をほどこすという意味で、〈大衆を相手にする場合には、余程強みになるらしい〉と述べている。それとは異なり、引用冒頭の〈私共の書いた物は……〉とつづくわけだ。芸術的な小説という意味で、この頃、谷崎潤一郎などは「大衆文学」に対して「所謂純文学」ともいっていた*。

＊明治期には人文学（哲・史・文）のなかをドイツ式に「知の文学」ないし「理文学」（Wissenschaft Literatur）と、「美文学」（Schöne Literatur）ないし「純文学」に二分する考えが強かったが、この時

期に、「大衆文学」に対して「純文学」を用いる人も出はじめていた。が、戦後には「中間小説」という概念も定着した。それを無視して「純文学」対「大衆文学」の図式が拡がるのは一九六〇年前後のこと。[15]

〈近代観に映じた〉は、近代の折口自身の観念に映じたという意味で、折口は自身の学問が「近代」のものであることをよく自覚していた。*

*「近代」は、近い代という意味で、古代から用いられ、藤原定家『近代秀歌』などがよく知られる。特定の時代区分を指すものではなく、昭和戦前期まで「近世」と混用されていた。一九三〇年代後半に、明治からをいう用法が拡がる。[16] ここでいう〈近代小説〉は、明治以降の意味でよいだろう。「近代観」も、西洋の人類学などの影響を受けた彼の学問の態度と見てよいと思う。

だが、『死者の書』がまったく非難を受けなかったわけではない。ふたつ代表的なものを拾っておく。まず、江藤淳『作家は行動する』（一九五九）は〈『死者の書』がすぐれた文学作品であるにもかかわらず、「小説」の要件をそなえていない〉という。江藤淳は、作家が新たな文体を生み出す行為に焦点をあわせ、文芸批評家としての地歩を固めた人である。新しい「文体」を切り拓く努力が見られないという意味である。

「死者の書」の文体は、醒めたものの文体ではなく、夢遊病者の文体、あるいは憑依された呪術者の行動であって、それはいかに動的であろうと、主体的な行動ではないのである。この結果、この作品にはどこかしら病的な、不健全なものがただよっている。[17]

戦後文芸批評には、戦時期の神がかりや精神主義への反省が強くはたらき、リアルな現実認識こそ正統な「近代小説」とする論調が強かった。この江藤淳の非難と、ドイツ・ロマン主義にも造詣が深く、幻想味の強い内田百閒の世界なども高く評価した先の川村二郎の賛辞を並べるなら、文芸批評の評価軸がリアリズムからファンタジーへと動いてきたように思えるかもしれない。が、ことは、それほど単純ではない。

江藤淳は、実際には、『死者の書』は語りの文体を基調にし、しかも口語表現が多いため、創造的文体ではないと感じたらしい。作家の書く行為を問題にしながら、構成意識を度外視し、死者の霊の語りや神がかりの状態、夢うつつの意識の状態に乗り移った一人称をもって〈夢遊病者の文体〉としてしまう。短絡が過ぎよう。われわれは第一章〈物語の現時点〉で『死者の書』が緻密に組み立てられていることを見ておいた。

そして江藤淳は、たとえ作者の認識が醒めていても、世に「健全」とされる立場から逸脱するデカダンス〈退廃志向〉を評価しなかった。折口信夫は日本文学史を大きな見渡しにおいてさまざまに論じたが、その一つに、世の規範を逸脱した者たちが、いかに日本の前近代の文芸を切り拓いてきたかを考察する「日本文学発想法の一面―誹諧文学と隠者文学と」〈一九三五、加筆して『日本文学の発生　序説』〈一九四七〉に所収〉がある。世の秩序を逸脱したという意味では、日本のデカダンス、ないしはアウトサイダーの果たした人びとの役割を掘り起こしたものである。そのような立場も江藤淳にとっては〈不健全〉なのだ。

江藤淳は、また、のち「フォニイ考」〈一九七四年『文學界』六月号〉で、堀辰雄のモダニズム小説系と見なす作家たちの長篇を「フォニイ」〈まがいもの〉と退けた。堀辰雄は、たとえば軽井沢を舞台にした『美しい村』（一九三三）で、意識のあるがままを再現するかのような「意識のリアリズム」の手法をとっている。人気のない避暑地を散策するうちに地理感覚が狂えば、その狂いのままに書いており、方角が正反対になっているところまであるという[18]。堀辰雄は、作家の想像する世界においては、実際に経験したことも想像した虚構も等価という信念の持ち主だった[19]。このような堀辰雄の意識のリアリズムも、江藤のいう〈醒めた〉現実認識とは程遠いことにされる。そして彼は、のち、『リアリズムの源流』（一九八九）を印象鮮明や焦点化を説いた正岡子規の「写生文」（正しくは「叙事文」一九〇〇）に求めてゆく。江藤淳ひとりのことではないが、表現の方法ということが問題意識にのぼらない文芸批評家が多かったのである。子規の俳句論にはのちにふれることがあろう（第四章）。

折口信夫は、といえば、そのエッセイ「画因」を、江戸後期に大和絵の復古を企てた冷泉為恭が描いた阿弥陀来迎図をめぐってはじめていた。それが為恭の深い苦悶と救済の願いに発するものと推測し、だが、〈如何にも、古典派の大和絵師の行きそうな楽しい道をとっている〉といい、〈勿論、個人としての苦悶の痕などが、そうそう、絵の動機に浮んで見えることは、ある筈がない。絵は絵、思いごとは思いごとと、別々に見るべきものなることは知れている〉という[20]。表現には、作者の心情を超えて、ジャンルや流派などの規範がはたらくことに、折口はそれこそ「醒めた認識」をもっていた。それゆえ、先にふれた「近代小説文体論序」では、堀辰雄が新しい一人称の文体を工夫したことを高く評価していたのである。折口信夫の批評の「厳密さ」の一例だが、この作品を作家に還元しない態度は、読者の側に立って短歌を批評する態度と結びついている（第四章〔折口信夫の場合〕で述べる）。

エロスの希薄さ

『死者の書』の欠陥を指摘する、もう一つの批評は、二〇世紀の海外小説の主流が自伝的な一人称独白体であることを論じてきた佐伯彰一の「『死者の書』のディレンマ――日本の「私」を索《もと》めてⅨ」（『文藝』一九七三年九月号）である。『死者の書』を〈この異様な迫力にみちた〉作品と評し、魅力をたっぷり語りながら、だが、たとえば、川端康成『雪国』（一九三七）の最後に見られるような〈エロス的同一化の秘儀と至福〉と比べ、肝心の大津皇子の〈エロティックな執念〉の書き方が〈回避的、間接的にと傾いてしまう〉と述べている[21]。『死者の書』に、当麻の語部の嫗が語る天若日子、霊として登場する大津皇子、彼らの魂が現世に執着するのは、ともに異性への執着ゆえである。それゆえ、セクシャルな場面もあるが、異性愛のエロスの深みに欠けているというのだ。

そして佐伯彰一は、ウォルター・ペイター『エピクロスの徒・マリウス』（一八八五）などを引き合いに出しながら、それを一九世紀末耽美主義の宗教趣味の匂い、ディレッタンティズムの〈甘ったるさ〉に通うと指摘する。この指摘は、『死者の書』の評価の分かれ目になろう。看過しがたい。

折口信夫のエッセイ「画因」は、いまふれた江戸後期の冷泉為恭の最晩年の阿弥陀来迎図について、〈極度な感覚風なもの〉を感じたといい、為恭に触発されて、大正・昭和期に活躍した吉川《きつかわ》霊華《れいか》の宗教画にも〈濃い人間の官能が、むっとする位つきまとうて居る〉ことに及び、冷泉為恭の来迎図に再び帰って、〈写真だけでは、立体感を強いるような線ばかりが印象して、それに、むっちりとした肉《しし》おきばかりを考えて描いているような気がして、むやみに僧房式な近代感を受けて為方《しかた》がなかった〉〈仏像を越して表現せられた人間という感じが強過ぎはしなかったか〉と違和感を表明している。[22] ややあって、〈どんな不思議よりも、我々の、山越しの弥陀を持つようになった過去の因縁ほど、不思議なものはまず少い〉と述べ、それを中将姫の伝説とつなげて、『死者の書』のモチーフを明かしてゆく。その条《くだり》が先に引いた〈日本人総体の精神分析〉云々に承けられてゆく運びである。*

＊釈迦はむろん男性だから、多勢の弟子に囲まれ、入寂するときの様子を描く涅槃図では、胸を開《はだ》けた姿は男の姿に書かれる。が、「本地」とされる仏は性を超えた存在とされ、中国でも日本でも、仏像、仏画は中性というタテマエで刻まれ、描かれた。釈迢空がそれを知らないはずはない。そもそも、郎女が何の疑いもなく、御仏の幻を男性として慕うところからして実は、作為がはたらいている。

逆に、観音が慈母にたとえられ、観音像に懸想する男が文芸に登場し、その苦悶を救済する江口の遊女とも重ねられることは多々ある。が、管見の限り、胸乳豊かな像は、吉祥天や弁財天のような天女に限られている。懸想した女への想いが昂じて、仏師がエロティックな裸身を彫り出す幸田露伴『風流佛』（一八八九）は、その意味で破天荒な作品だった。二〇世紀への転換期に横山大観と菱田春草がインドを訪れたあたりから、アジャンタ壁画の受容が拡がり、仏像にも胸乳豊かな女性の裸身が描かれるようになったようだ。[23]

なお、いわずもがなかもしれないが、エッセイ「画因」で、冷泉為恭の来迎図の阿弥陀仏の肉づきを〈むやみに僧房式な近代感〉を感じたとあるのは、稚児趣味とリアリズムとが含意されていよう。

佐伯彰一は、いわゆる「近代的自我」をもって「日本の私」の中心問題とする文芸批評の傾向に対して、〈近代的な自我意識〉と精神の〈古層との微妙なつながり、配合の具合を明らめたい〉という。そのような関心から、この一連のシリーズに取り組んでいたのだが、釈迢空とのスレチガイは明らかだ。

作家のつもりでは、人間の肉体の官能的表現に代えて、もっと大事なものが『死者の書』を貫いているのだから、エロティックでないというのはないものねだりに過ぎないことになる。しかし、それなら、なぜ、高貴な娘に妄執を抱く霊や神など登場させるのか、と逆に問われることになろう。エッセイ「画因」では、中将姫伝説には魑魅魍魎《ちみもうりょう》が絡むので、かなり前から書いてみたかったと述べている。いわば最初の動機にもかかわる。

だが、そもそも佐伯彰一が『死者の書』は異性愛の深さを回避しているというのは、折口信夫の男色を念頭に置いての言であり、一種の作家還元主義に陥っている。大津皇子の妄執が濃厚に浮かび出ないのは、回避といえば回避だが、それは作品の虚構の成り立ちの根本にかかわる、とだけ、ここではいっておく。一九世紀末の耽美主義に通うという評価には、第四章で検討することにしたい。

民俗学的アプローチ

折口信夫の死を看取った愛弟子の一人、岡野弘彦は、藤原南家の郎女について、「折口信夫・人と作品」(『昭和文学全集4』一九九五)に、こう書いている。

> 神のために織った衣を着せて迎える役をつとめた。南家ノ郎女は奈良時代におけるたなばたつめである。[24]

岡野弘彦は、郎女が蓮糸で布を織ったことについて、さりげなく、折口民俗学のキイワードの一つ、「まれびと」と「たなばたつめ」の伝説を結びつけて説いている。折口信夫「たなばたと盆祭りと」（一九三〇）は、『日本書紀』巻第一〈天孫降臨〉より、天孫が海の波の上に大きな八尋殿《やひろでん》を建てて玲瓏な布を織る二人の少女に、誰の娘かと問いかける場面を引いて、次のように述べている。

我々の古代には、こうした少女が一人、或はそれを中心とした数人の少女が、夏秋交叉《ユキアイ》の時期を、邑落《ゆうらく》離れた棚の上に隔離せられて、新《あらた》に、海或は海に通ずる川から、来り臨む若神の為に、機《はた》を織っていたのであった。▼25

〈我々の古代〉は、中国起源の七夕伝説に対して、それと習合する以前から、日本に若い神を夏に娘たちが迎える風習があったことを想定している。〈棚〉は高楼。〈邑〉は、大宝律令で国・郡・里の行政組織が定められる以前に部族の首長が治めている集落をいう。折口信夫の「まれびと」説は、普段の客とはちがい、前ぶれもなく、訪れる遊行者など、客人《まれびと》を歓待する習俗の起源を、来訪神の訪れを歓待する祭りに見るもの。

『死者の書』で、御仏が寒かろうと南家の郎女が機を織ることの背後には、中将姫伝説だけでなく、「たなばたつめ」は〈来り臨む若神の為に、機を織〉るという伝承が踏まえられている、言い換えると若い神とそれを迎える若い娘とのかかわりが潜められているというのだ。そうであるなら、それは伝承中のエロスの問題になる。が、『死者の書』では、それを大津皇子の霊や天若日子の亡霊に置き換えている。その理由が問われよう。

『出雲国造神賀詞』には、タカミムスビの返し矢で死んだ天若日子は遺体を安置しておく喪屋《もや》も壊され、葬儀が執《と》り行われなかったため、その魂は天と地のあいだを往復しているという伝承が残るという。▼26 天若日子が殺されたのちのことは『日本書紀』の伝承にはない。なるほど伝承の世界は豊かな想像を育んでいると感心させられる。が、先の問題を解決してくれるものではない。

また『死者の書』で、天若日子は〈神代の昔びと〉とも〈罪ある神〉とも呼ばれている。これは古代の風習で、神と人とは、はっきり区別がついていなかったという折口の持論の一つが出たところかもしれない。が、語部の媼が〈天の神々に弓引いた罪ある神〉と語る範囲で了解しておけば、伝承の由来やヴァリエイションを知らなくとも、小説を読むのに支障はない。物語の背景となる史実、また民俗・伝承は、読み手の知識によって、いくらでも膨む。「折口学」をどこまで知っていれば、読み解けるのか。疑心暗鬼にもなる。それも『死者の書』を「難解」に感じさせる大きな理由らしい。

逆に、史書に自害したとされる大津皇子を、人前で処刑されたことにした作中の作為にこそ、作家・釈迢空が潜んでいるとわたしは思う。それをはっきりさせるために、次に、少しだけ神話伝承や民俗学の世界、とくに折口信夫の学説との関係に立ち入ってみたい。

『死者の書』〔三〕の終わり近く、語部の媼は、中臣氏が朝廷の神業についた由来、大和が日照りに見舞われた折、中臣の祖先神、押雲根命《オシクモネノミコト》が二上山に八つの水の湧き口、天八井《あめのやい》を見つけたという伝承を語る。この話は、古代天皇の即位式および大嘗祭で、中臣氏によって奏上された「天神《あまつかみの》寿詞《よごと》」（中臣寿詞）を典拠にしていることは疑いない。

「中臣寿詞」は、天孫降臨の際、ニニギノミコトに随伴した中臣氏の祖先神、天児屋根命《アメノコヤネノミコト》が、皇《スメ》孫尊《ミマノミコト》の御膳《みけ》に奉る水を天の水に変えて献上するため、その子、天忍雲根神《アメノオシクモネノカミ》を高天原の二上〔山〕に登らせたところ、神漏岐《カムロキ》・神漏美《カムロミ》の二神から天の玉櫛を授けられ、「それを地に突き立て、祝詞を唱えると、『天の八井』の水が湧き出るだろう、この水を皇孫尊に天の水とお告げなさい」と承《うけたま》わって帰ってくる話である。そのあとに、物部氏が各地から酒や稲を調達する条《くだり》が続く。

大和人《びと》が二上山を男女一対の二神、すなわち神漏岐・神漏美に見立て、高天原への通路のように想っていたという推測は自然だろう。だが、釈迢空は、この「中臣寿詞」のストーリーを、中臣の祖神が大和の二上山で天皇に献上する水の湧き出る「天八井」を見つけたという伝承に作り替え、それを語部の媼に語らせている。いわば伝説の「捏造《ねつぞう》」である。むろん、学説ではなく、フィクションだから許されることだ。しかし、何のために。

ちなみに『日本書紀』巻第四〔綏靖《スイゼイ》天皇〕に、神武天皇の第二皇子、神八井耳命《カンヤイミミノミコト》が第三皇子に皇位を譲り、自らは神祇を奉斎することにしたいきさつが語られている。神八井耳命は畝傍《うねび》山の北〔奈良盆地の南〕に葬られたとされ、多臣《おおのかみ》の祖先神とされる。*これは大和朝廷の神祇の職掌の起源譚である。とすれば、「中臣寿詞」は、この多臣〔多氏〕の祖先神、神八井耳命の神話を、中臣氏の祖先神、天児屋根命の神話に仕立てなおしたものと知れる。そのとき、物部氏との関係も織り込まれたにちがいない。

＊丹波国船井郡にある摩気《まけ》神社の祭神が天児屋根命の子、御饌津彦命《オオミケツノミコト》、別称「天押雲」。天神に「天八井」の水を乞い受け、水や食物を司る神とされる。それゆえ、大嘗祭に摩気神社の「天津八井の泉」の水を捧げるようになったという。こちらの方が素朴な祖型を想わせる。

関連して、天児屋根命は、『日本書紀』巻第一〔神代第七段〕の〔一書〕で、高天原で天照大神を天の岩戸から引き出す祝詞を唱え、忌部《いんべ》（斎部）が行事を執り行ったとある。これが祝詞の起源とされる。中臣が祭事にあたり祝詞を唱える職についた神話上の根拠はこれである。そして天児屋根命は、天孫降臨ののちの神話には登場しない。つまり、その〔一書〕は『日本書紀』編纂時に組み入れられた可能性が高い。そして「中臣寿詞」は『日本書紀』〔持統天皇四（六九〇）年〕に、持統天皇の即位式に神祇伯・中臣大島朝臣が読み上げたと記されている。これは中臣（藤原）氏が祭祀儀礼を握り、朝廷に勢力を拡大してゆく基盤が制度的に確立したことを示している。

次に、折口信夫の著作より、関連する記述を年代順に拾っておく。「国文学の発生（第四稿）――唱道的方面を中心として」（一九二七）の〔呪言《じゆげん》から寿詞《よごと》へ〕に、天児屋根命を祝詞の〈詞章を永遠に維持し、諷唱法を保有する呪言の守護神だったらしい〉と述べ、〈神或は、神子の唱えるはずの呪言を、代理者の資格で宣する風習及び伝統の発端を示す神名〉とし、のちに、中臣の祖先神とされたという考えを示している[27]。

「水の女」（一九二七～二八）〔五〕では、寿詞などはみな長く口承されてきたもので、その記載のはじまりを平安朝期に入って数十年後と見、〈産湯を語り、飲食を語る天神寿詞が、代々の壬生部《みふ》の選民から、中臣神主の手に委ねられて行って〉[28]云々と述べている。〈壬生部〉は皇子の養育にあたる部民を意味する。これと多氏との関係は述べていない。

「古代人の思考の基礎」（一九二九～三〇）〔一、尊貴族と神道との関係〕に〈かの大化改新の根本精神は、実は宗教改革であって、地方の信仰を、尊貴族の信仰に統一しよう、とした所にあった〉、〈大化改新は、今まで国々を治めていた国ノ造《みやつこ》から、宗教上の力を奪って、政治上の勢力をも、自ら失わせた〉とある[29]。〈尊貴族〉はこの時期、「天皇」の呼称が一般化されていなかったので、それに代えて、折口が独自に、天皇および皇族の全体を指して用いた語。

推古朝で聖徳太子が「一七条憲法」を定め、曾我氏とともに仏教崇拝をひろめたこと、太子の歿後、曾我氏の専横を中大兄皇子（のちの天智天皇）が覆し、クーデターで政権を奪ったことはよく知られる。そののち、大化の改新のなかで、『日本書紀』〔孝徳天皇大化三年夏四月〕の詔に〈惟神〉の語が登場し、天ツ神の神威を帯びた天皇による統治が宣言される。これによって、天智朝期に各地それぞれの土地神を祀っていた国造（各部族の首長）の地位および実体が朝廷の任命する「国司」や「郡司」に入れ替えられ、奈良朝期に祭祀と律令を整備し、古代国家体制が整えられる方向が決定された。それを指して、折口信夫は〈宗教改革〉と呼んでいるのだ。その詔が実際に出たものかどうか、『紀』編纂時の潤色であったとしても、天智朝の性格まで動くわけではない。「古代人の思考の基礎」〔二、威霊〕には〈天皇は、大和の国の君主であるから、大和の国の魂の著いた方が、天皇となった……大和の魂は、物部氏のもので〉云々とある。[▼30] 大和の神を天皇に寄り付かせる力をもっていたのは物部氏だったとし、神武天皇より以前に大和に入った饒速日命《ニギハヤヒノミコト》を祖神とする物部氏が大和の地霊を自らのものにしていた時代が長かったと推察している。その祭祀儀礼の職掌を中臣氏が手に入れたと想定しているのは、明らかである。

これは、外からやってきた者に土地の神を寄り付かせる呪力をもった首長の存在を前提にして、はじめて成り立つ説である。マレビト説と互いに前提となる重要な説だと思う。これが成り立たないと、天皇が大和の外からやってきたことを如実に語る神武東征神話は、天孫系の単なる武力侵略の神話になってしまう。折口信夫が、首長と神の関係は一概にいえないということを何度も繰り返していっているのも、これにかかわるだろう。

さらに「妣が国へ・常世へ―異郷意識の起伏」（一九二〇）〔三〕では、『古事記』や『日本書紀』がともに、天ツ神による国ツ神の征服神話というかたちを多く含んでおり、〈国語《クニガタリ》〉が〈天語《アマガタリ》〉に習合されていることを述べている。これは神話の編集の問題の指摘である。そして古代国家と結びついた神話は、儒学や仏教の「論理」によって編まれていることをいい、古代国家成立以前の民草の信仰の姿は『風土記』に探られる。各地の『風土記』に邑国の組織の進展のちがいを見て、日本列島に国ツ神（＝地祇）を祀る各地の「国主」を想定し、いわばその代表者、ないし統率者として、『出雲国風土記』に見える「大国主命」を考えている。これが折口信夫が想っていた大化改新以前の日本の、そして部族の神のあり方だった。

　第二次世界大戦後、石母《いしも》田正《だただし》『日本の古代国家』（一九七一）などにより、古代における中国・朝鮮との関係、階級総体の動きと国家制度改革の研究は大いに進んだ。が、古代の社会にしても国家にしても、その精神的支柱は祭祀儀礼である。折口信夫は、一九三〇年代には、大化の改新によって、各集団の神々の権威の朝廷による統合が開始されたこと、その鍵となる祭祀儀礼が中臣氏によって握られたこと、それに伴い、神話伝承の組み換えがなされたことを見通していた。

　そして、この折口信夫の考えこそが、『死者の書』というフィクションを芯のところで支えているとわたしは思う。どのようにかは、最後の第五章で明らかにしたい。そうでなければ、中臣神話をわざわざ「捏造」したりしないはずだ、とだけ、ここではいっておく。

仏とキリスト

　ここで、折口信夫の若き日の恋愛にからむ富岡多恵子の議論、そして『死者の書』の阿弥陀仏がキリストのイメージと重ねられているという安藤礼二の説を紹介し、少し考えてみたい。これは次章で扱う釈迢空の初期小説『口ぶえ』とその周辺にも、さらには折口信夫の思想形成、彼の神道観や芸術観の根底にかかわる興味深い問題をはらんでいる。

折口信夫はエッセイ「画因」で、ある朝の夢に〈古い故人〉が姿を現し、それがきっかけで、なかなか書けなかった小説が書きあげられたこと、そして、それにエジプトの『死者の書』から借りた題をつけたこと、〈そうする事が亦《また》、何とも知れぬかの昔の人の夢を私に見せた古い故人の為の罪障消滅の営みにもあたり、供養にもなるという様な気がしていたのである〉と記していた。[31] その〈古い故人〉を、折口信夫の中学時代の恋人のことだと周囲の人びとは思っていた、ということは先に述べた（24頁）。

ところが、富岡多恵子『釈迢空ノート』は、折口信夫が一九〇五年、国学院予科に入学してすぐに、藤無染という浄土真宗僧侶と同居していることから、それ以前からふたりのあいだにつきあいがなくてはおかしいと考え、遡って、その出会いを信夫の中学時代に探った。折口信夫「自撰年譜」は、藤無染を〈新仏教家〉としている。[32] 明治後期に起こった仏教界刷新の動きのなかに「新仏教」を名のる集団があった*。

＊井上円了が創始した私学、哲学館（現・東洋大学）内のグループ、新仏教同志会が雑誌『新仏教』を一九〇〇年七月に創刊しており、これに関連していたことを示唆している。

だが、藤無染は運動から脱落し、一九〇六年の八月か九月に結婚し、寺に養子に入って、翌年、一女をもうけ、一九〇九年に歿した。それを突きとめた富岡多恵子は、釈迢空の歌群に丹念に分け入り、無染の結婚による別れに信夫が傷つき、怨み、だが、怨む心を自ら許しえない心情をも読みとった。それが、こんがらがったある朝の夢になったと考え、彼に対する贖罪の思いが『死者の書』の執筆動機になったと推測する。夢で折口は中将姫になっていたのだから、無染の愛を受け入れる側になっていたと想像するのは当然だろう。が、富岡多恵子は、もっと複雑に考えている。それはことわっておくだけにする。

この推測を承けて、安藤礼二は、藤無染が、仏教とキリスト教の根本同一を確信して来日したエリザベス・ゴルドンの仕事（後述）に感化を受け、仏教アナーキズムとでもいうべき思想に走り、東本願寺派の法主、大谷光瑞に反逆する急先鋒となったこと、だが、反対派の勢力は追い詰められたことなどを明らかにした。そして、藤無染が最後の助けを折口信夫に求めたが、それを折口が拒絶し、その贖罪の思いが『死者の書』の執筆動機になったと想像する（『霊獣―「死者の書」完結編』二〇〇九）。それゆえ、ゴルドン夫人の記した仏教・キリスト教同根説、またネストリウス派の布教が長安（現・西安）にまで届いていたことを告げる彼女のエッセイが『死者の書』の背後にあるという。

これらには、そうかもしれないが、そうでないかもしれない、というしかない。理由の一つ目は、富岡説にいえることだが、エッセイ「画因」にいう〈故人の為の罪障消滅〉は、法要を行い、故人の魂を成仏させる僧侶がふつうにいうことばであり、折口本人の罪障感が含意されているとは限らないからだ。たとえ、藤無染がある朝の夢に現れたのだとしても。二つ目は、安藤礼二説に関してだが、釈迢空がゴルドン夫人のエッセイ類にふれていたとは限らないし、まして、その文章まで記憶に留めていた、ないし保持していたとは考えにくいからである。

ネストリウスは、「神の子イエス」を「神にして人」とする考えを推し進め、マリアは「人としてのキリスト」を産んだにすぎないとし、マリアを神聖視することに後向きな立場をとったため、四三一年の宗教会議で異端とされた。そこで布教の範囲を中央アジアに求め、その信仰〔景教〕は中国の西域へ拡がり、唐代には長安でも盛んになった。そのことは長安の「大秦景教流行中国碑頌」にうたってある。それについては、一六世紀に日本に布教したイエズス会宣教師がかなり喧伝していたことが、明治維新後には、知られるようになっていた。

安藤礼二が紹介するゴルドン夫人のエッセイも、その長安の「碑頌」によるものである。大正から昭和初めにかけて編まれた『大正新脩大蔵経』〔外教部〕にも、その「碑頌」は収められている。つまり、藤無染やゴルドン夫人の介在なしにも、釈迢空が、長安に赴いた空海が記したという『西観唐紀』逸文なる偽書を「捏造」することは十分可能だった。*

*二〇世紀初頭、イギリスのオーレル・スタインに次いで敦煌遺跡を探ったフランスの探検家、ポール・ペリオが持ち帰った文書のなかにも、中国語で記された景教経典に類するものがあった。一九一〇年頃から、内藤湖南ら京都大学文科大学史学科を中心に、ペリオが発掘した文物、とりわけ仏典への関心が高まり、一九一五年、大谷探検隊が中国西域で収集した文化財の大型図録『西域考古図譜』〔国華社〕が刊行された。また一九一六年に渡欧した内藤湖南の報告により、敦煌文書全体、また中国古代への関心が広く引き起こされた。一九三〇年代には、ペリオが古文書の解読の相談に、中国の石碑を収集し、古代の書の研究で知られる中村不折の東京・根津の自宅〔現・書道博物館〕を訪れてもいる。

ゴルドン夫人は、日英の同盟関係の高揚期に親日派として活躍した人。伊藤博文とも知己で、日本とイギリス王室との橋渡しをしたこともある。空海が中国で学んだ真言宗がネストリウス派にヒントを得て生じたという説を芯にして、次第に同根説を深め、一九二〇年前後には、「メシア」「キリスト」（ともに救世主の意）とサンスクリット語「マイトレーヤ」との同義性をいうに至る。

二〇世紀の転換期、国際的に宗教界は錯雑とした状態にあった。一九世紀を通して、信仰に頼ったり、理想を述べたりするのではなく、社会の現実をありのままに見ようとする実証主義（positivism）や、自然科学の実験を通して証明できることだけが真実であるとする実験主義（experimentalism）が台頭、また産業革命が生んだ功利主義が蔓延し、キリスト教の地位が相対的に低下していた。先に述べたように、民族独立運動と絡んで民族宗教も高揚する。帝国主義戦争の予感が拡がるにつれ、魂と地上の救済への希求が拡大した。キリスト教も巻き返しに出るが、キリスト教会の権威に反発し、絶対的超越神とは別の宇宙の霊を想定するスピリチュアリズムの動きも、アメリカの神智学協会などで活発になる。そのような情勢のなかで、国際的に諸宗教を横並びで考える機運も高まっていた。一八九三年、シカゴ万国博覧会の記念事業として開催された万国宗教会議には、日本からも禅宗の釈宗演をはじめ、諸派の僧侶が参加し、講演した。

そして、万国宗教会議に参加したアメリカの宗教学者、ポール・ケーラスは、宗教哲学雑誌『モニスト』（この場合は、唯一者を奉じる者の意）を刊行していたが、日本人僧侶と触れあい、ほぼ一八七〇年代から八〇年代初めにかけてヨーロッパ語に翻訳された仏典から『仏陀の福音』を編み、鈴木大拙が翻訳し、釈宗演の序文をつけ、一八九四年に刊行した。それを参照して藤無染が釈迦とキリストの教えを対比した『英和対訳 二聖の福音』（新公論社、一九〇五）を編んだ*（安藤礼二『神々の闘争　折口信夫論』〔二〇〇四〕に詳しい）。

＊新公論社は、浄土真宗改革派の『反省会雑誌』、のち『反省雑誌』が衣替えした『中央公論』を編集

長・桜井義肇が割って出て創刊した『新公論』の版元。一時期は『中央公論』より勢いをもった。

ゴルドン夫人が仏教・キリスト教同根説を唱えたのも、このような動きに触発されたもの。釈迦とキリストがともに、民族、身分、家柄にかかわらず、どのような人をも平等に救済しうると唱え、民族や社会差別の上に君臨する既存の宗教を打破した点で一致することが根幹にある。だが、仏教・キリスト教同根論は、世界の外に立ち、世界を創造した絶対的超越神を想定するユダヤ教の経典を『旧約聖書』として組み込み、磔にあったイエスの復活を待つキリスト教の根本教義と、輪廻転生の苦の世界からの解脱を説く古代インド哲学の根本を受けつぎ、仏を世界内に想定する仏教思想の根本的なちがいを簡単に踏み越えてしまう。それはいっておくべきだろう。戦後の折口信夫の神道宗教化論にもかかわる。

宗教新時代

安藤礼二『霊獣——「死者の書」完結編』は、先の推測に際して、ゴルドン夫人らの感化によって藤無染が説いた仏教・キリスト教同根説に対する〈折口なりの精一杯の返答〉を、「零時日記」(一九一四年六月八日)の冒頭近くの次の一節に見ている。▼33

わたしは、くりすとが、「おれは嫉《ねた》みの神だ。人の子をして親に叛かしめ、弟妹をして兄姉に叛かせる為に出て来た神だ」といったあの語を、御都合風な解釈をする牧師から奪いとって、正面から、厳格な日本語の用語例に従って解したいと思います。実際、わたしは、此語が問題を棄て、態度を説いたものと見て、実行に努めています。日蓮には此考えが著しく現れていますし、あのおとなしい親鸞にさえ、驚くべき力説を見るのです。[34]

ここには、『マタイ伝』の一節のイエス・キリストのことばが引かれている。ユダヤ教の家族のもとから子弟を引き離す新たな信仰を説く者という自認の言であり、それ以上のものではない。〈問題を棄て、態度を説いた〉とは、教義や信条などにかかわる問題ではなく、信仰に向かう姿勢こそが大切という意味である。〈実行に努めています〉も、自らの信仰の根方を見極める努力を重ねている、というくらいにとってよい。

だが、イエスが「神」を名のるはずがない。ユダヤ教その他の信仰に取り巻かれ、「メシア」（救世主）さえ、名のれようはずもなかった。秘かに「メシア」をもって自任していたというのが、せいぜいのところだろう（アルベルト・シュヴァイツァー『メシア性の秘密と受難の秘儀―イエス小伝』〔一九〇一〕などによる[35]）。このとき、釈迢空は、イエス・キリストが磔にあって、はじめてキリスト教が成立したということさえ、よく認識していなかった*。

＊キリスト教の神とイエス・キリストとの関係と仏教の仏と釈迦の関係とのちがいに疎い人は多い。釈迦は人間だが、仏教は、バラモン教に対抗して、その根源神・ブラーフマンに対抗する位置に仏を置き、釈迦をその人間への生まれ変わりとした。その仏のいわば分身の一つが阿弥陀仏だが、浄土教の日本的展開により、阿弥陀仏を唯一絶対神のように奉じる信仰が拡がり、また、日蓮は阿弥陀仏を諸仏の本師、本仏と説いた（『御文章』）。

だが、すでに、この頃には、フランスのエルネスト・ルナンが実証主義の立場から、イエスは人の子のうちの優れた者と説いた『イエスの生涯』〔一八六三〕が広く知られていた。それゆえ、最晩年の高山樗牛は、ニーチェの「超人」の観念を借りて、日蓮を日本の「超人」のように考えた。その『イエスの生涯』は、東京専門学校（一九二〇年より早稲田大学）講師の綱島梁川によって、すでに翻訳されていた（『耶蘇伝』綱島栄一郎＝梁川訳述、安倍能成訳補、日高有倫堂、一九〇八）。綱島梁川は、それ以前、日露戦争のさなかに「神を見た」と証言し、人びとの驚きを買った人である。平塚らいてうは、自分も神を見たいと思い、坐禅をはじめた。日露戦争前後は、そういう時代だった。やがて彼女が創刊した、女たちのための女たちの雑誌『青鞜』の創刊宣言（一九一一）にも〈神秘に通ずる唯一の門を精神集注と云う▼36〉とある。

念のためにいっておくが、キリスト教のいう『旧約聖書』、すなわちユダヤ教の経典でも、『新約聖書』でも、神は見えないものとされている（『ヨハネによる福音書』第六章など）。それゆえ神の偶像は造れないし、造らない。キリスト教圏で「神を見た」などといえば、神秘主義といわれる。昔なら、異端とされた。

先の「零時日記」（一九一四年六月八日）記事の第一行は、次のようなものである。

信仰の価値は態度に在るので、問題即、教義や、信条の上にはないのです。

いったい、何をいいたいのだろう。先に見たようなキリスト教の地位の相対的低下のなかで、アメリカのプラグマティズムの心理学を開拓したウィリアム・ジェイムズは、講義録『信ずる意志』（一八九七）で、信仰する者にとって、神は実在すると説き、信仰の価値をあらためて訴え、国際的にかなりの反響が拡がった。

日本では、清沢満之《きよざわまんし》、近角常観《ちかずみじょうかん》ら浄土真宗改革派は、長く宗門の学僧にしか知られていなかった『歎異抄』の教え、「善人なおもて往生を遂《と》ぐ。いわんや悪人をや」を新しい仏教運動の柱に据えて活動し、影響を拡げていた。これには、彼らが人間の存在そのものが悪であるとするキリスト教の原罪論と向きあったことが契機としてはたらいたとわたしは推測している。彼らも「信仰の価値」ということを、よく口にした。

釈迢空は真宗門徒の家の出で、藤無染も真宗僧侶である。おそらく真宗改革の波のなかで、「信仰の価値」という考え方を知ったと想われる。また、先に引いた「零時日記」の一節に、日蓮の名が出てくるのは、日蓮主義を標榜した田中智学が個人の信仰を基礎にすえ、檀家制度を超えた仏教改革運動を展開していたことが映っていよう。

すでに一九〇一年に、個人の信仰をベースに近代的な仏教研究を先導した村上専精が『仏教統一論』を著し、大きな反響を呼んでいた。同じく浄土真宗大谷派から転じて、伊藤証信は、宇宙の真相を「無我愛」の活動と見る独自の立場から、一九〇五年、東京・巣鴨に無我苑を開いていた（一九〇六年二月閉鎖、一九二一年再開）。宗派を超えた修養団体（宗教団体の認可を受けない）のハシリである。同年、京都、鹿ヶ谷に西田天香が一燈園を開き、多くの青年たちが集うことになる（のち山科に移転）。神道系では、大本の教祖、出口なおの娘婿、出口王仁三郎《おにさぶろう》が天才的なパフォーマンスとメディア戦術を駆使し、天理教は貧民救済を唱えるなどして、新宗教団体が大きな勢力になってゆく時期にあたる。

釈迢空「零時日記」は、伊藤証信の「無我苑」閉鎖の例をあげ、無我に向かうことでは信仰の態度は築けないとしている。無我の境地を求めないなら、阿弥陀仏にひたすら帰依することをいう浄土教系思想はもちろん、輪廻転生の苦の世界からの解脱を唱える仏教から完全に逸脱している。

「零時日記」

「零時日記」は、釈迢空が一九一四（大正三）年三月、大阪の今宮中学校（嘱託）を退職して上京して帝国大学赤門前の下宿、昌平館に暮らした頃、親に東京の学校へ入るなど名目を立て、彼を慕ってついてきた卒業生たちと宗教哲学に打ち込んだ時期のものである。翌年の卒業生まで含めると一〇人ほど抱えていたという。中学教科書の編纂で糊口を凌ぎながら、深夜になると、彼らに信仰の問題について説き、それを筆記させ、宗派に偏らない宗教紙を標榜する京都の『中外日報』に不定期連載した。いわば売文である。「零時日記」の零時は未発の時刻の意味だろう。[*]

＊一九二〇年に『国学院雑誌』、二三年には教え子たちの同人雑誌『白鳥』に引き継がれてゆく。

その〈一九一四年六月八日〉の記事には、冒頭〈信仰の価値は態度に在るので、問題即、教義や、信条の上にはないのです〉を承けて、次のようにある。

> 宇宙人生の問題は、考《かんがえ》で以《もつ》て「宇宙人生はかくの如きものなり」という答案を作ることではなく、力で以て一歩々々意味づけて行く処に、意味があるのだ。神に予定はない。時を逐《お》うて人間が規定して行くのだ。[▼37]

また〈一九一四年七月三日〉には、一九〇三年、数え一六歳の三月に、彼が自殺を試み、未遂に終わったことにふれたのち、次のように語っている。

薄日の影のおとろえた麓の村の、むつましげな家々の人声を聞きながら、項《うな》垂れて二里にあまる停車場への道を急いだ後数月、突如として藤村操の死の報知を聞いて、ある黙会を感じた。[38]

〈黙会〉は暗黙の了解の意。一九〇三年五月二二日、第一高等学校文科一年生、藤村操《みさお》が日光・華厳の滝に身を投げた。ミズナラの木皮を剝ぎ、「巌頭之感」と題して書きつけられた遺書の後三分の二を引く。

万有の／真相は唯だ一言にして悉《つく》す、曰く、「不可解」。／我この恨を懐いて煩悶、終に死を決するに至る。／既に巌頭に立つに及んで、胸中何等の／不安あるなし。始めて知る、大なる悲観は／大なる楽観に一致するを。

投身自殺の原因は片恋に破れて、と明らかにされたが、その後を追う者は絶えず、同所で自殺を図ろうとした者は四年間で、一八五名、そのうち警察に保護された者、一四五名、既遂は四〇名という。[39] 生きることに悲哀を感じ、人生いかに生きるべきかの悩みが拡がった。

藤村操の自殺に〈ある黙会を感じた〉というのは、その頃、彼も死に誘われやすい心情に染まっていたというだけではなく、〈万有の真相〉は〈不可解〉という悩みも共有していたからだろう。〈神に予定はない。時を逐《お》うて人間が規定して行くのだ〉は、その問題に一つの回答を得たことを示している。超越的な神意や神威より、人間の知の営みに尊厳を認める態度、信仰を、信仰する人間の側の問題として見る「人性《ユマニテ》」の態度の根本がここに、すでに示されている。

新国学の芽

だが、急いで付け加えておかなくてはならない。折口信夫は国学院大学の学生時代、神道教義の研究団体、神風会という組織に所属していたことがある。これは、各地の神社の統廃合など国家管理強化に宗派神道が反発する動きだった。彼が国学院大学同窓会の機関紙『同窓』の編集委員に加わり、一九〇八年一二月には、その誌名を『新国学』に変えるに及ぶのも、その余波といえるかもしれない。だが、それ以前、一八九四年に一度、同窓会より、『新国学』が刊行されている。これは折口の師、三矢重松らが「国学の中興」を志したものとされる。三矢重松は、いわば総合的な日本学の中心として「新国学」を考えていたといわれる。[40]

折口信夫が、その『新国学』の改題第一号に変名で寄せた「社会心理と個人努力と」は、タイトルから明らかなように「社会」対「個人」の関係を問題にし、〈存在の理法〉すなわち「真」に対して〈真善美兼ね備わった理想的の真〉を主張している。師、三矢重松の志を受けつぐ意志は、真・善・美の調和をいう新カント派の波をかぶり、その頃から価値観の問題を考える哲学への志向を孕んでいたと見てよい。

そこでは、ジャン゠ジャック・ルソーやフリードリヒ・ニーチェの哲学より、孔子やソクラテス、イマニュエル・カントの哲学に学ぶべき点が多いとも述べている。[41]当時、ルソーやニーチェを掲げて「自然主義」と称し、文芸ジャーナリズムに踊り出ていたのは中沢臨川だった。やがて

『自然主義汎論』（一九一〇）をまとめる。ニーチェと親交をもったデンマークの文芸批評家、ゲーオア・ブランデスの主張を参照したものだった*。

＊ブランデス『一九世紀文芸主潮史』（一八七二～九〇）は、フランスの作家エミール・ゾラが、実証主義の波のたかまりにのって、遺伝と環境が人間の行動を規定するさまを実験医学のように小説のなかで繰り広げるとエッセイ「実験小説」（一八七九）で宣言、その影響が西欧文芸界に拡がったことを受けて、「自然主義」をブルジョワ社会の虚偽を告発するヘンリク・イプセン『人形の家』（一八七九）などにまで拡張し、一九世紀のヨーロッパ文芸を「ロマン主義」対「自然主義」の図式で整理して見せ、国際的にその影響を拡げた。その一時期には、ロマン主義者、フローベールも、ロシアの信仰の問題と取り組んだドストエフスキーも「自然主義」と見なされていた。フローベール『ボヴァリー夫人』が、感覚のリアリズムの手法を用いていることは、先にふれた（79頁）。

　だが、一九世紀末には、一時期、実証主義の立場から「自然主義」に傾いた、ないしはそのように見なされた劇作家、イプセンが『野鴨』（一八八四）で、撃ち落とされた野鴨を自由に羽ばたけない人びとの象徴として用いたあたりから象徴主義に進み、ドイツのゲアハルト・ハウプトマンが民間伝承に題材をとるメルヘン調の『沈鐘』（一八九七）に向かい（日本では戸張竹風・泉鏡花訳、一九〇八）。また、モーリス・メーテルランクらの神秘に向かう象徴主義が興隆した。

この新しがり屋に対して、孔子、ソクラテス、カントの哲学を掲げるのは、いささか奇異な取りあわせだが、ドイツ流の「諸学の基礎は哲学にあり」という考えに基づき、哲学館を創設、官学に対抗する私学興隆をはかった井上円了が、東洋哲学の祖として釈迦と孔子、西洋哲学の古代の代表としてソクラテス、近代の代表としてカントを世界の「四聖人」と掲げていたのを参照したものらしい[*]。釈迦を外したのは、折口信夫が、すでに仏教を棄てる気になっていた証左といえるかもしれない。

＊折口信夫は、その後、今宮中学を退任して上京した際に井上円了の知遇を得、一九一七年六月には中野区新井薬師近くの哲学堂・鑽仰館を借りた。のちの「零時日記Ⅱ」には〈門番小屋を賃借して暮した〉[42]とある。その前の四月には、哲学館に隣接した私立・郁文館中学の教諭になっている。だが、『アララギ』の講演旅行に出たまま、九月の新学期に戻らなかったので、辞職させられた。糊口の資など顧慮しない振る舞いは相変わらずだが、気概も自信もあったにちがいない。

「我」と「愛」の哲学

「零時日記」に戻る。そこに見られる考えの特徴は、「我」と「愛」を押し出していることだろう。〈七月一八日〉の記事に、こうある。

われらの生活を一貫する盲目的な無決定の渾融観念の上に、物質的な差別を離却せねばならぬ。こゝに於て我に統一し帰一する力が愛である。[43]

「無我」の境地に代えるに「愛」をもってし、〈個体的区分を解脱する欲求〉ともいう。

イエスの教えを「生命」への覚醒と解釈し、普遍的な「愛」を説いたのはレフ・トルストイだった（『要約福音書』一八八一）。民衆の生活（life）すなわち「生命」を全面に押し立て、「神は生命なり」「愛は生命なり」と一挙に結びつける。キリスト教では個人の死を、魂が「永遠の生命の川」

に帰ることと説くが、その「永遠の生命」を地上の生活に引き下ろしたような考えと見ればわかりやすいだろう。その立場から、トルストイ『人生論』（一八八九）は、近代科学は、人間の生活の一部分しか扱わないと批判する。

だが、釈迢空「零時日記」（七月二〇日）は〈われ〱の目には、生命というのり越ゆることの出来ない制限が、常に映じている〉という。「我」の生活を拠点にする限り、「愛」による他者との合一を唱えることはできても、死の限界は越えられない。これが、この時期の釈超空の思想の著しい特徴である。そして前後するが、〈信仰行為は、瞬間々々を創造して行く盲動であります〉（六月八日）といい、〈実行則、解決〉（七月二一日）を強調する。また性欲の〈芸術的純化〉（七月二三日）も説いている。▼44 これらには、盲動的実行の刹那の充実を説く岩野泡鳴『神秘的半獣主義』（一九〇六）の影が明らかである（第四章で、今宮中学校教員時代の釈迢空の批評を見るときに考えよう）。「零時日記」（七月一八日）の記事は、プラトンが愛を〈前世に裂かれた他の半身を覓《もと》める努力だというたのは、決して譬喩や頓才ではない〉▼45と語る。プラトンの哲学は天上のイデーがこの世に現れるとするイデアリズムの典型で、本来、一体であった個人が、地上では双身に裂かれているという考えによるもの。その実、プラトンが語っているのはソドミイ（少年愛）である。秘されていた折口信夫の日記に「新しい恋の始まり」が記されているという。その相手は「零時日記」を口述筆記した伊勢清志だったとされる。

第三章 「口ぶえ」とその周辺

若ければ
人の恋《コホ》しく
秘むべきも
恥ぢはぢてこそ、
言《コト》に出にしか

〔大阪詠物集〕より（『春のことぶれ』）

釈迢空が『死者の書』の底に潜めた太古からの女たちの〈日祀り〉の風習や日想観は、彼が二八歳のとき、大阪の『日刊 不二新聞』に連載した初期小説「口ぶえ」に顔を覗かせている。その関心のもとを覗いてみよう。また「口ぶえ」には、暗示的表現が過剰なほど用いられている。その理由も考えてみたい。

富岡多恵子は、この小説に藤無染との恋愛の影を見てとったが、小説はまた、信夫の生家の様子もよく伝えている。靄《もや》のかかったような彼の生い立ちにも踏み込みながら、詩などに示された彼自身が描く自我像を照らし出してみたい。

それは彼が大阪を、野性を捨てきれない、洗練されざる都会と考えていたこと、それゆえの大阪人による文芸の可能性を考えていたことと深くかかわる。太古の〈日祀り〉への関心も、いわば野性への志向である。釈迢空における野性、原始性の問題を考えてみよう。

だが、「口ぶえ」は連載の最後に〈前篇終〉と書かれていた。それが未完に終わったことで、釈迢空は、大きな宿題を抱えたのではないか。それが『死者の書』に結実したとも考えられよう。総じて『死者の書』の土台を明るみに出してゆきたい。

最後に、釈迢空が職のあてもなく、上京した理由について一つの仮説を提出する。

初期小説「口ぶえ」

長篇「口ぶえ」は『日刊 不二新聞』に、一九一四（大正三）年三月二四日〜四月一九日に二五回にわたって連載された。『日刊 不二新聞』は、明治後期に雑誌『滑稽新聞』を創刊し、体制を鋭く風刺して話題を集めた宮武外骨が主宰した大阪の地方紙で、会社は梅田にあった。

主人公は、漆間《うるま》安良《やすら》。大阪郊外の〈百済中学〉に通う、数え一四歳、二年生。その五月初めから夏休みの終わり頃までの四ヵ月間の経験が書かれる。大阪府第五中学校（現・府立天王寺高等学校）に在学した時期の信夫自身の内景を半年間に畳みこんだものと見てよい（なお、大阪府第五中学校は信夫の在学中（一八九九年四月〜一九〇五年三月）、一九〇一年に府立天王寺中学校に改称）。

安良は、稚児趣味の生徒らに狙われ、彼らの〈心のどっかに潜んでいる、野獣のような性質〉▼1を嫌悪していた。が、同性に見つめられることに心が騒ぎ、惹かれる心情も芽生えてゆく。上級生から巧妙に誘惑され、水泳の時間に川辺で肌をふれられる場面や、風呂上がりに鏡台の前で、自らの裸身をくねらせ、その姿態を鏡に映し見て欲情し、精を漏らすところ——伏せ字になっているが——も書かれる。全体に、視覚、聴覚、嗅覚の表現に満ちている。とりわけ熱い汗とそれが冷えてゆく感覚や冷汗が流れる感覚など皮膚感覚の表現が頻繁に登場する。

また、お遍路の巡礼歌が流れ、お寺やお堂、また素人歌舞伎など、土地の風俗がふんだんに織りこまれているのも特色で、主人公が大和へ古刹を訪ね、親戚筋の古い神社を訪れ、京都・西山の良〔善〕峰山の僧坊の雰囲気が盛りこまれるなど、郷土色豊かな観光小説ともいえそうな仕立てである。

安良の「乳母」が自家に訪ねてきて、女たちが父親に死なれたときの困惑などを闊達に語りあうシーンには上方の女ことばが飛び交い、乳母の家で過ごした安良の幼い日の想い出には、田舎の緞帳芝居の惨劇の場面を絡ませ、また友達と小旅行に行くと家族を騙して一人旅に出た後ろめたさや安良がもらった手紙の文面まで繰りひろげられる。ストーリーの起伏と文体の変化に富み、読者を飽きさせない工夫は、新聞連載を意識してのことだろう*。

＊前年九月、友人（中学、大学をともにした武田祐吉。のち、国文学者）宛の手紙に〈口ぶえという自叙伝風のもの二百頁余〉を書いたと記されている。が、その〈二百頁〉の単位が、当時の原稿用紙は規格がまちまちなので、判然としない。四百字詰と仮定して、のちに冒頭に加筆された分を含めて、現行は、二五〇枚を優に超える。二割五分以上長くなったことになる。連載掲載時に草稿をかなり改稿したのかもしれない。

安良は、奈良への旅の途中、ある駅で中学の一年先輩で、いまは第一高等学校に通う柳田という名の青年に出会い、その口からその従弟で、安良と同級の渥美という名が出る。同級だが、渥美は一五歳の特待生、安良より一歳上にしてある。当時の中学生は同じクラスに、家の事情などから、年齢がまちまちな生徒が混在していた。

そして夏休み、京都・西山の善峰寺に滞在している渥美から、「来ないか」と誘いの手紙が届く。渥美の世をはかなむ心懐に同調し、善峰山の崖からふたりして抱きあって飛び降りるところで終わる。

「口ぶえ」の冒頭を引く。

> 学校の後園に、あかしやの花が咲いて、生徒らの、めりやすのしゃつを脱ぐ、爽やかな五月は来た。
>
> このごろ、時おり、非常に疲労を感じることがあるのを、安良は不思議に思うている。かいだるいからだを地べたにこすりつけて居る犬になって見たい心もちがする。▼2

思春期、性の目覚めの頃の倦怠疲労に似た、むずがゆいような体感を告げて、物語ははじまる。〈かいだるい〉は「かったるい」に同じで、口語。先に引いた〈心のどっかに潜んでいる〉なども、安良の年齢を感じさせる工夫だろう。

最初のエピソードは、半シャツ（アンダーシャツ）を着ずに登校した彼が、体操の教師に上半身を裸に剝かれ、生徒たちの視線を浴びながら壇上で模範体操をさせられるいきさつを書く。白い裸身が強調され、彼が〈きびしいえみを含んで、壇をおりて来る〉と閉じる。

　これを読んだだけで、当時の新聞読者に、この〈きびしいえみ〉の意味が了解されただろうか。男子生徒が上半身裸で体操するのはまるで当たり前、肌が白いことがそれほど恥ずかしいことか、と疑問に思うのが普通だろう。読み進めば、安良が稚児趣味の同級生からつけ狙われていることがわかり、壇上で裸身を彼らの好奇の視線にさらす屈辱に耐え、最後までやり抜いた達成感も混じる笑みだったとわかる。明治から昭和戦前期にかけて、中学校はエリートの卵が集まるところだが（日中戦争期に飛躍的に増大）、稚児趣味もありふれていた。小説は幕開きから、思春期の微妙過ぎるような感情を書いている。

　その一件のあと、安良が学校の花壇に水やりをする場面に、こうある。

> 心なげに見える草や木の心も、あるじの胸にはあらわれる。わたしが水をやろうという考《かんがえ》を起すのは、とりもなおさず草や木の思いが伝わるのだ。草は彼のおもいどおりに、すくすく延びて行く。……▼3

　草木と心を通わす安良の心性を示している。あとには、鳥と見つめあう瞬間などが重ねられ、草原や山など自然との交感、また仏像とも視つめあうかのような神秘的な経験が展開する。目を見かわすことには、心が通じあうことが含意され、「視る—視られる」関係が安良の心理の変化を示すポイントだが、多彩な展開を追って、これら暗示的表現を追ってゆくのは容易ではない。

暗示的表現

安良の学校への往復路に、藤原家隆の塚があり、先の体操の一件の後、下校の途中、そこに安良が立ち寄る場面が出てくる。この場面も、安良の暮らす土地柄を語る以上の意味を含んでいる。

藤原家隆は、鎌倉時代初期の公卿、『新古今和歌集』撰者の一人として知られる。後鳥羽院の歌所で、開闔《かいこう》という事務の仕切り役をつとめ、宮内卿を併任、正三位まで登りつめた人だった。後鳥羽院が承久の乱（一二二一年）に敗れ、隠岐に流されたのちにも歌題を賜り、うたを送っている。晩年、病を得て七九歳で出家し、摂津国四天王寺に入り、夕陽丘より見える「難波の浦」（「茅渟《ちぬ》の海」とも呼ばれた現・大阪湾）に沈む夕日を拝み、極楽浄土を想い浮かべ、歿後の往生を願う日想観の行《ぎょう》に励んだ。その程度のことは、安良が古典の授業で習っていただろう。

そうしていま、安良は、その夕陽丘に立っている。

ちぎりあれば　なにはのうらにうつりきて、なみのゆふひををがみぬるかな
（前世からの御縁にちがいありません、こうして難波の里に住み、海に沈む夕陽を拝んでおります）

家隆晩年のうたを引き、〈その消え入るようなしらべが、彼のあたまの深い底から呼び起された。安良のおさない心にも、……この塚のあるじの、晩年が、何となく蕭条《しょうじょう》たるものに思われて来た。その時、頻に伝わるものを覚えた〉とある。▼4 権力の頂点にいた家隆が零落し、もの寂しい晩年を送った心境を想って涙したのだ。一四歳の少年が、極楽往生を願った昔の老人の心境を想って涙するのは、彼の多感さだけでなく、世のはかなさに敏感になっていたことを示そうとし

ているのだろう。なお、このうたの『古今著聞集』収載形は「契りあれば難波の里にやどり来て波の入日ををがみつるかな」。少し変えているのは、安良のうろ憶えを示すためか？　もし、そうだとすれば、手が込み過ぎている。

そして、すぐあとに、安良が灰色のハトに視つめられるシーンがくる。

　そのいたましく赤い脚。不安な光に、彼を見つめた小鳥の瞳《メ》。

作者の思い入れが感じられる体言止めで、安良が自身の将来に漠然とした不安を抱えたことを暗示しようとするらしい。が、それは小説の結末までを追い、読み返してみて、そのように納得がゆくこと。含みが多すぎるような表現は、作者が短歌になじんでいるためだろうか。

安良は西行のうたや芭蕉の句にふれて彼らの世界に惹かれる。

　彼はよくそんなはずはない、と思うことがある。あまりに世の中が脆《もろ》くはかなく見えすぎるのだ。時には、友だちの群からふと隠れて驚かしてやりたい、という風な気分のする時もあった。西行や芭蕉のあゆんだ道、そういう道が白じろと彼の前につづいている。安良がその道へ行こうとすると、どこからともなく淡紅色《とき》の蛇がちょろちょろと這い出して来て、行くてを遮《さえぎ》った。彼はいらいらと身もだえをした。▼5

ここには、安良の遁世に向かいがちな心と、それにブレーキをかけたり、性欲に乱されたり、思春期の揺れに揺れる心情が書かれている。そののち、善峰寺からの渥美の誘いに、恋する気持が昂じて、訪ねてゆく場面に移る。

だが、渥美は「花の寺」に出かけており、すぐには会えない。読者に気をもたせる。「花の寺」は、西行が出家したという伝えが残る天台宗の勝持寺だが、それは表に出さず、帰ってきた渥美が出家したいような気持になっていると語る。そして、善峰寺の塔頭《たっちゅう》で二人、寝床をならべて眠りにつく前、

「みんな大人の人が死なれん死なれんいいますけれど、わては……死ぬことはどうもないけど、一人でええ、だれぞ知っててくれて、いつまでも可愛相やおもててくれとる人が一人でもあったら、今でもその人の前で死ぬ思いますがな、そやないとなんぼなんでも淋しいてな」▼6

と渥美の口から漏れ出たことばに、安良は「わたしも死ぬ」と応じそうになる。安良は、それほど渥美に惹かれている。だが、渥美は安良に恋情を告白したわけではない。一緒に死にたい、などとこちらからいえば、とんだ見当はずれになりかねない。それゆえ、彼は思いとどまる。ここは、恋の駆け引きに似た心理が書かれている。

だが、死ぬことくらいどうということはないと心底思っている少年が、一人で死ぬのは淋しいなどと思うものだろうか。覚悟の決まらない少年らしい甘えか。いや、やはり安良に心中を持ちかけたのだろう。曖昧なところを残したまま、安良は眠りにつき、そして、翌日、ふたりは……、という運びである。いかにも新聞小説らしい、あるいは芝居の舞台まわしを想わせる展開である。

〈野獣〉のように獲物を狙う稚児趣味を嫌っていた安良が奥ゆかしい態度の渥美に惹かれてゆくまでの経緯は、それなりに辿れる。が、作者が中学時代の自身の内景にかたちを与えることに腐心し、微妙過ぎるような暗示的表現が多用され、屈折した心理も書きこんである。郷土色を出す風俗や風物の多彩さ、場面転換のための工夫も了解できる。が、そのあまりの多彩さが、世のはかなさに、ふと、死の方に走りそうな危うい安良の心の状態を、読者の前に浮かびあげることを邪魔している。二五〇枚くらいの小説をまとめて読んでも、散在する印象的な表現が安良の心を理解させるようにはたらくかどうか、いささか疑問である。まして新聞連載小説を一般読者は前に遡って読み返したりしない。読者には、さぞかし「難解」な小説に思えたことだろう。

釈迢空が「口ぶえ」連載以前、一九一四年に『日刊　不二新聞』に載せた「文芸時評」のうち、一月二八日では、田山花袋の作品のもつ〈うらはかない生活情調〉を高く評価し、短篇「一握の藁」について〈外的境遇内部推移の合致が見事に暗示の効果を完《まつと》うしている。いいかえれば、常に生活全部を読者に暗示しながら流転の瞬間々々を象徴している〉▼7と述べている。

二月二五日には、『三田文学』一九一四年二月号に掲載された五百歌左二郎《いおかさじろう》の「ぬかるみ」という作品を評して、次のように述べている。

お蝶の身なげの動機が二度ながら殆ど同程度なる夫《ソレ》の行動であるのは、内的省察の足りない欠陥が顕われたのだ。前《ゼン》の身なげはもすこし暗示的に描かれねば二度目の身なげは非常に効果の乏しいことになる。▼8

この〈内的省察の足りない欠陥〉とは、お蝶という女の内心の変化を作家が考えていないという意味だが、それを書きこむべきだといわずに、一度目の身投げを、もう少し〈暗示的〉に描けば、もっと効果が出ただろうという。

これらは、「口ぶえ」の作者が安良の〈うらはかない生活情調〉、そしてその内心の変化の予兆を暗示的に書くことに努力を傾けていたことをよく示している。ただ短歌に馴染んでいたというのとはちがう。

暗示的表現の多用は『死者の書』と同じだ。読み進めてゆくうちに事情が次第にわかってゆく構成も、内的独白に口語が多いことも、オノマトペが多用されていることも共通する。〈したしたと、うしろからはしりよる跫音《あしおと》〉。▼9 これは『死者の書』では滋賀津彦の塚のなかに垂れる水音に変奏された。その意味で、「口ぶえ」は『死者の書』の故郷のようなところがある作品である。だが、『死者の書』は、テクストの外に秘されているものをいろいろ想定すると戸惑うが、先に述べたとおり、無理な暗示はない。丹念に読み進めていけば、字面の上で解けてゆくように緻密に仕組んである。その点、まったくちがう。

社会的背景

釈迢空「零時日記Ⅰ」の最後の断章には、一九〇三年、数え一六歳の三月の自殺未遂ののちのこととして、〈藤村操の死の報知を聞いて、ある黙会を感じた〉とあった。日露戦争たけなわの一九〇四年夏、春陽堂から刊行された『藤村詩集』の「序文」には、こうある。

こゝろみに思え、清新横溢なる思潮は幾多の青年をして殆ど寝食を忘れしめたるを。
また思え、近代の悲哀と煩悶とは幾多の青年をして狂せしめたるを。

日本の知的青年たちは、ヨーロッパ近代の危機と、それを感受した新思想を受けとめ、煩悶と悲哀を深め、憂愁をうたう文芸が流行した。

藤村操の自殺をきっかけに、青年の煩悶が取りざたされ、「人生問題」といわれた。都市に貧困層が拡大する「社会問題」に対する語である。精神界の指導者たちが、こぞって「修養」を説きはじめる。「修養」は古い漢語だが、徳富蘇峰が一八八七年頃、キリスト教の立場から学校で教える「修身」に代わる個々人の精神修養（self-cultivation）の意味で用いた。宇宙とは何か、人生とは何かをめぐる論議が繰り拡げられた。松村介石《かいせき》『修養録』（一八九九）、浄土真宗の改革を訴え、禁酒などを行う「反省会」を起こした清沢満之の『精神講話』（一九〇二）や遺稿集『修養時感』（一九〇三）が刊行され、青年向け雑誌に修養記事が盛んになる。折口信夫「自撰年譜」も、彼が中学時代、禁酒などを誓いあう学内団体に参加していたことを告げている。[10]

二八万人といわれるほど、多くの戦病死傷者を出した日露戦争とその後の激しい世の中の様がわり、生存権（今日の基本的人権）が問われる競争社会の到来は、それに拍車をかけずにはおかなかった。新興宗教や修養団体の運動が活発化し、宗教新時代が幕を開けたことは第二章で述べた。仏教界の論客、加藤咄堂《とつどう》の『修養論』（一九〇九）やキリスト教プロテスタンティズムの新渡戸稲造『修養』（一九一一）がベストセラーになった。

「口ぶえ」と同じ年の一月、『ホトトギス』に掲載された上司小剣《かみつかさしょうけん》『鱧《はも》の皮』は、日露戦争後の大阪を舞台に、東京に出奔した夫の身を気づかいながら、幼子を抱え、女手一つで料理屋を切りまわす「お文」を中心に、道頓堀の賑わいと情緒を醸しだす作風で好評を受けた。上司小剣は〈ああした女手一つで、母子が心を寄せて、生存競争の渦の中で闘っている。その結果が、如何にも「鱧の皮」のような肉のない皮だけと云うようなものになって表れている〉、それを書きたかったと、のちに振り返っている（「『鱧の皮』を書いた用意」『文章倶楽部』一九二六年六月号）。上司小剣は、『読売新聞』文芸部長と社会部長を兼任し、社会主義者、堺利彦とも交友があった。大きな社会変動をとらえ、その皮相に浮き沈みするしかない庶民の逞しさと哀歓を掬い取っている。繊細すぎるほどの「口ぶえ」とは対照的な作風だが、この頃、地方色を描く小説が文芸ジャーナリズムを賑《にぎ》わすようになっていたことはわかる。郷土色、すなわちローカル・カラー、その独特の情調を醸し出すことに文芸界の関心が向いていた[11]。

　青年たちに世のはかなさが身に染む季節のさなか、エリート予備軍だった中学生の同性愛心中は耳目を引きやすいテーマだった。「口ぶえ」は、そのテーマに、そして郷土色に寄りかかり、暗示的表現を多用しすぎた気味があるといわざるをえない。

　たとえば、この年、『新思潮』二月号に掲載された豊島与志雄の第一作「湖水と彼等」は、神秘に惹かれる心性を書くことに挑んで、よほどくっきり刻み出している。二五歳のときの作品である。少年時の回想なら、折口信夫の天王寺中学の後輩、宇野浩二『清二郎　夢見る子』（一九一三）は、彼が数え二三歳のときに上梓された。それらに比べて、文才を鍛えた二八歳の中学校教諭――今日の精神年齢でいえば、四〇歳くらいの見当だろうか――の作品として突き放して見るなら、とうてい時流を抜いた作品とはいいがたい。

むしろ、多彩な感覚的表現が溢れ、演劇や映画の展開法などを自在に駆使するマンガにボーイズ・ラブのテーマが流行する今日、読者に受け入れやすい作品になったといえるかもしれない。むろん、当時の中学生なりの古典の知識など適切な補足が必要だろうが。

読者の恣意、作者の恣意

だが、今日では、少しちがう読み方が文庫本の解説などでなされている。たとえば、先に引いた安良が藤原家隆の塚の前に立ち、その〈ちぎりあれば〉のうたを諳んじて涙する場面、〈なみのゆふひををがみぬるかな〉の四、五句と、熊野の那智のそれが知られる補陀落渡海を結びつける見解がある。[12] 作者は、この場面に、安良が死にあくがれ出ずる魂に親近感を抱いていたことを託していたことになる。

家隆のうたは、夕陽に向かって極楽浄土を観想し、阿弥陀仏にすがって歿後の極楽往生を願う日想観を背景にしたうたである。補陀落渡海は、南の海の向こうの他界、観自在菩薩（観音菩薩）の浄土（補陀落）に往生するために舟で漂い出る死に向かう行《ぎょう》である。その二つを結びつけることなど、当時の新聞の読者、いや、今日の読者が「口ぶえ」を何度読み返そうと、できるものではない。

そのように連想するのは、折口信夫ののちのエッセイ「山越しの阿弥陀像の画因」で、日想観と補陀落渡海とを重ね、〈必《かならず》極楽東門に達するものと信じて、謂わば法悦からした入水死である〉[13] と説いていることを投影するからだ。その頃、作者自身が、そのような考えに到っていたかどうかも危ぶまれる。折口信夫のエッセイ「画因」から「口ぶえ」を読むことは、作品の歴史性を無視した評者の一種の恣意というほかない。

安良は、そのあと、鳩と見つめあい、その日に〈不安な光〉を読み取る。作者が、安良の内心に、死に誘われる境地を暗示しようとしているらしい。が、大勢の仏たちに迎えられて往生する法悦死への憧れには結びつきそうにない。また安良の同性愛心中は、法悦死のようには書かれていない。

「口ぶえ」のなかに、六月はじめのある晴れた日曜日のこととして、次のようにある。

> 安良は五時ごろに家を出て、東へ東へとあるいていた。……飛白《かすり》の筒袖のあたらしい紺の匂が、鼻にせまるほど日は照っている。[14]

そして、安良のその日の経験は、南へ歩いて寺院に入る。

> 白檀《ビャクダン》や沈香《ジンコウ》の沁みこんだ柱や帷帳《トバリ》の奥のうす闇にいらっしゃる仏の目の光と、自分の目とが、ふと行きおうた様に感じて、心からお縋《すが》りもうしたい心地に浸っていた。

そのあと、正午近くに巡礼の親子を見かけたあと、安良は、突然、胃液を吐いて蹲《うずくま》る。そのとき、野良仕事から帰る〈鮮やかな目鼻だち〉の男に一瞥され、〈異様な痙攣《けいれん》〉に見舞われ、〈快い気もちを惹き起すようなもの〉を感じる。安良が同性との恋に引き寄せられてゆく一過程だが、その前に安良のからだに変調と不快が訪れるのは、なぜか。

仏像と目を合わせた安良に死の予感が訪れたのだろうか。その男が仏の使いで快感をもたらしたとでもいうのだろうか。その不快から快への転換の意味がわたしには解けない。安良が同性愛心中をはかる伏線の役割を担わせているのだとしたら、無理が過ぎよう。

折口信夫のエッセイ「画因」のなかに、次の一節がある。

> 彼岸の中日は、まるで何かを思いつめ、何かに誘《おび》かれたようになって、大空の日を追うて歩いた人たちがあったものである。／昔と言うばかりで、何時と時をさすことは出来ぬが、何か、春と秋との真中頃に、日祀《ひまつ》りをする風習が行われていて、日の出から日の入りまで、日を迎え、日を送り、又日かげと共に歩み、日かげと共に憩う信仰があったことだけは、確かでもあり又事実でもあった[15]。

この風習が、「口ぶえ」で、安良が日を追って東から南へ、そして西へとさまよい歩いたことに応用されているのはたしかである。その日を六月のうち、としたのは、作者がこのときすでに、その〈日祀り〉が、もとは夏至《げし》に近い日に行われたと推測していたことを示している。

折口信夫のエッセイ「画因」は、日にあくがれ出る魂を、太古の日本人のものと想定し、それを女たちの野遊びや山の奥にまで分け入る習慣に重ね、柳田国男『歳時習俗語彙』（一九三九）のなかから、それに似た播磨の習慣をあげ、丹波中郡では「日の伴《トモ》」、宮津辺では「日天様《ニッテンサマ》の御伴」、また紀伊の那智郡では、ただ「おとも」と言い慣わしているという記述があることをそえて、それが仏教の日想観と結びついたものと説いている。

太陽の恵みに感謝し、太陽を崇拝することは、原始時代、文字を用いることを知らない「歴史」以前から地球上のいたるところで行われていたことだろう。が、日を追いかけて歩く風習が拡がっていたわけではあるまい。だが、近畿地方の周辺には、そのかたちが残っていた。しかし、それを彼が知るのは、また熊野の普陀落渡海に結びつけて考えるようになったのも、柳田国男に近づいてのちのことだろう。柳田国男の主宰する『郷土研究』は一九一三年に創刊され、その年一二月に、折口信夫が大阪の北、南、天満の方言や風俗のリポートを投稿した「三郷巷談」の掲載がはじまっている（二巻一号と分載）。「口ぶえ」の新聞連載がはじまる少し前のことである。

　折口信夫は自分が「口ぶえ」に書き入れたことが、のちに柳田国男の著作によってしっかり結びつけられ、ある種の普遍性をもつことを確信し、自分の直観力に自信をもっていった。そういう経緯ではないか。『死者の書』では、さらにそれらと山越阿弥陀仏図を結んだ。

その虚構性

「口ぶえ」には、安良の家についても、そこここに書きこんである。母も、叔母も、店の忙しさにかまけており、〈小女郎《こめら》〉も一人、使っている▼10。小女郎は、若い女や少女を指す。夏目漱石『草枕』（一九〇六）にも見え、一般的に用いられていた。ここでは、店の手伝いに使っている少女の意味だろう。

　その店が漢方薬を扱っていることは、安良の寝起きする二階に薬草が積んであり、その匂いが漂っていることからわかる。安良は三番目の息子で、兄ふたりは北国と九州へ遊学中。〈男というては彼のほかには、まだ七つになったばかりの双生児《ふたご》の弟があるきりの家では、……一人まえの男の待遇をうけている〉[17]とある。
父親は、三年前に心臓麻痺で亡くなっている。〈田舎のたかもちの大百姓から出て、人にあたまをさげることを知らなかった〉[18]とある。〈たかもち〉は、村役などを担うことのできる「高持ち百姓」（本百姓）のこと。そこから漆間家に婿養子に入って〈代をついだ〉とある。女たちの会話にも父親は〈学者〉と出てくる。おそらく実際の会話に近く、〈代をついだ〉は、医業をついだ意味だから、〈学者〉は学問好きという意味なのだろう。

折口信夫の生家は、大阪の西南、海浜や畑作地帯に隣接した「場末」に開業する代々の町医者だった。維新後は西洋医学に乗り換えなくては医師になれなかったが、間口九間で生薬や雑貨を商う店も開いていたという。このような抜け道があったのだ。大店《おおだな》とまではいかないが、旧中産階級である。この出自が折口信夫のなかに独特の屈託を育てた。が、いまは、「口ぶえ」に書かれた安良の家と実際の折口家とを比べてゆきたい。

実際、信夫の父親の出自は北河内の名主の次男で、入り婿して医業を継いだ。薬屋は女たちが切りまわしていた。関西の商家は一般に女系が支えていた。その父親が明治三五年四月、信夫が一五歳のときに、心臓麻痺で急死。長兄・静は金沢の医大に在学し、三男・進は九月に鹿児島の第七高等学校造士館へ進学していた。これらのことは小説にそのまま使われている。女たちが商売を営みながら、遊学中の息子たちの成長を待っている図である。

父親と母親は、「口ぶえ」では、次のように書かれている。

> 父は朱子や王陽明などいうむつかしい名の支那人の書いた書物をたくさん蓄えている学者で、

母は女大学で育てあげられた女だということが、父母を美しいものに見せた[19]。

作中には祖父も父も漢詩や和歌をつくったとある。先の引用は次のようにつづく。

すといっく風な父のしつけで、安良はどんなおり〔折〕も肩を脱いで汗をいれなかった。

その父親が亡くなり、安良は着物の肩を脱いで風に晒すようになった。父母の昔風の厳格な躾のもとから彼が抜け出そうとしていることを告げている。

だが、折口家の内情はもっと複雑だった。信夫の出生と幼少期には靄が立ちこめている。池田弥三郎「折口信夫集解説」（『日本近代文学大系46』）〔四　シノブかノブヲか〕は、折口信夫という名前の読み方からして、つきまとう曖昧さについて述べている。旧版折口全集の「年譜」には、父親が命名したとある[20]。だが、周囲の者たちはみな、ノブオとかノブさんとか呼んでいたという。信夫の七歳下の双子の弟たちは、彼の父親と母親の妹とのあいだに産まれた子だが、父母の子として戸籍に載せてあり、しかも、信夫から下の男子の名が、みな「夫」や「男」で終わることから、信夫は自分の父親は別の人ではないかと疑っていた節があるともいう[21]。信夫の母親に浮いた噂もあったらしい（中村浩『若き折口信夫』一九七二）。そして、池田弥三郎は、詩「幼き春」（『古代感愛集』一九四七）の冒頭部を引いている。

わが父にわれは厭《いと》はえ、

我が母は我を愛《メグ》まず。
兄　姉と　心を別きて
いとけなき我を　育《オフ》しぬ。▼22

自分は父親に嫌われたので、母親は自分を愛さず、兄や姉とも仲良くさせないで自分を育てたというのだ。池田弥三郎はさらに、この詩の先に現れる、姉にも似ていない若い女が自分を見つめて微笑んでいるという謎めいた一節をあげ、〈自己の人生のドラマ化は、むしろ好んでしたとさえ思われる〉という。実際、折口信夫は、芝居めいた振る舞いをしがちな人だったのだろう。だが、その「態度の演技」は、単に芝居好きが昂じたものでもなければ、誇張して境涯を語ったり、演じたりして、後世に逸話を遺そうとする計算とは無縁なようだ。

先にふれた釈迢空「零時日記Ｉ」〔一九一四年七月二四日〕に、次の一節が見える。

口さがない人々は、変事のある毎《ごと》に、洞察者のような口吻《くちぶり》で、その家の暗面を喋々した。旧家という誇りを有している家から、一人の自殺者を出すということは、世間の目には重大な過程を思わせる事件として、映ずるに相違はないのである。▼23

自身の中学時代の自殺未遂にふれて、自家にまつわる噂が絶えず、それを常に彼が気に病んでいたことを示していよう。

父親が妻のすぐ下の妹とのあいだに子供をもうけたことは、周囲に隠せることではない。町医者は客商売だから、そして大阪の場末とはいえ間口九間もの店を構えるほどであれば、噂はいやましに拡がる。いつしか信夫の耳に届かないわけはない。尾ひれがついて、母親の素行などにも及ぶことがあっても不思議はない。

　折口信夫は、のちのちまで、七歳下の双子の弟たちのことを曖昧なままにしていたと人はいう。だが、自家の醜聞に属することなど明かすものではないというのが、旧中産階級に限らず、明治期の普通の倫理観だった。あまり「隠蔽」の面を強調するのは、かえって理解を逸《そ》らせてしまうように思う。

　生い立ちにまつわる靄は、信夫が幼少期に里子に預けられたことにもつきまとう。「自撰年譜」は、里子に出された期間を不明としているからだ。[24]「口ぶえ」に、その〈乳母〉と呼ぶ女性が久しぶりに家を訪れ、女たちと闊達な会話を交わす場面にも、安良が幼い日に里子に出されたと書かれている。[25]

〈乳母〉と呼ぶのは、乳飲み子のときに預けられていたのかもしれないが、「口ぶえ」では、幼い日に緞帳芝居を見た場面を想い出している。江戸時代、小さな芝居小屋では、あの独特な歌舞伎の三色の幕（定式）を垂らすことは許されず、緞帳を垂らしたことから、その名がある。

「口ぶえ」のなかでは、その女たちの会話の場面だけが奇妙に賑やかだ。女たちの上方ことばを存分に書いてみたいという思いもはたらいていよう。が、そう思って読むと、まるで語り手（＝安良）が、自分が里子に出された理由が零《こぼ》れ出るのではないかと聞き耳を立てているかのようにも想えてくる。

　乳のみ子のときはともかく、双子の弟が自家とは離れたところで産まれ、しばらくして家に引き取ったのであれば、その間、信夫が〈乳母〉のもとに預けられていたのではないか、とわたしは想像してみるのだが、どうだろうか。帰ってきて、産まれた双子の弟たちをはじめて見たという運びだったのではないか。

だが、戸籍に残されていないことを、信夫はそれ以上、探ろうとしなかった。その理由も知りたいが、何度かはぐらかされたことがあったか、はぐらかされるにちがいないことを聞いてみてもしかたがないという断念があったのではないか。つまりは、一度も母親にも〈乳母〉と呼ぶ人にも問いただそうとしなかったのではないだろうか。

孤独な自画像

妻の妹とのあいだが世間に知れるようになった父親は、家のなかで寡黙で威圧的な態度を通した。幼い信夫少年だけが何かの折に父親を疎んじる態度を表に出すことがあれば、父親の方でもそれを煙たく感じるだろう。母親もそんなねっとりした子にかまけたくない。そのようにして、家族の関係にいわば無頓着にふるまい、打ち解けない少年ができあがっていった。だが、そのような感受性をもった男の子なればこそ、不憫に思い、何かと気にかけ、可愛がってくれる役まわりの叔母（母親の一番目の妹）がひとりいた。それくらいにとっておけばよいのではないか。

我が母は　かたちびとにて、
我が父は　うまびとさびて、
端正《キラヽ、》し　伉儷《タグヒ》よろしと

　　里びとの言ひ来るものを――
　我のみや　かくし醜《シコ》なる――
　　わが兄や　我には似ず。
　　わが姉や　貌《かほ》よき人▼26――。

　敗戦後、一九四六年に書かれた「乞丐相《コツガイサウ》」（『古代感愛集』所収）と題する詩の一節である。母親は器量よし、父親は貴人風、夫婦して端正で似つかわしいと近所の人びとがほめそやすのに、自分だけが醜い。兄とは似ず、姉は見目よいのに、と嘆いている。題は「乞食に堕ちる宿命をもった顔」の意で、幼き日に、兄たちにそうからかわれ、ひどく傷ついた思い出にはじまり、乞食の姿を見ては明日の自分の姿を想って生きてきたが、やっと生活をつないでくることができた、と生涯を振り返る老境の心懐をうたっている。

　折口家は〈口さがない〉噂にも、〈里びと〉の追従にも取り巻かれていた。そして、そのどちらにも信夫少年は傷つき、孤独感を募らせるしかなかった。

　われわれは、〈我が母は　かたちびとにて、／我が父は　うまびとさびて、／端正し　伉儷よろしと／里びとの言ひ来るものを――〉と同じ意味のことが「口ぶえ」のなかで語られていたのを見ておいた。そこで、それは、この老境の詩とはまったく異なる文脈で述べられていた。父親が亡くなり、その厳しい躾から抜け出せたというのが含意だった。

　兄たちからひどく誹《そし》られたのは、信夫の眉間の青痣に絡むだろう。靄遠渓《あいえんけい》（青インク）という筆名を信夫はノートに書きつけていた。蔑《さげす》まれる己れをじっと視ていた。その傷ついた思いは、信夫のなかに、虐《しいた》げられたものへの親近感を育んだとわたしは思う。『死者の書』には、咎を受けた者たちへの鎮魂の思いが込められていた。

柳田国男の『郷土研究』に掲載された「三郷巷談」初出には、被差別部落についての巷説もかなり拾ってあったはずだ。それまでに、柳田国男「所謂特殊部落ノ種類」（『国家学会雑誌』一九一三年五月）を目にしていたことだろう。柳田が農商務省農務局農政課に勤務していた時期から農村改良に取り組み、全国の農山村を歩いてきた経験から被差別部落は、歴史的、人為的に形成されたものであることを明確にした論説である。のち、折口信夫は「ほうとする話」（一九二七）などに「山の神」を祀る人びとの朝廷行事へのかかわりを見ている。折口信夫の「ユマニテ」は、弱者の側に身を寄せて歴史を読み取ろうとする。

折口信夫の「自撰年譜」には、父親が亡くなったのは、信夫が中学四年生のときで、著しく成績が落ちはじめたとある。▼[27]「口ぶえ」は、その時点を二年前に、学齢を一年前にずらして設定していることになる。そして「自撰年譜」には、翌年には〈少年の正義観を固守する一方〉、成績はさらに落ちたとある。厳格で気づまりな父親が亡くなっても、遊びに耽るようなことなく、道徳的な潔癖さを守りとおしたという意味にとれる。そしてその下に〈冬、創作動機動く。作歌の数多くなる〉とある。学業よりほかに、彼には打ちこんで止まないものができたのだ。

「口ぶえ」には、安良が、父親の蒲団にもぐりこんで芭蕉の俳諧を教えてもらうところも挟んである。▼[28] 実際の父親は、若い頃からの遊蕩が止まず、信夫の祖母と反りがあわなかったことや、双子の弟が父親と母親の次の妹とのあいだに生まれたこと、その双子の母親（信夫の母の妹）の姿は消してある。信夫の祖母は女たちの会話の場面に声だけ登場する。つまり、「口ぶえ」の作者は自家の「秘密」にはふれずにいる。それは当然だろう。まして、大阪の新聞に発表するのだから。そして、小説中には、安良が父母から疎んじられていたという気配は漂っていない。

わが父にわれは厭《いと》はえ、／我が母は我を愛《メグ》まず。

先に引いた「幼き春」の詩句とのあいだに走る亀裂は、埋めようもない。彼のつくった虚構の世界は、このような亀裂と振幅を抱えている。

その孤独な自画像は、詩というものを書いてみたいという欲求、自己意識にかたちを与えたいという欲求とほとんど同時に、釈迢空に芽生え、そして生涯、彼につきまとった。その自画像は、想像力の赴くままに極端から極端に転じる。一種の即興性を楽しんでいる。彼は自分を母親なしで生まれた子という世にありえない奇想のなかに解き放ちもする。詩「贖罪」（『近代悲傷集』）の冒頭二連のみを引く。

序　歌

すさのを我　こゝに生れて
はじめて　人とうまれて―
ひとり子と　生ひ成《オナ》りにけり。
　ちゝのみの　父のひとり子―
ひとりのみあるが、すべなさ

天地は　いまだ物なし――
山川も　たゞに黙《モダ》して
草も木も　鳥けだものも
生ひ出でぬはじめの時に、
人とあることの　苦しさ――。[29]

生き物の生まれる以前、自然のなかにただ一人、投げ出されてある存在。「母なし子」の着想から即興的に思いつかれたものとはいえ、たとえ一瞬でも、孤独の感受を、人倫はおろか、あらゆる生物の生まれぬ以前にまで遡らせることのできる想像力は驚異的といってよい。折口信夫は「歌の円寂する時」（一九二六）などで、俳句の即興性から遡り、短歌の本質は即興性にあるという意味のことをいっているが、それは彼の芸術観そのものだった。

旧家の翳り

折口信夫の家族のなかの孤独な自我像は、〈古い町人の澱んだ血〉の末裔という自認を生んだ。彼はそれを宿命のように感じていた。それは、先に引いた折口信夫の三巻本シリーズの第三冊目『古代研究（民俗学篇2）』の〔追ひ書き〕に出てきたことばだった。その〔追ひ書き〕を、もう一度、覗いてみよう。

〔長兄は〕昔から、私の為事《なすこと》には、理会〔解〕のある方ではなかった。次兄の助言がなかったら、意志の弱い私は、やっぱり、家職の医学に向けられて居たに違いない。或は今頃は、腰の低い町医者として、物思いもない日々を送っているかも知れなかった。懐徳堂の歴史を読んで、思わず、ため息をついた事がある。百年も前の大阪町人、その二・三男の文才・学才ある者のなり行きを考えさせられたものである。秋成はこう言う、境《ミ》にあわぬ教養を受けたてあい〔手合〕の末路を、はりつけもの〔磔者〕だと罵った。そんなあくたい〔悪態〕をついた人自身、やはり何ともつかぬ、迷い犬の様な生涯を了《お》えたではないか。でも、そう言う道を見つけることがあったら、まだよい。恐らくは、何だか、其暮し方の物足らなさに、無聊《ぶりよう》な一生を、過すことであったろうに。養子にやられては戻され、嫁を持たされては、そりのあわぬ家庭に飽く。こんな事ばかりくり返して老い衰え、兄のかゝりうどになって、日を送る事だろう。部屋住みのまゝに白髪になって、かい性なしのおっさん、と家のおい・めいには、謗《そし》られることであったろう▼30。

折口信夫は、一九〇二年暮から〇三年にかけて自殺未遂を繰り返し、〇四年にも死の誘惑にかられたことが「自撰年譜」に記されている。当然、学業不振に陥った。一九〇四年、一年遅れて中学校（五年過程）を卒業したが、医業を継ぐため、京都の第三高等学校を受験するはずだった。が、急遽、変更し、その年、東京に新設された国学院に入学した。*それが次兄（三兄、進のこと。実際には次兄、順は信夫七歳のときに早逝）の助言によるものだったことが、引用した最初のところでわかる。

＊明治政府がつくった皇典講究所の教育機関として設置された国学院が独立し、神職養成を内務省から委託を受けるかたちとなり、一九〇四年に専門学校令で専門学校に昇格、大学部を設置した。一九〇六年に私立国学院大学と改称。

〈腰の低い町医者〉とは、町医者も所詮は客商売だからである。懐徳堂は、江戸中期、豪商が出資してつくった朱子学の学問所で、幕府の公認をとりつけ、後期には、富永仲基《なかもと》・山片蟠桃《ばんとう》ら出身者が活躍する。国際的に類例がない日本の近世都市文化の特徴の一つといえる。だが、信夫は、そのように考えなかった。国学者、上田秋成が、宗旨を朱子学とする懐徳堂に集まる商家の子弟を揶揄したことばを真に受けている。〈かゝりうど〉は、世話を受けて暮らす人、〈部屋住み〉は、独立した家を構えることなくの意。つまりは「家」のために自分の才能を犠牲にさせられることを激しく嫌悪したのだ。

医者の息子は医者になるべきだという旧家の誇りと因習は一家にのしかかっていた。信夫が医者になっても、家業は長兄が継ぐので、〈部屋住み〉の身といっている。が、実際には、次兄は母親の家に養子に入った（一九一〇年。のち、経済学博士）。時代も変わってきていた。それでも信夫が〈古い町人の澱んだ血〉を宿命のように感じたのには、それなりの理由があった。〔追ひ書き〕の続きを読もう。

> これは、空想ではなかった。まのあたり、先例がある。私の祖父は、大和飛鳥の「元伊勢」と謂われた神主の家から、迎えられた人である。其前に、家つきの息子がいた。その名の岡本屋彦次郎を、お家流を脱した、可なりな手で書いたのを見て、幾度か、考えさせられた。

> 四書や、唐詩選・蒙求の類も、僅かながら、此人の稽古本として残っている。家業がいやで、家に居れば、屋根裏部屋――大阪風の二階――に籠りっきり、ふっと気が向くと、二日も三日も家をあけて、帰りにはきっと、つけうまを引いて、戻って来たと言う。継母の鋭い目を避けて、幾日でも、二階から降りて来なかった。其間の所在なさに、書きなぐった往来文や、法帖の臨書などが、いまだに木津の家の蔵には残っている。果ては、久離《きうり》きられた身となって、其頃の大阪人には、考えるも恐しい、僻地となっていた熊野の奥へ、縁あって、落ちて行ったそうである。其処で、寺子屋の師匠として、わびしい月日を送って、やがて、死んで行った事も、聞えて来たと聞く。夢の様な、家の昔語りの、幼い耳の印象が、年を経るに従うて、強く意味を持って響いて来る。

この〈お家流〉は、むろん、書のそれで、江戸時代に流行した武家流のことだろう。〈つけうま〉は「付け馬」、遊興費の取立人のこと。遊郭に居続けしたのである。岡本屋彦次郎は、信夫の曾祖父の先妻の息子。曾祖母に疎まれ、義絶された。そして、信夫の祖父は、奈良の古い神社から婿養子に来て、折口の家名を名のった。

「口ぶえ」には、安良がその祖父の出自の神社を訪ねる場面がある。信夫は生家とその祖父の神社とが疎遠になっていたのを修復したという意味のことを「自撰年譜」に記している。祖父が神社の出だったということが、信夫が国学院に進んだ理由の、少なくとも一半だった。ふと、わたしは、その神社の末社などに跡取りを欠くところがあったのではないか、と想像したりするのだが。

それにしても、書の腕前と僅かな初学者向けの漢学の書物を手がかりに、旧家の存続のために婿養子に入り、医業を継がねばならなかった彦次郎を、懐徳堂に集《つど》った商家の子弟と重ねることには飛躍があろう。それを承知の「態度の演技」だったかもしれないが、そうであったとしても、家で彦次郎の話が出るたびに、お前は賢くても、彦次郎のようにはなってくれるな、と幼いときから信夫の耳元で囁きつづけたひとがあったはずだ。

折口信夫は最初の著作集『古代研究（民俗学篇1）』の献辞に〈この書物は、大阪木津なる、折口えい子刀自に、まずまいらせたく候〉と記している。町医者と商店のマネージメントにかまける母親に代わって、嫁に行かずに兄弟の面倒を見、何よりも信夫の才能に期待をかけてくれた叔母の名である。女学校出のハシリで、東京の医学校予科にも進んだ。手に職をつけるなら、見知っている医業が家のために何かと便利という理由だろうが、その人によって、信夫のなかに自立した知識人への志が育まれたと想ってよい。

明治後期から大正期にかけて、知的な女性たちのなかに、家から一人くらい文学者を出してみたいという夢が拡がっていたと感じられることがしばしばある。そのなかから、自ら「新しき女」になるような人も出る。

先に引いた『古代研究（民俗学篇2）』〔追ひ書き〕は、長兄・静が没したことからはじめられている。一九二八年一〇月のことである。むろん、信夫は生家に還り、葬儀に出た。そのなかで、自家の暗い宿命のようなものをしみじみ感じたのだ。その冒頭で自家のことについて語った部分は急遽、書き足したのかもしれない。その翌年の正月、帰省した釈迢空は、こういううたを詠んでいる（『大阪朝日新聞』一九二九年一月三日初出）。

木津鷗町
あきうどのなりを守らず
　経《へ》し家や。
　　去年《こぞ》は
我《ワ》を待つ兄も　居にけり▼31

〈大阪詠物集〉より（『春のことぶれ』）

町医者は、商家であっても商家に徹しきれない。いっぱしの知識人の誇りを隠さない。そのようにして何代も過ごしてきた家なのだ。その「見高さ」ゆえに人びとは追従口をきくかと思えば、口さがない噂を振り撒きもした。昨年正月、その家の一員として自分を迎えてくれた長兄は、今年はもういない——。生家の背負った宿命の暗さと思いこんでいたことの本当の理由に、釈迢空は、このとき、思い至ったと考えてみてもよいだろう。

都会と野性

折口信夫は自らを〈甚《はなは》だ人ずきのしないねっとりした〉性格と称し、それを洗練されざる都会、大阪に育ったゆえと考えていた。歌人、釈迢空が自身の大阪性を説いたのは、斎藤茂吉が歌誌『アララギ』に「釈迢空に与う」（一九一六年五月号）を書き、釈迢空のうたぶりを万葉調でないと批判したのに対して、即座に翌月号で「茂吉への返事」を書いたなかでのことである。自分はまだ〈生長の途中に在る〉者と心得ておいて欲しいとことわった上で、〈あなた方は力の芸術家として、田舎に育たれた事が非常な祝福だ〉といい、〈軽く脆く動き易い都人《みやこびと》は、第一歩に於て既に呪われているのです〉と言を自身の上に落とす▼32。〈古今以後の歌が、純都会風になったのに対して、万葉は家持期のものですらも、確かに、野の声らしい叫びを持っています。その万葉ぶりの力の芸術を、都会人が望むのは、最初から苦しみなのであります〉。〈日本では真の意味の都会生活が初《はじま》って、まだ幾代も経ていません。都会独自の習慣・信仰・文明を見ることが出来ない、ということは、かなりた易《やす》く、断言出来ます。そこに根ざしの深い都会的文芸の、出来よう訣《わけ》がありません〉と続く。そして〈家元制度の今尚厳重に行われている東京、趣味の洗練を誇る、すいの東京*〉に、〈野性を帯びた都会生活、洗練せられざる趣味を持ち続けている大阪〉を対置し、だが、〈比較的野性の多い大阪人が、都会文芸を作り上げる可能性を多く持っているかも知れません〉と己れの出自に希望を託す。

＊〈すいの東京〉の〈すい〉は上方ことば。のち、京都帝大教授、九鬼周三は『「いき」の構造』（一九三〇）を著すが、東京育ちの人だった。「すい」といおうと、「いき」といおうと、もとは、各地各階層の人びとが集まる遊郭に独特の作法のこと。「心意気」による振る舞いが「粋」であり、誰が決めるわけでもないルールに通じているのが「通」である。対義語「野暮」は、ルールを知らない「田舎者」を罵ることばだが、趣向をこらして、「粋」の上に「粋」ができれば、それに通じる人は少なくなる。気取り過ぎは「野暮」に転落する。その基準は絶えず揺れ動く。

斎藤茂吉が山形県の郡部出身と承知している『アララギ』周辺の連中は、相手を「田舎者」と決めつけ、だが、すり寄りながら、自分の目指す方向を開陳する運びを、ひどく癖のある嫌味なものと感じたことだろう。

かなりのち、「好悪の論」(一九二七)で、〈家康を狸おやじときめ、ざっくばらんな秀吉をひいきにする様《よう》には、参りかねる様になって居た心境に心づきました。こんな言い方をするのも、甚《はなは》だ人ずきのしないねっとりした人物の標本に、自分で据《すわ》りこむ様で気がひけます〉と語っている。[▼33]ありきたりのモノサシに頼って、歴史上の人物を割り切ることができないことをいっているのだが、〈人ずきのしないねっとりした人物の標本〉と自分が評されていることくらい知っていますよ、と示すポーズが、また「粋」でない。そのころの折口信夫の「態度の演技」は、まだ洗練されていなかった。

その主張の中身にも屈曲がありすぎる。彼は、西鶴や近松の元禄期の「もののあはれ」――骨肉の情や恋の情念――の渦巻く芸能の世界を「すい」とは思わなかった。彼らの作に〈遊冶郎《ゆうやろう》〉(放蕩者)が登場することをあげて、〈野性〉があり、それに対して江戸の「すい」は家元制度によって保持されていると述べている。が、江戸物にも〈遊冶郎〉が活躍するし、旗本奴が暴れたりするので、この比較には無理がある。しかも、彼は、その〈すい〉を賛美しているわけではない。すでに「我」を立てる哲学を考えていた彼が家元制度など肯定するわけがない。実際、終生、宗匠的態度を嫌い通した。

折口は東京の「三代続けば江戸っ子*」と対比して、〈二代目・三代目に家が絶えて、中心は常に移動する大阪〉〈新来の田舎人が、新しく家を興す為に、恒《つね》に新興の気分を持っている大阪、その為に、野性を帯びた都会生活、洗練せられざる趣味を持ち続けている大阪〉という。むろん、町《まち》方《かた》の話である。

*「三代続けば江戸っ子」は、江戸の人口がピークに達した一八世紀後半(明和年間頃)にいわれはじめ

たとされるが、京都はもちろん名古屋、金沢などの城下町に比して、次第に「たった三代で」という含意もこめられるようになっていった。大坂は大坂の陣（一六一四、一五）で荒れた後、実際、人口増減の波が激しかった。

『古今和歌集』以降のうたぶりを〈純都会風〉といいながら、〈日本では真の意味の都会生活が初って、まだ幾代も経ていません〉と断言するのは、彼が一九〇五年九月に国学院大学予科に入学し、一九一〇年に国文科を卒業するまでのあいだ、東京の激しい変貌に立ち会ったことによるものだろう。彼の上京を迎えたのは、一九〇五年九月五日の日比谷焼き討ち事件だった。日露戦争に、かろうじてではあるが、勝ち、日本時間の九月五日、ポーツマス講話条約が結ばれた。が、犠牲の大きさに比して、樺太の南半分だけとは取り分が少ないと民衆ナショナリズムが暴発した。満鉄の利権が確保されたことを知り、騒ぎはおさまるが、翌年には市電値上げに抗議するデモが荒れた。

　信用第一に暖簾《のれん》を守る商売に代わって、生き馬の目を抜くような競争社会が到来した、功利主義が大手を振ってまかりとおる世になったと嘆く声が飛び交った。たとえば東京・日本橋に育った谷崎潤一郎は出世作「刺青」（一九一〇）を次のようにはじめている。〈其れはまだ人々が「愚《おろか》」と云う貴い徳を持って居て、世の中が今のように激しく軋《きし》み合わない時分であった▼34〉と。そして、女の肌を美しく飾ることに文字通り「懸命」になり、女の犠牲になっても悔いることのない入れ墨師の〈「愚」と云う貴い徳〉を繰りひろげて見せる。享楽に打ちこみ、世の倫理秩序から脱落することをよしとするデカダンスの姿勢である。折口信夫は、この頃から谷崎作品の愛読者だった（「『細雪』の女」一九四九）。

また、都市への労働者の流入が盛んになり、社会問題（＝階級問題）をめぐる論議がかまびすしかった。都市のスラム化対策も急がれた。が、日露戦争後、外国債の返済を抱えた後遺症で、田園都市を開発する国家財源はなく、一九〇七年、内務省地方局有志編纂の『田園都市』は、地方都市の伝統の見直しを呼びかけるにとどまった。永井荷風『日和下駄』は一九一四年夏から一年余り書きつがれたものだが、東京の地形まで変える都市開発に憤っている。日本画家たちが、江戸の風情の残るのは、上野の不忍の池付近だけになってしまったと嘆きもした▼35。

この都会の変貌に、彼はたびたび、たじろいだにちがいない。それを釈迢空は『死者の書』で、奈良の都の変貌に大伴家持が戸惑いを覚える心懐に映してみたと考えてよいかもしれない。

折口信夫の大阪

似たことは大阪でも進行した。もとはといえば、江戸時代初めに徳川家康が石高制を敷き、堺をはじめ、近江・伊勢出身の商人たちが米問屋や金融業を営む「天下の台所」に資本が蓄積され、江戸に支店を張った。「お江戸日本橋」の周辺は関西商人の問屋街として賑わった。大阪は明治維新で各藩の蔵屋敷が新政府に接収され、大混乱に陥ったが、町人たちの立ち直る機運も早く盛んだった。日清、日露戦争期に勢いを回復し、中国市場を睨んで、とくに西部に綿織物の工場が蝟集し、「東洋のマンチェスター」と呼ばれるようになっていった。別名「煙の都」。煙はエネルギーの象徴だが、煙突が吐き出す煤煙が小学校の机の上にも降り積もったという▼36。信夫少年は、生家の付近一帯が大都会に呑み込まれてゆくのを如実に感じながら育ったにちがいない。

折口信夫と同じ大阪市天王寺中学校の出身で、四歳下、二年後輩にあたる宇野浩二は、その変貌ぶりを、自身の少年期の想い出を綴る連作短篇集『清二郎　夢見る子』（一九一三）の〈終りに〉に、こう書いている。

大阪者といえば金の為には親を忘れ妻を捨てそうして我が子をも省みぬ所謂大阪商人を思う。然り大阪者の八分は商人である。その商人は金の為には親をも妻をも子をも捨て、省みない。けれども、嘗て彼らの親々は、恋の為には己が身を忘れたというではないか。／私には今の大阪者が、嘗ての大阪者と、さ程違うた心を持って居るとは思われない。……▼37

大阪南区の芸人の多い宗右衛門《そえもん》町を〈華やかにして痴愚の心をよろこぶ巷《ちまた》〉といい、そこで過ごした少年期、母や祖母の暮らしとともに茶屋や芝居小屋の様子など、回想を綴ったのが『清二郎　夢見る子』だった。宇野浩二は福岡に生まれたが、三歳で父親を失い、親戚を頼って母、祖母とともに関西を転々として幼少期を送った。宗右衛門町は、母の兄の家に身を寄せたところである。母親は三味線や踊りの師匠をして暮らしを立てていたので、別居の期間も長く、刹那刹那に哀歓が明滅する。天王寺中学の学費は神戸に住む父の従弟に面倒を見てもらっているところを見ると、伯父の家も裕福ではなかったようだ。そしてやはり、伯父の家から資金援助を受け、一九一〇年に東京専門学校英文学科予科に入学する。これが、宇野浩二が大阪の「町の子」に育った所以である。芸者の膝に抱かれて、幼な心に覚えたほのかな色香をうっとり夢見るように追想するのは、そこにだけ美しい思い出が眠っていることを彼自身、よく知っていたからだ。

宇野浩二は上京後、一〇年ほどのち、「諏訪千本」と呼ばれる絹糸工場の煙突が立ち並び、賑わった温泉町、諏訪の芸者、「夢子」に現《うつつ》を抜かす己れを連作小説に書く。「甘き世の話―新浦島太郎物語」（一九二〇）では、最後の方で〈自分は三〇歳だが、禿茶瓶〉と明かす。[38] やや落語に近い。関東大震災を前後する時期には、左翼運動が盛んになり、ロマンティックな夢が失墜していることを承知しながら、存分に夢見ることを夢見る『夢見る部屋』（一九二二）を書く。柳田国男のいう「嗚滸の文学」、人を笑わせることばの芸は、大正期にはセルフ・パロディー（自己戯画化）となって「私小説」に拡がった。

折口信夫の生家は、大阪の西南、海浜や畑作地帯に隣接した「場末」に開業する町医者。旧中産階級に属することは先にいった。一九二〇年頃から流行《はや》る左翼用語でいえば、社会の変動に動揺するプチ・ブルジョワである。折口信夫も思春期には動揺に動揺を重ねた。「町人の子はダメだ」と思い悩んだのだろう。信夫少年は家の女たちが芝居や浄瑠璃に通い、連れられて、その世界に馴染んでいた。近所の鰻屋の同級生の兄が歌舞伎役者に弟子入りし、その舞台を覗きに行ったことも「口ぶえ」に出てくる。

同じ大阪の町の子で、芸人の世界に馴染んで育っても、宇野浩二は素《す》町人《ちょうにん》の部類で、「血」に悩んだりしない。いまさら悩みようがないから、ノー天気に、かつての大坂の「すい」の夢を「夢子」に追いつづけ、その自分を茶かすのだ。

やがて折口信夫は、『万葉集』のうたぶりの変化を説いてゆくことになるし、『死者の書』に、平城京に都が遷ってのち、風俗が唐風に一新したという文化史観を披瀝することになる。自分のモノサシで相手を裁断しない折口学の美風を築いてゆく。

歌誌『アララギ』一九二〇年二月号に、釈迢空が「大阪」と題して、久しぶりに帰郷した折のうたを載せている。そこから二首、雑誌初出のまま、引いておく（のち『海やまのあひだ』一九二五収載）。

ふるさとの町をいとふと思はねば人に知られぬ思ひを持てり
兄の子の遊ぶを見れば円《まる》く坐《ゐ》て阿波のおつるの話せるなり▼39

前のうたは、ひとに厭われる大阪の町に、独りひそめる愛着を詠んでいる。後のうたの〈円く坐て〉は車座になって。〈阿波のおつる〉は、浄瑠璃「傾城阿波の鳴門」の巡礼・お鶴。徳島藩の内紛にからんで、密偵の役目を負い、大坂に潜んでいた両親恋しさに阿波から巡礼となって訪ねてきた娘が母親に巡りあう。だが、切羽詰まった状況にあった母親は名乗ることさえできず、娘を追い返すしかない哀切極まる場面で知られる。そんなことを話題にして遊ぶ子供たちの様子もしみじみと懐かしい。

このような大阪を懐かしむうたも、先の茂吉との論争を背景に置くと、まるで田舎者と対峙しているように映る。釈迢空の茂吉批判が掲載を拒否されたこともあり、彼が『アララギ』を去るのは時間の問題だった。そして、その「依怙地」ぶりは、斎藤茂吉とは異なる『万葉集』を発見することにもつながった。

釈迢空という名のり

釈迢空は、宇野浩二のようなセルフ・パロディーとは無縁だった。国文学者・折口信夫が、それを知らないわけではない。柳田国男「鳴滸の文学」と対応する折口信夫の著作は、先にもふれた「日本文学発想法の一面—俳諧文学と隠者文学と」である。こちらは戦前のエッセイである。そのなかに〈日本の文学は、常に道化・滑稽に進むことに依ってのみ、生活の真実に、触れて行っているようである〉という一文があり、『明星』に属した時期の石川啄木のうたを〈おどけ歌〉と一語で評している。▼40〈おどけ〉は「お道化」。啄木が駆使した逆説的なロマンティック・イロニイを敏感に感じとり、自己戯画化を読みとっているのだが、それだけいえば、充分だろうという態度である。この構えが折口信夫の論考に、詩人的という形容が付されたり、実証的でないと非難が投げられたりする理由の一半をなす。本人は十分な根拠に基づいているつもりでも、直観を投げ出しているように映るからだ。

　早くから頭を刈り上げ、釈迢空という僧侶のような名を文芸上の筆名とした人が「お道化」を見せないのは当然だった。真宗門徒で中学に進学したのだから、「愚禿《ぐとく》親鸞」の心構えは知っていただろう。「愚禿」は、出家しても行いすますことのできない駄目な坊主の、謙遜というより、自認である。親鸞は、いわば公然と「妻帯」もした。民衆向けに和讃を広めもしたが、道化をしたわけではないし、俳諧連歌とも無縁だった。

　そして何より、釈迢空の出家覚悟には、一九〇二〜〇四年にかけて、死の誘惑にかられやすかったことが深くかかわろう。一九〇四年には、大和に旅した折り、江戸中期の真言宗の僧、釈契沖が若き日に室生寺奥の院で、岩に頭を打ちつけ、命を棄てようとしたことに共感したという（契沖は、それで死ぬか、生き残るか、占ったともいわれる）。中学時代の信夫は『万葉集』に夢中になり、飛鳥や奈良にも旅し、『万葉集』の解読の歴史に心を寄せ、契沖に関心をもったのである。*

＊契沖は、水戸藩第二代目藩主、徳川光圀から委嘱を受けた『万葉集』注釈書『万葉代匠記』（一六九〇）をはじめ、漢文や万葉仮名の音韻を解読し、のちにいう「国学」の基礎をつくった学僧。仏のことば、「真言」は音が大事とし、中国で発達した音韻学を学んでいた。信夫が通う府立天王寺中学校付近の寺とも縁があった。牢人の子に生まれ、一家離散の憂き目から僧侶への道を歩み、阿闍梨となってなお、失望して、学問に隠れた契沖の境涯が身に染むように感じられたのだろう。それに幾分かでも似た悲運を我が身にまつろわせることによって、家業を離れ、詩歌、学問の道へ歩む己れを鼓舞する気味もあったのではないか。

釈迢空の名が初めて資料の上に現れるのは、彼が二三歳のとき、一九一〇（明治四三）年一月一〇日づけの絵葉書の署名であり、歌の雅号としても、その頃から用いはじめたという。のちに、法名（戒名を浄土真宗でいう語）にもした。

それをわたしは富岡多恵子『釈迢空ノート』で初めて知った。富岡多恵子は、信夫は中学二年、数え一五歳のとき、九歳年上の真宗改革派の僧、藤無染と出会い、「迢空」という愛称で呼ばれ、無染歿後に釈迢空を歌人名として用いはじめたという。そこで、安良を心中に誘った渥美青年のモデルを藤無染と見て、少年時の信夫の善峰寺訪問も藤無染に誘われたと推測している。

「口ぶえ」で、安良は渥美の、一歳年上のものとは思えないないほどの落ち着いた物腰に惹かれてゆく。渥美の物腰に九歳年長の藤無染が投影されていると見れば、納得しやすい。藤無染という真宗僧侶との恋が隠してあったことになる。なお、「口ぶえ」で、安良が渥美に手紙で誘われ、訪ねてゆく善峰寺は、渥美の親戚筋と設定されているが、実際は、折口家と善峰寺住職とが縁続きだったことが、中村浩『若き折口信夫』（一九七二）で明らかにされていた。その善峰寺を、信夫が少年のときに訪ねていることも。

萩が花はつかに白し。ひとりゐる　山のみ寺のたそがれの庭　「西山の善峯寺」

〔焚きあまし　その二〕より（『海やまのあひだ』）[41]

釈迢空は、たしかに京都西山の善峰寺に想い出を遺している。

『釈迢空ノート』は、彼の境涯と心懐とに丹念に分け入り、かつ突き放して批評する態度に貫かれているが、富岡多恵子が呼吸して育った大阪への愛着も、男性同性愛者における女性蔑視への関心も強くはたらいている。短歌的叙情を排して現代詩を導こうとした師、小野十三郎と折口信夫の「短歌滅亡」論との微妙な交錯を、また折口信夫の「顕示と隠蔽の構造」（松田修）を解きほぐそうとする熱意に支えられ、釈迢空の短歌と「自歌自註」を往き来しつつ、とりわけ同性との恋情の機微があぶりだされてゆく。それに驚嘆しながら、これほどまでに富岡多恵子を誘いつづける釈迢空とはいったい誰かと、わたしはしきりに想っていた。わたしのなかに棲む文学史家、折口信夫との距離がうまく調節できなかったからだ（第一章で中野重治の回想にふれ、この章で折口信夫と宇野浩二の大阪を比べてみたのも、『釈迢空ノート』を手がかりにしている）。

折口信夫最晩年の口述筆記「自歌自註」は、用語や技巧の機微も説くくし、懐旧の情も滲むが、自らのうたを責める態度もある。その裏には「宗匠気分」を厳しく棄てた批評家がいる。それを示す「態度の演技」もある。いまは、そう思う。どうやらわたしは、若き日に「折口学」の飛沫を浴びながら、彼の「態度の演技」にも関心をもってきたらしい。

折口信夫の大阪への思いには、都会性と野性、洗練と野蛮が複合するところに可能性がひらけるという考えがあった。その思いには、釈迢空の芸術観や世界観の原型が潜んでいると見てよい。そうでなければ、「口ぶえ」で、安良を、太古の〈日祀り〉の記憶の甦りでもあるかのように、夏至の日の前後、陽を追って東から南へ、そして西へと歩きまわらせるわけはない。生き物もいまだ生じていない自然のなかに、スサノオを置いたりするわけもない。また、日本人の祖先の郷愁が隔世遺伝のように自分のなかに突如、湧き上がってくるなどとも書きはしないだろう。では、その野性と都会性の組み合わせの考えは、どこから来たか。それが問われる。次章で探ってみたい。

だが、「口ぶえ」では、安良の洗練された知性の方に惹かれる思いが、渥美との同性愛心中という結末に向かった。「口ぶえ」は新聞掲載時、最後に〈前篇終〉とあった。後篇が予定されていたのである。後篇は、心中に失敗し、少なくとも、安良は生き残る。当然、読者は、そう考える。新聞に掲載された文章を冒頭部分からわずかに加筆訂正したものが、残っているが、それがいつのことにせよ、続篇を書くつもりになった跡だとすれば、それは、安良が懺悔し、前向きに生きる姿勢を示すものになるはずだった。当時は「懺悔」の季節だった。

東京・本郷教会の伝道師、加藤直士《なおし》が一九〇二年にレフ・トルストイ『我懺悔』（一八七九～八一）を、一九〇三年には『我宗教』（一八八四）と『トルストイ之人生観、附録基督教の真髄』などを翻訳刊行し、人生いかに生きるべきかを説く修養ブームの波に乗った。トルストイの独自の信仰を告白する『我懺悔』は、「生の意義」をめぐって、理性と懐疑、享楽と自殺などについて、はてしない議論がつづく。が、「神を知ることと生きることとは――同じことなのだ。神は生なのだ」と考え、昔から今日まで、無知な民衆が神を求めて生きてきたことを悟り、自分は自殺から救わ

ゆる持ち込みで掲載されたものではない。その連載に先立ち、一九一四年一月二一日の「水曜文芸欄」（推讃）に、釈迢空名で「岩野泡鳴氏（創作家として）」と「伊庭孝氏（俳優として）」の二項を寄稿している。文芸欄を担当していた今宮中学の同僚を介して依頼されたものという。

岩野泡鳴については、前年発表の「熊か人間か」（のち、「人か熊か」）と宝塚温泉を舞台にした「ぼんち」を絶賛。岩野泡鳴は『日刊　不二新聞』にも執筆していた。伊庭孝については、洋劇界に活躍する新しい俳優の〈第一人〉と、もちあげている。東京府立一中から天王寺中学に転校し、折口信夫とは同期生で、ふたりしてリーダー格だった仲といわれる。

そして釈迢空は『日刊　不二新聞』同月同日号から二月、三月にかけて「文芸時評」を担当した。その一部は先に見ておいた。批評文の依頼を受けるうちに、小説の掲載にも話が進んだと見てよい。

釈迢空は、国学院大学を卒業後、就職先がなく、一九一一年一〇月に大阪府立今宮中学校の嘱託教員（国漢担当）になり、クラス担任もした（中学校以上は生徒も入学随時だった）。翌年にはクラス担任は外れ、下の学年の国語も担当。八月、生徒と伊勢、熊野の旅に出かけ、そのときの作歌は、のち『海やまのあひだ』（一九二五）に収録された。先にふれたが、一九一三年一二月には、「三郷巷談」が柳田国男の『郷土研究』に掲載された。柳田国男に師事し、民俗を探訪する機縁もつくられた。みな、彼が文芸家ないし学者として活躍を開始する足がかりになるはずのものだ。

だが、彼は三月に突然、今宮中学校を辞し、就職のあてもないまま、上京する。晩年の「自歌自註」では、平凡な生活を続けることに疑問を覚えて、という意味のことを語っている。彼が中学校の教員に飽き足らなかったことは十分、考えられる。嘱託という地位も自分で選んだという。

しかも、彼が上京すると、卒業した生徒が何人もついてきたくらい慕われていた。その職を蹴ってまで大阪を離れたのは、無鉄砲にもほどがあろう。劇作家を別にすれば、まだ文筆で暮らしが立つ時代ではない。そうなるのは震災後の円本ブームからである。

実家をあてにする甘えもあったにちがいない。実際、のちに、東京の暮らしでかさんだ借金の返済を実家に頼っている。だが、何らかの引き金になったものがあったのではないか、と考えてみる。「口ぶえ」が引き金になったのではないか。

中学や高等学校の生徒間に稚児趣味が行われ、それが「鶏姦」と呼ばれる性交を伴うこともしばしばだったことは、森鷗外『ヰタ・セクスアリス』（一九〇九）にも高等学校生徒の風俗として書かれている。この作品を掲載した『スバル』七月号は「風俗壊乱」で発売禁止にされた（鷗外の博士号取得と絡んで、発売後、二五日ほど経ってからのこと）。だが、男色の記述が理由になったわけではあるまい。そののち、志賀直哉『大津順吉』（一九一二）にも中学時代に級友とのあいだに経験があったことが書かれている。が、どちらも、それを「異常性愛」とは扱っていない。

ところが、同性愛をアブ・ノーマルと見なすヨーロッパの近代精神医学が拡がりはじめていた。性科学の開拓者、リヒャルト・フォン・クラフト－エビング『性の精神病理学』（一八八六）によるもので、一八九四年、その翻訳書『色情狂編』（吉山順吉訳）は発禁になった。が、一九一三年には黒沢良吉訳『変態性欲心理』は解禁になり、かなり注目された。出発期の谷崎潤一郎も、これに刺戟され、女装趣味をふくめ、倒錯趣味を盛んに書いた。菊池寛が谷崎潤一郎「捨てられるまで」（一九一四）を読み、『新思潮』に寄せた「病的性欲と文学」（一九一四）でマゾヒズムを指摘している。彼はオスカー・ワイルドや谷崎潤一郎に傾倒し、むしろ、同性愛を仲間うちで吹聴していた。これは注目を集めたいという心理によるものだろう。このころ、折口は京都帝大に在学中から、ジャーナリズムに活躍しはじめた菊池寛を訪ねたが、掛け違って、会えなかったというエピソードが残っている。

だが、文壇と教育界とはちがう。一九一〇年前後には、教員向けの雑誌などにも同性愛を問題視する記事が出ている。女生徒同士の場合は、親密すぎる仲になっても、思春期にありがちなこと、大目に見てよいとしているが。そのような考えが拡がりはじめた時期に、中学校の独身の教師が、中学生時代の同性愛をかなり露骨に、しかも誰が読んでも自身の経験にもとづいていることがあからさまな小説を地元の新聞に書いたのである。教員室や父兄のあいだで問題にされないわけはない。はじめから辞職覚悟で掲載したのか、辞職勧告やそれに近い圧迫が加えられたかどうかはわからない。が、「自撰年譜」に、三月のうちに東京に出たとしているのは、不当な非難を受けたことに反発し、職も故郷も捨てる気になったという方が考えやすいのではないだろうか（実際の上京は四月下旬とされる）。

第四章　釈迢空の象徴主義

いやはてに、
鬼は　たけびぬ。
怒るとき
かくこそ、
いにしへびとは　ありけれ
〔雪まつり〕より（『春のことぶれ』）

第三章では『死者の書』の土台を探った。が、作品は土台の上に立つ建物である。この章では『死者の書』という建物のデザインの由来を探る。

「口ぶえ」には、暗示的表現が過剰なほど多用されていた。折口信夫の象徴表現への関心は、彼が文芸に取り組む出発点となった卒業論文『言語情調論』（一九一〇）以来のもの。大胆な挑戦だが、当初は、その頃の国文学界の象徴主義理解に引きずられて、覚束ないところがある。当時の西洋象徴主義受容のなかにおいて、釈迢空なりの象徴主義が固められてゆく過程を追う。

「口ぶえ」連載前に、釈迢空が『日刊 不二新聞』に寄せた文芸批評には、象徴表現への関心の高まりと、「概念化」を嫌う姿勢など、岩野泡鳴への傾倒が知れる。釈迢空にとって岩野泡鳴の影は、これまで考えられてきたより、はるかに深く、また長く尾を引いている。実のところ、筧克彦の国家神道論に真っ先に鋭い批判を投げたのも岩野泡鳴だった。

それにしても、「概念化」とは、何を指していうのか。象徴主義からモダニズムへという文芸思潮の展開のなかで、釈迢空のリアクションを見てゆくと、彼の芸術観、また短歌や詩の手法の根幹が見えてくる。短歌については、「しをり」をキイワードにし、詩については、一九二〇年代からのモダニズムによく通う諸要素をピックアップする。日本の二〇世紀小説、『死者の書』は、これらの要素を組み合わせてデザインされている。

象徴主義の受容

折口信夫は第二次世界大戦直後、西欧の詩の翻訳の問題にふれた「詩語としての日本語」（一九四五）で、次のように語っている。

> 単に象徴性能のある言語や詞章を求めれば、日本古代の豊富な律文集のうちから探り出すことはそう困難なことではない。だが、所謂象徴詩人の象徴詩に現れた言語の、厳格な意味における象徴性と言うものは、実際蒲原有明さんの象徴詩の試作の示されるまでは、夢想もしなかったことだった。▼1

それに出会ったとき、〈我々の心はある感情の籠ったとよみを挙げた、あの感動の記憶を失わないでいる。ただ一種の心のうごき――楽しいとも不安なとも、何とも名状の出来ぬ動揺の起ったものであった。もっと我々が静かに思い見る事が出来たのだったら、日本語が全く経験のない発想の突発に、驚きのそよぎを立てていたかも知れないのである〉と続く〈〈発想〉は表現形態の意〉。だが、蒲原有明をはじめ、薄田泣菫や河合酔茗らの詩によって少しずつ理解が開けていったという、彼らが集った詩誌『文庫』の変容を辿ってゆく。

折口が、そこで問題にしているのは、初期『文庫』派の古語の使用である。島崎藤村『若菜集』(一八九七)のことばは、平安朝の文語をもとにした流れにあったが、『文庫』派は、さらに遡る姿勢を見せた。それゆえ、日本では、象徴主義が西洋のロマン主義の役割を果たしたともいう。ゲーテらによるアルプスの南、陽光眩しいローマへの憧れ、その古代文芸を復活させようとする情熱がドイツ・ロマン主義を拓いた。それと同様のことが『文庫』派によって行われたという意味である。

勘のいい読者は、もう気がつかれたと思う。『死者の書』で現代の読者に馴染みのない『万葉集』など奈良朝の古語を交えた作者の意図に。それには、古色をまぶし、雅《みやび》な雰囲気を醸《かも》し出すなどの単に効果に留まらない意図が秘められていた。折口信夫が「短歌本質成立の時代」で当代の歌人たちに〈万葉集の家持に戻れ、更に黒人の細みを回復せよ〉と呼びかけたことも、堀辰雄『かげろふの日記』が新たな一人称独白体をつくったと称賛したことも、みな狙いは一つだった。遠い古典に帰ることで日本の文芸を革新する道である。そして、また、釈迢空という芸術家の原点が「言語の象徴性」にかける思いにあったことも、すでに明らかだろう。

二〇世紀への転換期、ヨーロッパ詩の新しい動きを敏感に受け取った上田敏がその翻訳に取り組み、『海潮音』（一九〇五）を編んだことはよく知られる。その範囲は、かなり緩やかにとられ、ロマン主義以降（ポスト・ロマンティシズム）と目されるマイナー・ポエットの詩もふくむものだった。たとえば「山のあなたの空遠く」ではじまる人口に膾炙した詩の作者、カール・ブッセも、その一人だった。

『海潮音』〔序〕はいう。〈象徴の用は、之が助《たすけ》を藉《か》りて詩人の観想に類似したる一の心状を読者に与うるに在りて、必らずしも同一の概念を伝えむと勉むるにあらず。されば静に象徴詩を味《あじわ》う者は、自己の感興に応じて、詩人も未《いま》だ説き及ぼさざる言語道断の妙趣を翫賞し得可《うべ》し〉▼2と。詩のことばから立ち昇る、詩人自ら説明できないような〈妙趣〉を味わうことこそ鑑賞の要だと述べている。詩の選び方だけでなく、定義もかなり漠然としている。いたしかたないところもあった。ヨーロッパでも象徴主義は、ロマン主義後期の、キリスト教およびブルジョワ社会の秩序に叛逆するデカダンス（退廃趣味）の風潮ともないまぜになって展開していた。[*]

＊フランスのデカダンスを代表するシャルル・ボードレールの詩集『悪の華』（一八五七）中の詩「万物照応」（correspondence）に〈自然はひとつの神殿（temple）であり、〈香りと色と響きがこたえあう〉〈象徴の森〉（des forêts de symbols）とあり、諸感覚の配置複合によってそれを開示する試みを行っていた。これはオカルティスト、エリファス・レヴィが『高等魔術の教理と祭儀：教理篇』（一八五五）で説いた神秘的な世界観にヒントを得たもの。ポール・ヴェルレーヌが何よりもニュアンスを重視する「詩法」（一八八二）を発表、マラルメに師事したギリシャ出身の詩人、ジャン・モレアスが抽象的観念にイメージを与えることを「象徴」と呼び、「象徴主義」（一八八六）の宣言を発しても

いた。ヴェルレーヌは、また、意味を離れた音律の技巧を洗練させもした。だが、どれも倫理秩序に叛逆するデカダンスの喧噪に紛れて、当時から指標とされていたわけではない。アルチュール・ランボーの詩句、「おお、季節よ、城よ、どんな心が傷つかずにおられよう?」(Ô saisons ô châteaux, Quelle âme est sans défauts?)は、動くものを季節、動かないものを城に象徴させるが、ランボーには母音のそれぞれに色感を寄せる詩もある。

実作では、蒲原有明が第一詩集『草わかば』(一九〇二)や『独弦哀歌』(一九〇三)で、神話や宗教世界に題材を求め、第三詩集『春鳥集』(一九〇五)〔自序〕では、日本語表現の可能性を拓き、五官の官能を交錯させて〈近代の幽致〉を表現すべきと主張した。〈近代〉は、この場合、今日の、〈幽致〉は、幽玄の極致というほどの意味である。そして、いう。

> 元禄期には芭蕉出でて、隻句《せつく》に玄致を寓《ことよ》せ、凡《ぼん》を錬《ね》りて霊を得たり(ほんの一句に宇宙の根源をことよせ、ありふれたことどもを錬りあげて神妙の境地に達しているという意味)。わが文学中最も象徴的なるもの。▼3

ここで、はじめて、幽玄、すなわち宇宙の根源の開示を狙う意図が明確にされた。同時に、芭蕉俳諧から滑稽味を振り捨て、高い精神的境地をやさしいことばで説くものと手本が示された。蒲原有明の象徴詩が高度な達成に至ったとされる『有明集』(一九〇八)では、仏教用語を織りまぜつつ、神秘的な「生命」賛歌の大輪の花が開く。

これは薄田泣菫が古語や雅語を駆使して幽雅な象徴詩の世界をつくる『暮笛集』(一八九九)や

『白羊宮』（一九〇六）、河合酔茗が神話から「叙事詩」をつくる『無弦弓』（一九〇一）、『塔影』（一九〇五）などと並ぶ動きだった。詩誌『白百合』も日本象徴詩の成立にはかなりの役割を果たした。創刊同人の岩野泡鳴は佐保姫など日本神話を題材にとり、また、ステファヌ・マラルメから詩想を借りたような詩を詩集『闇の盃盤』（一九〇八）にまとめた。

それは、美術界の二つの動きと併行してもいた。一つは岡倉天心の英文の著書『東洋の理想――日本美術を中心に』（一九〇三）が、東洋的ロマン主義を名のりながらも、宇宙の「気」を"Spirits"、また"universal life"と訳し、それを具現するものとして雪舟らの山水画の伝統を押し立てた。その「伝統」を彼とともに復活させようとする橋本雅邦らの画風には、「暗示」の語を用いてもいる[4]。もう一つは、ヨーロッパの民族主義の勃興による歴史画などに刺戟をうけ、日本の画壇が日本神話を題材にとる動きがあった。フランスで歴史画を学び、帰国した中村不折が、その代表格だった。折口信夫の芸術への、そして日本古代への関心も、これらに触発され、養われたものだった。

象徴および象徴主義

では、問おう。「象徴」とは何か。ヨーロッパで「象徴」（symbol）は、語源をギリシャ語の割符に発し、バラを「愛」の象徴とするように、形をもたない（見えない）観念を（見える）具体物に、一対一の関係で示すことをいう。東アジアにも古代から神仏の像のように、その表現はあった。が、概念としては分岐せず、「鶴は千年、亀は万年」のように臨機応変に用いられ、アレゴリーに相当する「寓」（和語「ことよせ」）しかなかった。

それゆえ、「象徴」の語は、名作の模写に代えて、構図やタッチに個性を出す写実主義を称揚するフランスの美術評論、ウージェーヌ・ヴェロン“*L'Esthétique*”(1878)を『維氏《ゆうし》美学』(一八八三〜八四)として翻訳するにあたって、中江兆民が新たに造語したものだった。何かの「徴」(シルシ)としての「象」(カタチ)の意味である。そこでは、しかし、「象徴」は「原始信仰」の偶像など、芸術的価値の低いものと見られている。それと対照的に、アーネスト・フェノロサの『美術真説』(一八八二)は、作者の観念と制作物との関係を説くヘーゲル『美学講義』にのっとって、イデアリズム(観念論、理想主義)ないしロマン主義の立場から美術(芸術一般)の在り方を説くが、原始美術の偶像を価値の低い「象徴」と見る点では同じだった。ところが、二〇世紀への転換期に「象徴」の価値に劇的な逆転が起こった。

　ギリシャ神話など多神教は、キリスト教が邪教として排除し、その神々や精霊たちの物語は、ルネサンス以降もタテマエとしては芸術の枠内でのみ鑑賞されてきた。が、民族独立運動の高揚に伴い、民族宗教が謳いあげられるようになり、とりわけ、アイルランド独立運動の先頭に立ったロンドンの詩人たちは、ウィリアム・ブレイクの遺した秘教的な詩画を発掘、賞賛し、また、自然の背後に秘められた神秘や「万物の生命」(life of things)をうたうウィリアム・ワーズワースの詩などを積極的に再評価した。そのグループの一人、アーサー・シモンズ『文芸における象徴主義運動』(一八九九)は、その〈序文〉で、パリの詩人たちとの交友を通じて、キリスト教やブルジョワ的秩序に反逆するデカダンスの喧噪にまみれていた象徴主義の系譜を、「象徴表現」を意識的に用いる運動と定義し、*とりわけマラルメの詩を高く掲げ、そして象徴主義の文芸を「一種の宗教」(a kind of religion)と宣言した。▼5 それは、マラルメがロンドン講演「リヒャルト・ヴァーグナー——一フランス詩人の夢」(一八八五)で、天に記された寓話を、この地上に引きおろし、民衆のなかに眠っているものを呼び起こす詩を夢見ていることを語り、それに「ほとんど一つの宗教」（Presque un Culte）の意味を与えたいと述べたことば[6]を承けたものだった。

＊アーサー・シモンズは、その〔序文〕で、機械文明に反対する姿勢を強め、キリスト教信仰を離れて、スピリチュアルな「宇宙の生命エネルギー」（universal vital energy）を原理として押し立てたトマス・カーライルのエッセイ『衣装哲学』（一八三一）の〔第三章〕より、「永遠」（infinite）という神聖な見えないものを具体物で示すことを「象徴」と呼んでいるのを定義に用いた[7]。

そのようなロンドンの詩人たちと交友し、故郷ベンガルに帰ったラビンドラナート・タゴールは、生命原理主義に立ち、ヒンドゥーの神秘的信仰を謳いあげる詩集『ギータンジャリ』（英訳版、一九〇九）で、一九一三年にアジア人で初めてノーベル文学賞を受賞する。東洋の多神教の精神の深みが国際的に大きく注目されたのである。一九一六年、タゴールの来日は熱狂的な興奮を生んだ。

このようにして、精神の無限の自由を求めるロマン主義の展開の上に、芸術は自らを、この地上における至高の価値を実現するものと宣言するに至ったのである。ここで、中村真一郎が「『死者の書』私観」で、折口信夫とウォルター・ペイターについて語りあったことを明かしていたのを思い出してみるのも無駄ではないかもしれない（第二章参照）。ペイターは『ルネサンスの歴史研究』の最後で、芸術を焔が結晶した宝玉にたとえ、それこそが、この地上における「成功」（success）と称えていた。

その動きは、カント『判断力批判』（一七九〇）が前半で、人間が物事を判断する力を、神から与えられた「理性」による「真」「善」と、感情による「美」に切り分けたことに発する西洋近代美学のタテマエ上の規範を瞬く間に突き崩した。それは民族宗教の信条や博物学（natural history）によるさまざまな自然の秘密の開示、また人類学による未開社会の宗教儀礼などの研究とも手を携えながら展開した。ヨーロッパではそれ以前から日本の民衆芸術、浮世絵の評判は高かったが、芸術家のアトリエで、その隣にアフリカの仮面が並ぶようにもなってゆく。

「宇宙の生命」という世界原理に立つ象徴主義は、表現に個々人のその場その場の感覚や意識を重んじる傾向を拡げ、文芸でも絵画や彫塑でも、外界の印象を再現しようとする印象主義、内面の歪んだ感情を歪んだままに外景に投影する表現主義などと入り混じりながら展開した。二〇世紀初期のアーリイ・モダニズムから第一次世界大戦後のシュルレアリスムなどの諸派に分岐し、そして日用品のデザインにまで進出し、二〇世紀を通して国際的に展開してきた。＊

＊この構図は、アルベール＝マリ・シュミット『象徴主義の文芸』（一九四二。清水茂・窪田般弥訳『象徴主義―マラルメからシュールレアリスムまで』文庫クセジュ、一九六九）及び、カナダのモントリオール美術館企画展『失楽園―ヨーロッパの象徴主義』図録（一九九六）を併せ、参照して得たものである。▼8 デカダンスとサンボリスムを交錯させるマルセル・レイモン『ボードレールからシュルレアリスムまで』（一九三三）とは、いささか観点が異なる。

結局のところ、ヨーロッパ象徴詩の多様な展開を包みこむためには、マラルメの晩年の詩論「詩の危機」（一八九七）中の〈純粋な著作の中では語り手としての詩人は消え失せ、語に主導権を渡さなければならない〉や〈どの花束にも不在の、馥郁たる花のイデーそのものが音楽的に立ち現われてくる〉などの命題▼9から、伝達を目的とした言語による現実再現的な芸術とは別の、ある純粋なイデーを開示する別世界をつくることを指標として採用するしかないらしい。マラルメがギリシャ神話やインド民話などを探り、地上に立ち昇る国家や教会などの蜃気楼にとって代わる、ある絶対性をもつ詩が民衆の上に君臨する祭典を、この地上に実現することを夢見ていたにしても。

日本の場合

日本の詩も、西洋の象徴主義の多様な動きを受容しながら展開した。エキゾティックな雰囲気を醸し出すことを狙った北原白秋『邪宗門』(一九〇九)〈例言〉の一つは〈予が象徴詩は情緒の諧楽と感覚の印象とを主とす〉[10]とはじまる。〈諧楽〉は音楽のハーモニーの意味。ここには〈情緒〉に〈感覚の印象〉が加えられている。そして、実際、太陽が緑色に見えたなら、緑色に描いてもよいという意味のことを宣言した高村光太郎「緑色の太陽」(一九一〇)などによって、個々人は五官の感覚(視・聴・嗅・触・味)を通して世界像を獲得するという認識が拡がった。一般向けのハウトゥもの、『通俗 新文章問答』(著者名なし、新潮社、一九一三)も〈文明が進むと共に、人間の神経が繊細になり感覚が鋭くなったといふ事実と、個性を求める結果、より個性的な、より確実な感覚を重んずる傾向と、二つが相合《あいがっ》して、新しい文芸に於いては感覚が重んぜられてきたのである〉と述べている[11]。

そしてそれは、多神教が生んだ古典の総てを象徴主義と見なす動きを伴っていた。フランス人宣教師で日本の音楽界に積極的にかかわっていたノエル・ペリは、「特殊なる原始的戯曲」(『能楽』一九一三年七月)で、神仏崇拝の宗教芸能、能楽を、ギリシャ古典劇と比肩するものとして、〈表象主義《サンボリズム》〉と論じている。能楽が象徴主義といわれるようになったのは、それからである。* 実際、死者の霊が登場する夢幻能など、神秘世界の具体化にほかならない。つまりは古典の全体の意味が新たに解釈されなおされたのである。

＊能楽は、能楽師が大名家のお抱えだったため、明治維新後、衰退したが、二〇世紀への転換期から復活の兆しを見せていた。一九〇八年、元大名家に秘されていた世阿弥の能楽書が地理学者、吉田東伍《とうご》によって公表され、それまで名前は知られていたが、僧侶のように考えられていた世阿弥の研究が一挙に進んだ。なお、能楽の起源は『論語』にも出てくる「追儺《ついな》」（鬼遣《や》らい）、面を用いる伎楽《ぎがく》が中国からもたらされ、朝廷の節分行事の「猿楽能」が民間に普及したというのが通説だが、今日、中国でも各地の民間芸能の調査が進んでいる。折口信夫「翁の発生」（一九二八）は、その起源を古代国家以前、各地の〈邑国〉の〈神事演舞〉にあると推測していた。[12]

なお、能楽の影が、ウィリアム・バトラー・イェーツやエズラ・パウンド、またベルトルト・ブレヒトにも及ぶことは、よく知られている。

折口信夫「詩語としての日本語」は、詩語の翻訳の観点から戦後当代まで象徴詩の時代が続いているという見渡しを語っていたが、このように見てくると、それが「自然主義」を無視した一方的な見方とはいえなくなるだろう。ただ、そこで、岩野泡鳴を〈象徴派と自然派とを同時に歩んで居た〉[13]と評しているのは、戦後の「自然主義」概念に攪乱されてしまっている。＊

＊一九三五年頃、精神主義や伝統主義の高まりに対して、小林秀雄らによって実証主義の精神が強調され、また、吉野作造らの明治文化研究会内には自然主義部会が設けられ、近代文学研究者、田中保隆によって「自然主義」対「反ないし非自然主義」の図式が唱えられた。その図式が戦後の文芸批評界に、中村光夫の唱えた「ロマン主義」対「自然主義」の図式とないまぜになって浸透した。田中保隆は、それなりに生命主義の思潮をつかんでいたが、泡鳴が島村抱月の唱えた「新自然主義」に同

調したためだろう、泡鳴を「変種の自然主義」と規定していた[14]。泡鳴も抱月も、彼らはそれぞれに「生命」の象徴を志向していたのだ。総じて、肝腎の表現の実際とその方法に踏みこめなかったことが近現代文芸史研究を混迷の淵に沈めてきた最大の理由である。泡鳴の象徴主義については後述する。

情調と象徴

折口信夫は、はじめから「象徴主義」を、蒲原有明のいうような宇宙の根源の開示を狙う表現と理解していたわけではなかった。『古代研究』〔追ひ書き〕には〈私の学問は、最初、言語に対する深い愛情から起ったものであるから、自然言語の分解を以て、民俗を律しようとする傾きが見えぬでもない〉[15]と述べている。この〈自然〉は「自ずから然り」。

彼が国学院大学に提出した卒業論文は『言語情調論』（一九一〇）だった。一音一音、異なる音の連なりを、なぜ、耳は一語としてとらえうるのかを問い、神経の刺戟が、いわば残像を留めることなど、聴覚映像（image acoustique）の問題に取り組もうとした。その姿勢は、物事の根本から取り組もうとする彼の探究心をよく示しているが、関心の中心は、音律がつくる情調の美学にある。卒業論文のその部分は、彼が学生時代に「和歌批判の範疇」（一九〇九）に書いたものを、ほぼそのまま踏襲している。

そこでは、読者の和歌観賞の観点を〈こころ〉（思想内容）と〈ことば〉（言語形式）の二つに分け、さらに〈ことば〉を〈すがた〉（形体）と〈しらべ〉（音調）に分け、それらの関係を論じようとした。読者がうたから想い浮かべるイメージを作者の側の〈主観的表現〉と叙事や叙景の〈客観的表現〉に分け、どちらにも偏らないものを、主観・客観の〈融合した者〉、主観・客観の相対的関係を

〈超越した者〉の双方の意味で、〈名称に稍《やや》不穏当な処あるが〉と断わりつつ、〈絶対的表現〉と呼び、〈象徴〉と言い換えている。そして〈定家の所謂幽玄体と称するのは、非常に音覚を重《おもん》じた者で、主観客観を出て絶対境に入らんとして居るものが多い〉という。▼16〈音覚〉すなわち音の響きを重んじるうたとは、定家の次のうたなどを見ればわかりやすいだろう。

うちなびく茂みが下のさゆり葉の　しられぬほどにかよふ秋風　（『自撰百番歌合』四〇）

これは、『万葉集』巻八、大伴坂上郎女《おおとものさかのうえのいらつめ》の「夏の野の繁みに咲ける姫百合の　知らえぬ恋は苦しきものそ」（歌番号一五〇〇）を本歌とし、「知らえぬ」を導く上半句の序詞を、いわば実景に転じて、「し」音を効果的に響かせている。同じ趣向の、式子内親王《しょくしないしんのう》の次のうたと比べてみれば、定家のうたの音律効果も、〈涼しや〉といわずに、夏のさなかに忍び寄る秋の情趣をうたう「超絶技巧」も歴然としよう。

涼しやと風の便りを尋ぬれば　繁みに靡く野辺の小百合葉《さゆりは》　（『風雅集』四〇二）

このとき、折口信夫がうたの音韻に着目したのは、フランス象徴詩人たちが詩の韻律を音楽にたとえて論じていることを聞き及んでのことかもしれない。だが、それなら、なぜ、叙景にも抒情にも偏らない表現を「象徴」と呼んだのか。日露戦争後、国文学界の一角に興った動きに誘われたからだろう。

和歌の世界では、長く『古今和歌集』が「花も実もある」と称されて手本にされ、『新古今和歌集』は「花ばかり」となじられてきた。江戸時代、わずかに荷田春満《かだのあずままろ》、本居宣長、石原正明の「国学」系の三人がそれぞれの立場から推奨したにすぎない。[17]

だが、東京帝国大学国文科出身の塩井雨江《うこう》が、ヨーロッパのロマン主義文芸が精神の高みに向かい、暗示や象徴性を獲得してゆく過程に触発され、『新古今和歌集』の技巧を高く評価し、『新古今集詳解』（一八九七～一九〇八）をまとめた。東京帝大国文学科で塩井とも交友があった気鋭の国文学者、藤岡作太郎が既成の国文学史を一新する意気ごみでまとめた『国文学史講話』（一九〇八）は、『万葉集』の項に、淡海公、すなわち藤原不比等の屋敷跡が荒れ果てていることをうたう山部赤人のうた、『死者の書』にも引かれているそれをあげ、〈よく自己を没却して、自然と冥合し、山川と同化〉する表現とし、それを人麻呂や憶良のように中国の詩の影響下にうたをつくるのとは別の、日本固有の表現の開拓と論じた。[18]

故太政大臣《おほきおほまへつきみ》藤原家の山池《しまのいけ》を詠める歌一首

古へのふるき堤は年深み　池のなぎさに水草生ひにけり　（『万葉集』巻三、三七八）

長屋王の変（七二九）の後、藤原四子政権の時期の作と見てよい。念のためにいうが、この荒れた堤は実景であり、それを藤原不比等の栄華を偲ぶよすがにしている。一種の「ことよせ」、言外に懐旧の情を滲ませるうたである。懐旧の情一般の「隠喩」（metaphor）でも「象徴」（symbol）でもない。

このうたを藤岡は〈景によりて情を寄せ、いわゆる情景併せ得たるもの〉と述べている。『万葉集』巻一一、一二の相聞歌の部立てでいえば、「正述心緒」（ただに思いを述べる）に対する「寄物陳思」（物に寄せて思いを述べる）の技法に類するものだ。

年の経ば見つつ偲へと妹が言ひし　衣の縫目見れば悲しも　（巻十二、二九六七）

年月を経て、これを見てわたしのことを思い出して、と亡くなった妻が衣を縫いながら言った、その衣の縫い目を見ると悲しい、という意味で、最後の〈悲しも〉が抜ければ、言外の情をいう「余情」表現になる。中国、南朝・梁の劉勰《りゅうきょう》『文心雕龍《ぶんしんちょうりょう》』〔総術〕篇にも、景物に密着して細密に描くことを称揚しつつ、「余情」を重んじる姿勢が見えている。その詩論が奈良朝に伝わっていたとはいえそうにないが、技法は伝わっていたとみてよい。

『万葉集』以前、柿本人麻呂が集め編んだ『人麻呂歌集』、山上憶良の『類聚歌林』も同様だが、中国古代の『詩経』および『楚辞』の影を認めないわけにはいかない。人麻呂は、助詞や用言活用語尾をなるべく省いた、いわゆる孤立語的な語法で「略歌体」と呼ばれるうたを二百首ほどつくっている。それを賀茂真淵『万葉考』（一七六八）は「常体」の和歌と区別して「詩体」と呼んだ。中国の詩文の語法によく通じた真淵は、漢詩の型を日本化しようと努めた人麻呂の試みをよく見抜いていた。人麻呂は、個人詠の長歌にも対句技法を駆使している。

天武朝の神話的象徴性をうたいあげたのが、宮廷歌人・柿本人麻呂だったとすれば、大化の改新以降、律令制度を整えてきた朝廷の精神をよく示した歌人は山上憶良だった。憶良は長安で学び、儒学、仏道、道家思想を身につけて帰り、漢詩の作法を歌の世界に持ちこみ、民間の歌謡を和歌に整え、また詞書きを記して、うたを記す形式を進め、自作の漢詩を万葉仮名に記しもした。それゆえ、藤岡作太郎は、漢詩の作法にならって和歌をつくる態度とは異なり、山部赤人の「景」と「情」を重ね合わせる表現をそれら和歌に独自の領域を開拓するものと見たのである。

藤岡作太郎は〈中世〉の章では、『新古今和歌集』について、『千載和歌集』とさして変化はないとしながらも、〈主観的抒情のみを主とせる古今の旧風に、客観的叙景の新潮を加味し、以て客主交錯、景情一致の趣を得んとつとめたるところ、正に新古今の最大特色なるべし〉[19]と論じて、次の二首をあげている（表記は引用のまま）。

忘らるゝ身を知る袖のむらさめに、つれなく山の月はいでけり。　後鳥羽上皇
春の夜の夢のうき橋とだえして、峯に別るゝ横雲の空。　定　家

後鳥羽院のうたは「建仁二年五月仙洞影供歌合」に出したもので、題は「遭不逢恋」（逢わずの恋に遭う）。恋人に忘れられた身の袖の涙を無情にも照らす月の光を詠んでいる。なるほど、景情併せて成り立っている。

藤岡は、定家には厳しい。〈藤原定家は最も辞句の修飾に重きを置ける歌人なり〉といい、朴訥《ぼくとつ》で俗語も用いる西行と両極端をなすとしながら、とくに恋歌は〈真意の漠然として捕え難きを以て、感情の深刻痛切なるが為と過信したるものにあらざるか〉と疑問を投げている。『千載和歌集』の編者、藤原俊成のいう「幽玄」は、景に情を託し、言外の情、「余情」を重んじるものだっ

たが、定家はそこはかとない情趣を醸す「幽艶」を好み、それを情のこもった「有心」と称して超絶技巧に走った。それを難じている。先の〈春の夜の〉のうたは、逢瀬の後の朝《きぬぎぬ》、男が去ったあと、東の空に横ざまにたなびく雲を眺める女を描く物語の常套を踏まえ、女の身になって、情愛のなごりを光景に託した表現である。『源氏物語』〈夢の浮橋〉を踏まえて今生の別れを含意していると読むなら、哀切や諦念が表に立つ。いずれにしても、うたからうたをつくり、物語や屛風絵などからうたをつくる趣向の極みにあって、精神性の高みや深みとは縁がない。

それに対して、本居宣長の流れを尊重する佐佐木信綱は、その著『定家歌集』（一九一〇）で、定家の歌を〈意味をはなれたる情感配合の間に一種の趣ありて、今日の所謂象徴詩の端を為せるかと思わるるものあり〉と評した。[20] 定家の幽艶体を当世最新の評価に近づけたのである。

藤原定家のうたぶりを最初に象徴主義と評したのは、この佐佐木信綱の評言とされてきた。が、折口信夫「和歌批判の範疇」（一九〇九）がわずかに先行していたことになる。だが、折口も、情趣、情調を醸し出すところを狙う主観・客観の〈融合した者〉を〈絶対的表現〉と呼び、かつ、それを定家の音律重視の傾向と短絡させていた。

混乱の原因

なぜ、象徴の概念をめぐって、このような混乱した事態が国文学の世界に起こったのか。最近、中国文学研究の世界で、「国学」ブームが起こっている。「国学」といっても、むろん、日本のそれではなく、中国文学の伝統を尊重しようという動きである。そのなかで、中国で近代文芸批評を拓いた王国維がエッセイ集『人間詞話《じんかんしわ》』のなかで、とりわけ五代・北宋時代の漢詩に「景と情の境界」すなわち「景」と「情」に跨る表現を見て、中国の詩の独自の伝統と論じていたことが注目されている。

王国維が『人間詞話』を刊行したのは、藤岡作太郎『国文学史講話』と同じ一九〇八年のことだった。奇しくも、日本と中国とで同時期に、それぞれ独自の「伝統の発明」が行われたのだ。

王国維は一九〇一年、日本に物理の勉強に来たが、病を得て一年で中国に帰国、辛亥革命で日本に亡命するまでのあいだのエッセイである。藤岡とは、言い方は少しちがうが、対象に感情を移し入れてこそ、理解が成り立つと説くドイツ感情移入美学に学んだことも明らかにされている。[21]

藤岡作太郎の場合、ドイツ感情移入美学の受容の跡は明確でない。では、何がきっかけとしてはたらいたのか。

藤岡作太郎『国文学史講話』〈総論〉は、日露戦争後の機運を受けて、〈日本国民の最大の特色は団結の強固なるにあり〉といい、また〈西洋人は人間を本《もと》とし、東洋人は自然を重んず〉という。東洋人一般は自然の〈威力に屈従せる〉に対して、日本文化の特長として、自然に〈親昵《しんねい》す〉という、国民性として〈先天的に自然を昵愛《ねいあい》する特性〉〈積極性〉があるという。[22]先の山部赤人のうたに、自然との〈冥合〉を論じた理由が知れよう。それは江戸時代までの神〈国学〉・儒・仏・道はもちろん、明治中期の武張った時期まで唱えられることがなかった考えである。

背景には、自然愛好の高まりがある。江戸中期から紀行随筆は、地方の地誌と風俗の探索の色彩を強め、絵入りでこと細かくなり、奥地の風俗紹介が盛んになっていた。江戸後期、ベストセラーになった鈴木牧之《すずきぼくし》『北越雪譜《ほくえつせっぷ》』（一八三七）は、越後・魚沼の雪国の生活を広く取材し、伝説・奇譚などもよく拾い、博物誌的といわれる。そして、北海道のアイヌの生活に人間らしさを見出したことで知られる松浦武四郎は、明治期には和歌山県大台ケ原の原生林に分け入るなど、本州の「秘境」の紀行文を綴っていた。漢文の紀行文もかなり出ている。

幸田露伴に、人里離れた山奥で美女と一夜を過ごす怪談の傑作『縁外縁』（のち『対髑髏』一八九〇）がある。その前半は日光の冬山の紀行文といってよい。泉鏡花『高野聖』（一九〇〇）は、その一〇年後の作。どちらも登場するのは女の亡霊の類だが、『死者の書』に先行する作品として、ともに逸するわけにはいかない。

そのふたつの小説のあいだには、自然の背後に創造主を想定する自然神論に立ち、ヨーロッパ・アルプスの山岳美をうたうジョン・ラスキン『近代画家論』（一八四三～六〇）に学んだ描写が紀行に取り入れられ、またアルピニズムの導入もなされ、一八九七年、民友社が『名家紀行文選』を刊行、九九年には田山花袋『南船北馬』など文芸家も加わって山岳紀行文がブームを迎えた。

日清戦争期に、国粋保存主義を掲げる正教社の論客、志賀重昂《しげたか》の『日本風景論』（一八九四）が、ナショナリズムを鼓吹したことはよく知られるが、その内実は古来の「気」を自然エネルギーに読みかえ、その発動が盛んなことを謳うものだった。だが、志賀は、一八九七年、松隈内閣の農商務省山林局長を勤めるなど国政に関与したのち、『山水叢書　河及び湖沢』（一九一〇）で、江戸前期の陽明学者、熊沢蕃山《ばんざん》が岡山藩で治山治水に力を注いだ例などにふれながら、日本の山林保護の「伝統」を訴えた。[▼23] 日清・日露の戦争で山林の皆伐がはなはだしく、正教社が早くからかかわっていた足尾銅山から流出する鉱毒への反対運動も頂点を迎える。

それと同じ一九一〇年、柳田国男『遠野物語』が刊行された。その年七月、折口信夫は卒業論文『言語情調論』を提出し、国学院大学国文科を卒業したのだった。

このような自然愛好の高まりのなかに、自然に心を開き、自然と心を通わせるような心情が登場する。国木田独歩「忘れえぬ人々」（一八九八）の最後、旅の途中で見かけた人びとのことを想い返し、語り手は一人ごちる（原典の「　」を外して引く）。

……我れと他と何の相違があるか、皆な是れ此生《この》を天の一方地の一角に享《う》けて悠々たる行路を辿り、相携《たずさ》えて無窮の天に帰る者ではないか、というような感が心の底から起って来て我知らず涙が頰をつたうことがある。其時は実に我もなければ他《ひと》もない、ただ誰れも彼れも懐かしくって、忍ばれて来る。

僕は其時ほど心の平穏を感ずることはない、其時ほど自由を感ずることはない、其時ほど名利競争の俗念消えて総ての物に対する同情の深い時はない。▼24

ここには、万物に心を寄せる心情が語り手の独白のかたちで示されている。〈総ての物に対する同情〉などと、ふつうはいわない。

おそらく、これには、森鷗外が関心を寄せていたドイツの哲学者、エドゥアルト・フォン・ハルトマンの『美の哲学』（一八八七）の第一巻（美の概念）第一部を一八九二年一〇月から翌年六月にかけて『柵草紙《しがらみそうし》』に翻訳連載した『審美論』（のち、全体の趣旨をまとめて、大村西崖と共著で『審美綱領』上下巻として刊行。一八九九）の影が映っていよう。そこでは、美を主観のはたらきによるものとし、五官の感官の受けとる「実情」（実感に同じ）と想像による「仮情」（仮構した感情）に分け、さらにそれらを、受動的な「反応」（reaction、印象）と対象に同化する「同応」（sympathy、共感）

に分けて説いていた。[25] 独歩の〈同情〉は、どうやら、その「同応」の感情を簡単に「同情」と言い換えたものらしい。

このように日本では、ハインリッヒ・リッケルトの「感情移入美学」の受容が阿部次郎らによって盛んになる前から、天地自然と心を通わせる心情の叙述がはじまっていた。藤岡作太郎は、それを山部赤人の短歌に見たのである。だが、「ことよせ」の技法によるうたは、赤人が万物と心を通わせていた証左にならない。実景・実感によらない藤原定家のうたも、その点では同じである。つまり、景物を心情と「融合」させる表現が、即ち、万物と心を通わせる心情に支えられているわけではない。さらには誰ひとりとして、赤人や定家のうたに「野性」を見ようともしなかったし、まして「自然主義」などと呼ばなかった。それをよく振り返ってみるべきだろう。

折口信夫の場合

折口信夫は、エッセイ「山の音を聴きながら」(一九三六)で、独歩「忘れえぬ人々」にふれて、〈あれでは、旅の気分における詩に過ぎない。もっと徹したものがないことには、旅の作品に、旅の主題が出て来ないものである〉[26]と述べている。「忘れえぬ人々」の主題は、はたして旅であったか。〈名利競争の俗念消えて総ての物に対する同情の深い時はない〉ということを突き出すのが狙いだったのではないか。折口は、その魅力は、イギリスの詩に学んだところが大きいという。実際、「忘れえぬ人々」を収めた『武蔵野』(一九〇一)中の「小春」には、ワーズワースの詩が引かれ、「万物の生命」(life of things)や「自然の生命」にふれる歓びが書かれている。[27]

そして折口の筆は、日本の紀行文は漢文の規範に囚われ、事実の記録に偏しているというところに向かう。大筋では当たっている。彼が表現の規範に敏感なことをよく示している。

釈迢空「口ぶえ」には、草木と心を通わせる安良の心情が書かれ、暗示的表現が過剰なほど用いられていた。折口信夫の象徴概念は、それまでに、混乱を脱していたにちがいない。その経緯を追ってみよう。

若き折口信夫の音律重視の姿勢は、自ら述べていたように、〈最初、言語に対する深い愛情から起ったもの〉だった。彼は朝鮮語も習得するほど語学に熱心だった。『古代研究（民俗学篇２）』〈追ひ書き〉には、日本語と琉球語の分離の時期を〈極めて古く考えている[28]〉とある。今日の言語学者の見解にはるかに先行していたことになる。

その関心は、サンスクリット語文献『リグ・ヴェーダ』をはじめてラテン語に翻訳した言語学者、フリードリッヒ・マックス・ミュラーの仕事に、また先に紹介した『仏陀の福音』の編者、ポール・ケーラスの仕事にも向かった（第二章参照）。彼らの名前が卒業論文『言語情調論』に見えていることは安藤礼二が指摘している（『神々の闘争　折口信夫論』）。

マックス・ミュラーは、また自然の背後に造物主としての神のはたらきを見る自然神論に立ち、インド・ヨーロッパ語族の神話に太陽信仰を読み解くことを提唱するなど、言語学的な比較神話学を推進した人。ヨーロッパ人の人種的優位性をいう「アーリア神話」を広めたことでも知られる。彼が推進したのは、ノアの箱舟がコーカサス高原に降りたという『旧約聖書』の神話にもとづき、白色人種をコーカソイドと呼び、他の「人種」を劣等視する人類学だった。

折口信夫は「髯籠《ひげこ》の話」（一九一五）のなかで〈籠は日神を象《かたど》り、髯は即、後光を意味するものであると思う[29]〉と述べている。古代人の信仰には太陽崇拝が絶対的な意味をもつことを確信していた。あるいは、若き日にミュラーの著作を読み、刷り込まれた名残かもしれない。それは『死者の書』の根本モチーフにかかわる。

ただし、「古代人の思考の基礎」に、もともと〈天照大神は、日の神ではなく〉[30]とあることも、いっておかなくてはなるまい。折口は、アマテラスのもとは、祝詞の誤りを正す神として想定された大禍津《オオマガツ》日神《ヒノカミ》・八十《ヤソ》禍津日神という一対の神（大直日《オオナホビ》神、神直日《カムナホビ》神）だったという。のちには悪魔のように見なされたとも。これらは『紀』『記』神話で、黄泉から帰ったイザナギが禊を行って穢れを祓ったときに生まれた厄災の神であり、もとは日照りをもたらす神の名だったのではないか。太陽にも善悪二神を想定する日本神話にはシャマニズムの影が落ちているとわたしは思う。

だが、ヨーロッパの研究者の関心は、植民地に暮らす狩猟採集民に向かい、彼らの言語より儀式や習俗に移っていった。日本では、すでに高木敏雄『比較神話学』（続帝国百科全書、一九〇四）〈序〉および〈凡例〉が、人類学的神話学の勃興により、言語学的神話学は過去のものになったと明言している。折口信夫は、原始的生活を送る人びとを、いわば現代に「生きている化石」のように見なして研究するイギリス流の人類学を唱えた坪井正五郎が率いる東京人類学会にも参加していたから、早くから民俗への関心も拡げていただろう。

そして「髯籠の話」では、神の〈依代《ヨリシロ》〉に絡んで、〈今少し進んだ場合では、神々の姿を偶像に作り、此を招代《ヲギシロ》とする様になった〉〈今日の如き、写生万能の時代から遠い古代人の生活に於ては、勿論今少し直観的象徴風の肖像でも満足が出来た〉[31]といい、造り物の機能と形態の歴史的変化を相対化している。ここではもう、「象徴」をシルシのかたちの意味で用いている。また一九一七年、釈迢空「新刊紹介」（『アララギ』第八号）は〈象徴〉の語を次のように用いている。

わたしは、われ〳〵の肉全体が同時に全霊の象徴であり、静止が全活動の象徴であり、死が生の全的記号となって浮び上って来なければならぬと思う。象徴は対象の全面を照し出す小さな鏡であると考えていてはならぬ。象徴は皮膚である。其皮膚の内に全的に接し拡っている肉体組織は象徴せらるべき当体である。▼[32]

〈当体〉は「本体」（本質をなす実体）のこと。ここで「象徴」は〈全的記号〉（全体を示すシルシ）と言い換えられている。静止した平板な鏡に映ったようなものではなく、全身全霊の活動、岩野泡鳴のいう〈全我活動〉（後述）の現れを呼んでいる。〈象徴は皮膚である〉は、活動し、目に見える表面の意味でいわれている。「口ぶえ」で皮膚感覚の表現が意識して用いられていたことを思い起こさせもしよう。

岩野泡鳴の影

釈迢空は、一九一四年の上京前、今宮中学の教員時代に『日刊 不二新聞』に岩野泡鳴評を二回寄せていた。そのうち、「岩野泡鳴氏（創作家として）」（一九一四年一月）は、次のようにはじまる。

ろだんの鑿《のみ》の味を思わせるおそろしい素朴と、底力とを具えた氏自らの言語を以て、悲痛なる生活を開展せしめて行く傾向は、昨年に入って愈《いよいよ》著しくなった。「半獣主義」から「新自然主義」と、氏の哲学の体系は漸く完成せられて行く様に見える、而も尚、其処に、ある動揺を保ちつつ、近代思想を「実生活」に進展した。成立した哲学でない処に、不断に流転する氏の生活の大きさを見るべきである。[33]

〈ロダンの鑿の味〉は、オーギュスト・ロダンが平鑿を荒く使って彫刻の表面に光と影を乱舞させる技法を指している。それについては、ロダンに親炙して帰国した彫刻家・荻原守衛（碌山）が美術雑誌で伝えていた。名作の模倣でなく、「自然に学べ」をモットーにしたロダンは「自然派」のようにも受け取られたが、早くからプリミティヴ・アートを志向していた守衛は、ロダンが、ギリシャ彫刻より、古代エジプト彫刻から「内部生命」の表現を学んだことを強調し、また後期の円熟味のある彫刻「春の神秘」を〈「春」の象徴〉と語っている（「ロダンとエジプト彫刻」一九〇八）[34]。このようにして、近代美学が低級とした原始芸術（＝象徴主義）への関心が拡がっていた。

〈「近代思想」を実生活に進展した〉は、岩野泡鳴が心中未遂事件など起こしたのち、一九一三年、雑誌『青鞜』に集う「新しき女」の一人、遠藤清子と結婚したことを指していよう。この〈悲痛なる生活〉も〈「半獣主義」から「新自然主義」〉も、釈迢空の民族観、天皇観や芸術観に深くかかわる。釈迢空がこの時期の岩野泡鳴の著作から受けた示唆は、大きく二点に分けて考えてよい。その第一は、一人称視点で、瞬間瞬間の語り手の生活情調を語ることをもって生命の表象（＝象徴）とする手法。第二は、国家神道と対峙する民族神話の解釈である。

岩野泡鳴は、フランス象徴詩に学んだ詩風で活躍後、長篇評論『神秘的半獣主義』（一九〇六）では、冒頭近く、自らをベルギーのフランス語圏の詩人、劇作家のモーリス・メーテルランクの〈思想上の兄弟分〉[35]と称している。メーテルランクの詩や戯曲の翻訳が先端的な知識人たちの注目を集めつつあった。その思想の核心は、エッセイ「ラ・ヴィ・プロフォンド（深い生命）」（一八九四）に〈万有より神に至るまで善良にして聖なるものの凡《すべ》ての源は、かの余りに遠い星々に満ちた夜の後に隠されてある〉（豊島与志雄訳[36]）と述べられている。

そして泡鳴は、ラルフ・ウォルド・エマーソンが自然も言語も宇宙の「一大心霊」の表象とし、キリスト教スピリチュアリズムを代表するエマヌエル・スウェーデンボルク（その『天界と地獄』（一七五六）など四冊の仏教論を一九一〇年代に鈴木大拙が翻訳していた）が心霊の発現が刹那的と説いたことなどを参照し、霊肉一致を「生命」の本然とし、それを前半身は透明な霊、後半身は剛健、強壮な半獣神に象徴させ、瞬間瞬間に、その「生命」をこの世に実現すること（実行）を主張、〈存在して居るのは、たゞ時々刻々変形して居るものばかり〉〈天と地とは僕等の心と共に変転流動して居る〉といい[37]、一切の観念がふっ飛んだ刹那の無我夢中の活動の感情こそがすべて、それを「全我活動」と呼び、「刹那主義」を唱える。その半獣神のイメージをケンタウロスのような勇壮なものに託しているのは、存在の悲痛に耐えることこそ男性的と讃美するゆえである。

恋愛については、根底に種の保存本能があるとする考えを否定し、〈一刹那の情火が全世界を焼いている〉ような原始的本能にもとづく男女両性の精神的合一に価値を置き、イザナギ、イザナミのミトノマグワイ、すなわち神がみのおおらかな性愛を讃美する。それゆえ、結婚や国家など継続する制度は魂の抜け殻、欺瞞と退ける。一切の絶対者、法則性、善悪の価値観を否定し、活動そのものを重んじ、制度や概念を嫌う思想を展開した。

のちのことだが、泡鳴は、知識人の社会的実践を訴えて『書斎より街頭へ』（一九一一）などの著書で知られる田中王堂から、概念化を嫌う姿勢をニーチェの真似と批判を受けた。だが、それを、

〈ニイチエは神をぶち毀《こ》わしたが、自我なる物を充実させることがまだ出来なかった[38]〉と見事に切り返した（『悲痛の哲理』一九二〇）。

岩野泡鳴が「霊」を先に立てた「半獣神」のイメージを提出したのは、日露戦争を前後する時期から人間の本性は「霊か、肉か」という論議がかまびすしかったことに解決を与えようとするものだった。たとえば片上天弦「人生観上の自然主義」（『早稲田文学』一九〇七年一二月号）は、田山花袋『蒲団』（一九〇七）を論じて、性欲に悶えて生きることに人間の本性があると論じていた。このようにして、フランスのエミール・ゾラが実験医学、すなわち自然科学にもとづく文芸の意味で唱えた「自然主義」の意味がズレていった。

『神秘的半獣主義』の途中、〈自然主義が真直ぐに進んで行く間に、いつも神秘なるものが感じられる[39]〉とある。これは、ドイツの批評家、ヨハネス・フォルケルト『美学上の時事問題』（一八九五）が〈自然主義〉の章で、象徴派の人びとは〈自然主義は終わった〉というが、自然の〈深秘なる内性の暴露に向かう「後自然主義」（Nachnaturalismus）は、自然の神秘に向かう象徴主義と本質を同じくし〉ていると述べた条を受けている（森鷗外訳『審美新説』（『柵草子』一八九八〜九九年に連載、刊行一九〇〇年[40]）。このように、フォルケルトが台頭する象徴主義を「自然主義」に取りこもうとしたことも概念に混乱をもたらす一因になった。

一九〇〇年代後半、田山花袋『蒲団』が書かれたころには、当の花袋を含め、日本の作家たちは、それぞれに象徴主義の手法に関心を集め、「自然主義」は実体のない符丁に過ぎなくなっていた。経験した事実そのものにこだわったのは、「ルウソオの『懺悔』中に見出したる自己」（一九〇九）で、エミール・ゾラの小説など芸術ではない、ジャン＝ジャック・ルソー『告白録』（歿後の刊行）にこそ「自然主義」の精髄があると断じた島崎藤村や、近親者を実名で登場させるところに向かった徳田秋声くらいだろう。彼らはまた、知識層は社会の「余計者」にすぎないとするロシア文学からも揺さぶられ、倦怠を破る陶酔を求めたことも手伝い、テーマ（題材）に性愛が取り上げられる傾向が強かったのはたしかである。

そして、一九一〇年を前後してジャーナリズムに「自然主義」を即ち性欲のように取り違えた俗論が起こり、「自然主義」文芸は失墜する。森鷗外『ヰタ・セクスアリス』（一九〇九）も永井荷風の随想「厠の窓」（一九一三）も、これを指摘している。

岩野泡鳴は、長篇小説では、自らの実体験を投げ出すように語りながら、主人公の瞬時にかける熱情を醸しだす文体で綴る『耽溺』（一九〇九、耽溺はデカダンスの泡鳴による訳語）にはじまる「五部作」が知られる。北海道や樺太の荒涼たる自然のなかで暮らす人びとの哀歓も明滅する。短篇ではフランス語の「ユムール」（ユーモア）に「有情滑稽」（人情味のある滑稽の意味）という訳語をあて、一人称視点で本人には悲痛極まりなくとも読者には滑稽に感じられる悲喜劇を得意とした。汚らしいこと、残酷なことも平気で取りあげた。この傾向は、一時期、岩野泡鳴に弟子入りした井伏鱒二らによって、洒脱な「ユーモアとペーソス」に、さらには一瞬の錯覚を歓んだり、滑稽な奇態を繰り広げるナンセンス小説の流行を呼ぶ。これが昭和期モダニズムの一面をなす。

そして、泡鳴は「現代将来の小説的発想を一新すべき僕の描写論」（一九一八）では、一人称視点で徹底する方法を「一元描写」と呼び、やがて世界でもこれが主流となると予言した（実際その通りになった）。人間は意識のはたらきによってしか世界を見ることはできないし、また語れないということを、この時期の日本で、これほど強く確信していた作家は彼一人だった。

泡鳴と迢空のちがい

今宮中学の教員時代、『日刊 不二新聞』に寄せた釈迢空「岩野泡鳴氏〈創作家として〉」は、小説「ぼんち」と「熊か人間か」を取りあげていた。「ぼんち」は、大阪の坊っちゃんが京都で仲間にのせられ、宝塚温泉に向かう途中、阪急電車で窓から出した頭を電柱で撃ち、割れんばかりの痛みをこらえながら、医者が駆けつけるまで芸者遊びをつづける話。その悲壮感を〈やまとたけるの力に生き〉る者といい、命がけで享楽に耽る姿勢を〈郷土生活情調〉の極みと礼賛する。泡鳴は徳島出身で、阿波の鳴門の渦をペンネームに用い、大阪ことばも達者だった。「熊か人間か」には、樺太出稼ぎ人の野性に、イザナミを追って〈黄泉比良坂を走《ハ》せくだったいざなぎの執着〉〈東国人《アヅマビト》のなりどよむ心熱〉を読みとっている。[41]

ヤマトタケルの悲壮さは、アラヒトガミの父親・景行天皇に疎《うと》まれ、「土蜘蛛」征討に駆けまわらねばならなかったことに発しているが、「ぼんち」のぼんぼんは、友人との遊興に義理がたくありたいという一途な思いにかられているだけだ。まさに、宇野浩二『清二郎　夢見る子』〈終わりに〉にいう「痴愚の心をよろこぶ巷」の話である。釈迢空の評は、いささか形容過剰の感がある。

だが、一九一四年二月二五日の「文芸時評」では、岩野泡鳴「お仙」を評して、主人公＝語り手が〈常に極めて明らかである代りに、周囲の人間が幻の様に見えるのは、氏の作品が英雄譚《エイユウモノガタリ》に傾〉いているといい、また〈喜劇化に立ち戻った〉と距離を置いて批判している。[42] 悲痛に堪える人生観にこそ感じ入り、滑稽味に走るのを嫌ったことがわかる。

釈迢空は「口ぶえ」を、若い安良の口語を交えた一人称独白体で書くことに何のためらいもなかったろう。そしてそこに暗示的な効果をもたせようとした。が、やや度がすぎた。彼は、岩野泡鳴のように、語り手の内側から語りながら、それが読者に滑稽に映るように造形することはできなかった。おそらく最後まで、できなかっただろう。

　他方、彼の孤独な自我は、たとえば、母をもたずに生まれたスサノオのような突拍子もない想像に走っても、その内景を描くことができた。彼は詩を書くことを通して、想像上の人物に成りきって語るワザを身につけていった。

　一九二二年の詩に「おほやまもり」（『古代感愛集』所収）がある。『古事記』『日本書紀』の叙述を題材にとる。「ほむたわけ」（応神天皇）と、その三人の母を異にする皇子たち、「おほやまもり」（大山守命）、「おほさゞき」（大雀命）、「わきいらつこ」（和紀郎子）の四人が登場する。「ほむたわけ」の耳に、山奥の岩の底に埋められた石の棺《ひつぎ》から響いてくるかのような不気味な音が聞こえてくるところからはじまる。「おほやまもり」には、その音が聞こえず、聞こえないと正直に告げる。「わきいらつこ」は、ヤマトの外の国々の首長が、みな、それぞれ寿命を「ほむたわけ」に捧げる音だといい、「おほさゞき」は、三人のうちの一人が天皇になるときだと告げる。

「ほむたわけ」は、老いぼれて、若い頃の女との情交の思い出を口走るばかりだが、天の神々のなかの大神に、三人の皇子のうちの一人を次の天皇に選んでもらうと誓いを立てる。そして三人の皇子が、我こそが次の天皇との思いを抱いて、その不気味な音の源を訪ねて、旅立つところで終わる。▼43 四人の独白のみで構成する劇詩の試みである。

『記』『紀』では、応神が「わきいらつこ」（菟道稚郎子《うじのわきいらつこ》）を皇太子としたため、「おほやまもり」は恨みを抱いて、応神歿後に兵を挙げるが、逆に水死させられる。また、「わきいらつこ」が年長の

「おほさゞき」に皇位を譲るために自害するなど、皇位継承をめぐって、波乱が起こる。この詩は、その後の叛乱と悲劇を背景に置いて、その予兆だけ暗示するにとどめている。「序曲」として着想されたもので幽《かそ》けき暗示への志向といえばよいか。粗野なことばや幼稚なことばが混じる点でも、のちの『死者の書』の大津皇子の霊の目覚めのシーンを彷彿させるところがある。

若き釈迢空の『日刊 不二新聞』の「文芸時評」に戻るが、〔一九一四年一月二一日〕には、谷崎潤一郎「捨てられるまで」〔一九一四〕を取り上げ、人物造形が活きた具体性を失い、観念に頼っているとし、それを〈生活の概念化〉と批判している。[44] 生命活動が生き生きと書かれず、観念に頼ってしまっているという意味である。この「概念化」を嫌うところは、釈迢空の芸術観の根幹にかかわるので、あとにまわし、この時期の彼の象徴主義受容について、二、三、付言しておこう。

一九一四年二月二五日の「文芸時評」で釈迢空が長田《ながた》秀雄の戯曲を取りあげたなかに、〈まあてりんくかぶれの象徴の幽霊〉という語が見える。[45] また、一九三六年のエッセイ「日本の歌・すらぶの琴」で室生犀星の小説について、〈めるじゆこふすきいの筆あたりを感じる〉とある。[46] 二〇世紀への転換期、デカダンスから神秘的象徴主義へと進んだロシアの作家、批評家、ディミトリー・メルシュコフスキーも『人及芸術家としてのトルストイ並にドストイエフスキー』〔森田草平・安倍能成訳、玄黄社、一九一四〕あたりから注目されていた。泡鳴も紹介していた。釈迢空の戦後のエッセイ「文学を愛づる心」〔一九四六〕に、レフ・トルストイが〈篤信者であった為に、神の過去の姿をふり返りみる習しが深かった〉[47] と述べているのも、メレシュコフスキーに触発された跡だろう。「折口学」の方向ともかかわろう。

また岩野泡鳴は、アーサー・シモンズ『文芸における象徴主義運動』を『表象派の文学運動』〔新潮社、一九一三）として翻訳刊行した。訳語も文体も泡鳴流だが、長く名訳とされていた。ただ、この翻訳のタイトルにより、「象徴主義」といえば、日本では文芸上の一思潮に限って考える癖をつくってしまったところがあるように想われる。

ついでに述べておくと、釈迢空がエジプトの『死者の書』に出会ったのは、『世界聖典全集』（一九二〇）に収録されたものだろうといわれているが、アーサー・シモンズは象徴派の先行者のひとりとして、ジェラール・ド・ネルヴァルをあげ、彼が狂気に見舞われながら、散文詩「オーレリア（夢と人生）」（一八五四）で、精神病院のなかで古代エジプトの女神、イシス神を信仰してやまない狂人の幻想世界を書いていることを紹介している。イシスは神にして王であるオシリスの妻にして妹、弟のセトに謀殺されたオシリスをミイラにして甦らせ、生産・豊穣の神として崇められた。オシリスは以後、冥界の王となり、死者の魂の転生を司ることになる。このアーサー・シモンズの書物、ないしはその岩野泡鳴訳から、釈迢空がエジプト神話に関心をもった可能性を想ってもよいだろう。

泡鳴の筧克彦批判

戦争期に折口信夫が筧克彦のアラヒトガミ論に突っかかったことは第一章で見ておいたが、その態度も岩野泡鳴に発していた。釈迢空が上京後、『中外日報』に「零時日記Ｉ」を寄稿した一九一四年の翌年、岩野泡鳴は『古神道大義』（原題「筧博士の古神道大義」一九一五）を著し、その第二節〈国家人生論〉で、筧克彦の『古神道大義』を国家主義と切り捨て、「古神道」のあるべき姿を次のように述べている。〈生々欲の燃焼発現たる人間神としての個人が創造的存在であって、活動その物、分裂その物であることは、既に僕の説いたところだ。それがまた死と消滅とを穢れた罪として排斥し征服しようとするが為めに一層の活動分裂をやる。想像して見ると、こゝにもかしこにも分裂に依って生じたまた別な分裂が大小強弱千万億の個人を……創造しつゝある〉と。▼48

神々の末裔としてある日本人の個々が〈生々欲の燃焼発現〉の場で「神がかり」（＝エクスタシー）を迎えることが〈創造的存在〉の意味である。〈活動分裂〉は子孫の生産のこと。ここで泡鳴は、生殖を埒《らち》外に置いた『神秘的半獣主義』とは姿勢を変え、日々の民族の再生産を論じている。*

＊これは、人類の普遍性における日本人の特殊性として述べられているが、泡鳴は一九一〇年代末に出資者を得、雑誌『新日本主義』（のち『日本主義』）を創刊、人道主義や社会主義を敵にまわし、かつては女を〈肉の奥から歓ばせる〉意味で用いていた「征服愛」の発現を『日本書紀』中の崇神天皇の朝鮮出兵の詔勅に見て、以て古神道の精髄とし、それを世界に及ぼすことを主張するようになっていった。

岩野泡鳴が筧克彦を「国家主義」と切り捨てるのは、一九一一年の天皇機関説論争の影を引きずっていると見てよい。東京帝大法学部助教授、上杉慎吉が帝国憲法第三条、天皇は神聖不可侵とする条項（王権神授説を条文として残していたプロイセンやバイエルンの国法を参照したもの）を強調する穂積八束の後継者のようにして、天皇を国家の頭部と見る一木喜徳郎《いちききとくろう》の説、それをさらに議会主義寄りに展開していた美濃部達吉の機関説を攻撃した。この論争は、官僚、知識人層が機関説を支持し、むしろ大正デモクラシーの機運がつくられていった。

折口信夫「古代生活の研究―常世の国」（一九二五）は、明治になって外側からの研究のみ盛んになり、〈古代人の内部の生活力を身に動悸うたせて、再現に努めようとする人はなくなった〉▼49と述べている。そこには、古代の文献批判のみならず、「生活の古典」として残る民俗（＝しきたり）に身を寄せて「実感」する研究を併せて行っているという自負が込められているが、筧克彦の天皇制国家論と対峙し、古代民族の情火を唱えた岩野泡鳴をそこに潜ませていたと見ても、あながち的外れではないだろう。折口信夫が民俗学にしろ、国文学にしろ、一つの概念に固着することを避け、あくまでも人びとの生きる内心の動きを実感しようと努力を傾けたことには、岩野泡鳴に親炙したことも強くはたらいていよう。

だが、岩野泡鳴にとっては個々人の刹那々々の自我の充実が最も大事。思考が概念に、行動が制度に縛られるのをきっぱり忌避する。折口信夫も制度批判に出発するが、自分の手持ちのモノサシで裁断せず、相手の概念をよくつかんで、それが未分化なら未分化のまま、揺れているなら揺れているままに捉えようとし、制度の成立や組み換えを見極めようとする。近代の概念や制度、方法を批判的に対象化する態度、その意味で、知の近代主義を超える態度をとった。

概念化を嫌う

釈迢空の文芸批評に戻る。実際のところ、一九一〇年代の歌壇、俳壇、詩壇は普遍的な「生命」の象徴表現を目指す動きが拡がっていった。少し辿っておく。落合直文の門下から出て、『明星』の浪漫主義に対抗し、金子薫園とともに「叙景詩運動」を推し進めた尾上柴舟《おのえさいしゅう》のうたは、がぜん、哲学的な相貌を強め、「哲学歌人」の異名をとった。歌集『静夜』（一九〇七）から引く。

しづやかに月は照りたり天地《あめつち》の　心とこしへ動かぬがごと▼50

月の光のもと、天地自然は永劫不動の心をもっているかのように感じられる、というのだが、柴舟は、それを称賛するばかりではなかった。

よもすがら聞くやこほろぎとこしへの　生命《いのち》に倦《う》みし人を悲しみ

夜通し鳴いているコオロギの声。まるで生の倦怠感をもてあましている人間を悲しんでいるようだ、という意味だ。このころ「生命の倦怠疲労」ということばが知識人のあいだで流行りはじめていた。はじめはロシア文学が書く社会の役に立たない「余計者」の影響を受け、「高等遊民」たる自分の所在なさをいうことばだった。が、ノイローゼのような神経病にも用いられてゆく。尾上柴舟に師事して出発した若山牧水の名を高からしめた第三歌集『別離』（一九一〇）に、こういう歌がある。

しづやかに大《おほ》天地に傾きて　命かなしき秋は来にけり▼51

〈とこしへ動かぬがごと〉き〈天地の心〉をうたう柴舟の歌では、「我」の身の置きどころがない。それに対して牧水は、〈大天地〉に傾いてゆく我の命の哀しみをうたう。一九〇五年頃の、あまりに有名な歌を思い出してみるのもよい。

白鳥《しらとり》は哀しからずや空の青　海のあをにも染まずただよふ　（『海の声』一九〇八）

季節からいって、白鳥は夏羽根に抜け替わった、どこでも見かけるユリカモメだろうが、大自然に溶け込めず、漂うばかりの存在の哀しみを問いかけている。『牧水歌話』（一九一二）には〈彼は自身の歌を自分の生命の澄んで結晶したものだと如くに考えて居る、謂わば歌は彼に取って一種の信仰であった〉▼52とある。〈彼〉は牧水自身。一種の象徴主義、芸術至上主義に染まっていることが明らかだ。主客の関係は〈我がこころゆく山川草木に対《むか》う時それを歌うとき、山川草木は直ちに私の心である。心が彼等のすがたを仮《と》ってあらわれたものにすぎぬ〉と考えられている。

釈迢空は今宮中学の教員時代に「若山牧水論　盲動」（一九一四）を書いている。牧水のうた〈甘美な詠嘆〉に走りがちなところを難じて、牧水がそのころ開始した〈破調の試《こころみ》〉も〈いたましい盲動〉にすぎないと非難している。日蓮や親鸞の手紙を引きあいに出して、〈盲動々々刹那を充実しながらひたばしる盲動〉でなければならないという。▼53岩野泡鳴の影が濃い。

だが、戦後の「牧水詠歎」（一九五一）では、そのような非難に出る前、自分は牧水を〈喜び読んだ〉▼54と明かしている。ずいぶんと態度が緩やかになっている。

なお、戦後の批評は若山牧水を「自然主義」と称してきた。先の〈山川草木は直ちに私の心〉という牧水の考えを「自然主義」と呼びたければ呼んでもよいが、それでは、景物に情を託す余情表現のすべてが「自然主義」になってしまう。それを混乱という。

釈迢空「歌の円寂する時」（一九二六）に、次のようにある。

> 小説・戯曲の類が、人生の新主題を齎《もたら》して来る様な向きには、詩歌は本質の上から行けない

様である。だから、どうしても、多くは個々の生命の問題に絡んだ暗示を示す方角に行く様である。狭くして深い生命の新しい兆しは、最《もつとも》鋭いまなざしで、自分の生命を見つめている詩人の感得を述べてる処に寓《スマ》って来る。どの家の井《キド》でも深ければ深い程、竜宮の水を吊り上げる事の出来る様なものである。此水こそは、普遍化の期待に湧きたぎっている新しい人間の生命なのである。▼55

この〈生命〉は、個々人の「内部生命」を指しているが、詩歌を普遍的な〈生命の水〉の〈個性の拍子に乗って顕れる〉〈暗示〉と見ている。〈拍子〉はリズムのこと。

そして斎藤茂吉の歌風に言及し、『赤光』（一九一三）時代は、彼が見出した〈新生命は、其知識を愛する――と言うより、知識化しようと冀《ねが》う――性癖からして〉〈概念となり、谷崎潤一郎の前型と現れた〉という。谷崎潤一郎に〈概念化〉の傾向が生じたことは、今宮中学教員時代の文芸時評で述べていた。釈迢空は、生命感が実感として表現されずに、宇宙や自然に「遍在する生命」のような観念に頼ってしまうことを嫌っていたのである。

斎藤茂吉『赤光』と『あらたま』（一九二一）より二首ずつ引く。

ながらふる日光のなか一《ひと》いろに　我のいのちのめぐるなりけり
代々木野をひた走りたりさびしさに　生《いき》の命のこのさびしさに
太陽のひかり散りたりわが命　たじろがめやも野中に立ちて
あかあかと一本の道とほりたり　たまきはる我が命なりけり▼56

このように我が「いのち」を押し立てても、抽象的で実感や実景をうたったことにならないというのが、釈迢空が〈概念化〉を批判する理由だろう。
斎藤茂吉は源実朝をめぐって、『金槐集私鈔』の『アララギ』連載時（一九一一～一二）から〈ジンボール〉（象徴）の語を用いているが、それが『童馬漫語』（一九一七）〔写生、象徴の説〕で、〈予の作は『実相流』である。また『写生流』であると謂ってもよい。そして予が真に『写生』すれば、それが即ち、予の生の『象徴』たるのである。この意味で、予の作は『象徴流』だと謂ってもよい〉となる。[57]「短歌に於ける写生の説」（『アララギ』一九二〇～二一）〔第四『短歌と写生』一家言〕には、よく知られた一句が登場する。

実相に観入して自然・自己一元の生を写す。これが短歌上の写生である。[58]

その一句のあと、和辻哲郎『偶像再興』（一九一八）から、ロダンの彫刻が〈人生自然全体を包括した、我々の対象の世界〉の〈奥に活躍している生そのものをも含んでいる〉と述べた文章が引用される。これらで「生命」は、実感、実景を離れた「宇宙の生命」や「自然の生命」という観念の「我」への現われにほかならない。[59]

芭蕉と子規と

ここで、和辻哲郎『ニイチェ研究』（一九一三）が、キリスト教の神に代えて、また一切の概念を拒絶して、生のありのままを開示する方途を探って、変転著しいニーチェの哲学を「宇宙生命」の象徴表現の開示に達したもの、すなわちメーテルランクやベルクソンらの先駆と位置づけ、その核心を「永遠のいま」、普遍的な「生命」が〈絶えず経過する各瞬間の絶対的価値〉に置いて、それを〈路傍の小さい草花を見て、瞬間的に宇宙生命との合一を感ずるというごとき境地〉をよく説き明かす哲学と論じていたことを紹介しておきたい[60]。どうやら、その一節から、芭蕉の「山路来て　何やらゆかし　菫ぐさ」の句が深い「生命」の現れの気配を詠んだものと解釈されるようになっていったらしいのだ。野にあれば、何の変哲もない野草の小さな花に過ぎないのに、山路で見ると、何となく風情が感じられるなあ、どうしたことか、と小さなおかしみのある発見を言いとめた句であろうに。

　詩壇では、北原白秋と並び称された詩人、三木露風がエッセイ「芭蕉」（一九一二、詩集『白き手の猟人』一九一三所収）で、芭蕉を〈象徴の気分〉〈生命の秘想〉をうたう象徴詩人と論じ[61]、歌誌『潮音』を率いる太田水穂の「万物の生意と詩人芭蕉の心」（一九一六、のち『短歌立言』（一九二一）所収）には、次のように登場する。

　模写は須《すべか》らく万象の生意にまで行かなければならない。具体化は更に進極して宇宙の心を象徴するまで到らなければならない。

　　山路来て何やらゆかしすみれ草

　芭蕉は枯索なる形体論者でない。又物の按排《あんばい》にのみ没頭しなかった。彼れは真に万物の愛を観念した象徴詩人であった[62]。

太田水穂は、自らこれを「万物愛」の思想と呼び、「万物の愛」は悲哀に向かうという。〈芭蕉の「寂《さ》び」と云うものと、万葉などに表われている「古代人の感情」とを比べて見ると、そこに吾れ等に納得の出来る一筋の道が見えて来る。万葉の心は直感の情緒である。（略）此の生《なま》のままの感情が時代と人心との進化に伴って智恵の光りに照らされて静かな悲哀となって来た〉と。

『潮音』では一九二〇年から、幸田露伴をゲスト格に据え、俳人、沼《ぬ》波《なみ》瓊音《けいおん》を招き、安倍能成、小宮豊隆、阿部次郎、和辻哲郎らが集って芭蕉研究会が開催された。水穂は同郷の岩波茂雄を後ろ盾にしており、初期の岩波書店の関係者が集ったのである。研究会は芭蕉の発句から歌仙に移り、彼らの闊達な議論が『潮音』に連載され、そののち、岩波書店から『芭蕉俳句研究』（一九二四）などシリーズが刊行された。

このように見てくると、釈迢空が「なかま誉めをせぬ証拠に」（一九二一）で、島木赤彦の歩みを歌集『馬鈴薯の花』（一九一三）から『氷魚』（一九二〇）へ辿り、〈わが赤彦は、確かに蕪村の域に達した〉といい、だが、まだ〈芭蕉の境地が残って居る[63]〉と述べた意味も、また「歌の円寂する時」の〈短詩形の持つ主題〉の節で、芭蕉俳諧について、〈芭蕉には「さび」の意識があり過ぎて〉といいながら、それを逆転して次のようにいう意味も了解されよう。

> でも「さび」に囚《とら》われないで、ある生命――実は、既に拓かれた境地だが――を見ようとして居る。「山路来て　何やら、ゆかし。菫ぐさ」。これなどは確かに新しい開拓であった。「何やら」と概念的に言う外に、表し方の発見せられなかった処に、仄《ほの》かな生命に動きが見え

る。これも「しをり」の領分である。歌は早くから「しおり」には長《た》けて居た。「さび」は芭蕉が完成者でもあり、批評家でもあったのだ。[64]

芭蕉のいう「しほり」（蕉門では「しほり」）は、ふつう繊細な哀感くらいの意味で理解されているが、釈迢空は和歌史を見渡し、芭蕉の句風の変化を追って、「寂び」と区別し、〈仄《ほの》かな生命〉の動きが見える句を「しをり」と呼んでいる。

釈迢空が子規門下に連なった契機に、正岡子規「芭蕉雑談《ぞうだん》」（一八九二）があったと想ってみてもよい。まず、俳句は平民のものだから、芭蕉は庶民に崇拝されすぎている、駄句もたくさんあるといった。子規も宗匠風を嫌った人だった。が、俳句は、そもそも即興的なものだから、という意味のこともいっている。そしてそのあとで、〈豪壮勁抜〉をもって芭蕉の句の特徴とし、「夏草や兵《つはもの》どもが夢のあと」などをあげ、ほかにも〈極めて自然〉〈繊巧〉〈華麗〉〈奇抜〉〈滑稽〉〈温雅〉など多様な味の佳句をあげている。[65]

子規のうたも、印象から象徴へ抜けていったといえはしないか。歿後にまとめられた『竹乃里歌』（一九〇四）に、たとえば次のうたがある。

くれなゐの薔薇《うばら》ふゝみぬ我病　いやまさるべき時のしるしに[66]

紅バラのつぼみが膨らんだのを、自分の病の進行とあわせ見ている。やがて見事に咲き、そして散ってゆく……。苦しさに向かうばかりの病の床で、美の享楽にかけようとする子規の覚悟、曲折をもつ「しをり」を認めることができるだろう。

釈迢空の「しをり」

ここまでいえば、釈迢空の第一歌集『海やまのあひだ』（一九二五）の初めに置かれた、よく知られる、

葛《くず》の花　踏みしだかれて、色あたらし。この山道を行きし人あり▼67

のうたが、「しをり」の味をもっていることに思いあたるだろう。仄かに匂い立つ花の香に、先行者の仕草を想うことも許されよう。続けて、もう一首、

谷々に、家居《いへゐ》ちりぼひ　ひそけさよ。山の木の間に息づく。われは

ひそけき山峡《やまかい》に散在する家々のなかにも人びとは息づいている。自然のなかで幽《かす》かな生命の息吹きを「我」も共にしている実感をうたっている。釈迢空が宇宙や自然の「生命」という「概念」を押し出すことに抗いつづけた理由、そして斎藤茂吉が主導する『アララギ』とのあいだに次第に齟齬《そご》が開き、別れに到った理由の核心も明らかだろう。

『海やまのあひだ』は、改造社より「現代代表白選歌集」の第一次六巻中の一巻として刊行された。改造社は一九一九年、総合雑誌『改造』を創刊、「社会改造」の声を背景に、出版にも力を入れて

ゆく時期である。釈迢空は、すでに『アララギ』を離れ、北原白秋が主宰する歌誌『日光』に移っていた。かなり思い切った「抜擢」である。短歌界に変革をもたらす歌人という期待が改造社にあったと考えてよい。

だが、小説や戯曲に比して、短歌や俳句の一作一作が呼び起こす感動は小さい。それを補う手立ては、連作へ、歌集へと向かうしかない。大きな内容を込めようとすれば、我の実感・実景から離れて、概念になってしまう。他方で詩は、「内部生命」のリズム（心臓の鼓動のこと）をよすがに口語自由律へと歩を進めている。

釈迢空が「歌の円寂する時」で島木赤彦を追悼しつつ、短歌は涅槃に入るしかないと説いたのは、尾上柴舟が一九一〇年に短歌滅亡論を説いたのとさして理由は変わらない。それは「歌の円寂する時　続篇」（一九二七）で自ら認めている。だが、柴舟のときとはちがって騒がれなかった。詩歌の全体が新たな模索に入ろうとしていた時期だったからだろう。

俳諧は、といえば、もともと庶民のためのもので、雅《みやび》に向かない。瞬間の印象をスケッチする正岡子規の句風を進めて、河東碧梧桐《かわひがしへきごとう》が五・七・五の定型を破る自由律の新傾向に進み、季語の不要を唱えた荻原井泉水《おぎわらせいせんすい》と袂を別ったが、井泉水率いる『層雲』は、飛躍のある隠喩や口語を大胆に用いて新しい境地に進み、尾崎放哉、種田山頭火が加わり、かなりのブームを引き起こしていた。荻原井泉水『我が小き泉より』（一九二四）より「新しき俳句の使命」の一節を引く。

自然の内部に私は凡ての概念に曇らされない大きな生命の根源を見る。我々人間の生活は、此の大きな生命の分派に外ならない、而して我々の生命が此の根源たる生命との交融を感ず

る所に、自然に対しての憧憬親和を覚ゆるのである。▼68

幽情と幽玄

「歌の円寂する時」と同じ一九二六年、折口信夫、数え四〇歳のとき、もうひとつ「短歌本質成立の時代—万葉集以後の歌風の見わたし」を書いている。「歌の円寂する時」と同様、彼の芸術観の根幹が示されており、「象徴」に絡んで「幽玄」にも関係するので、ふれておこう。〔二　奈良朝の短歌〕は、山部赤人の作風について述べるところからはじまる。かいつまんで述べる。〈真に「美」の意識を持っていた事の明らかに認められるのは、赤人の作品にはじまると言える。「美」の発見、——其は大した事である〉。だが、〈赤人の個性を出す事が出来た時は、既に其以前に示して居た伝統の風姿や、気魄を失うていた。自然を人間化し、平凡な人間の感情を与えている〉という。▼69 そして赤人のうたを『万葉集』巻八から三首をあげ、それを〈文学意識が露出し過ぎて居る〉という。自然に向かおうとする〈情熱〉より、〈機智〉〔知性〕で自然の一部を切り取り、感情に染めてしまうという意味である。折口は、それが〈教養ある階級の普遍の趣味に叶う〉方法だという。のちに「余情」と「機智」を貴んだ『古今和歌集』の行き方になるという含意である。*

＊「機智」は、もと漢詩のスタイルのひとつ、誹諧詩〔誹はそしる、諧は皆が笑うの意〕、愚かな者を弄する詩や謎を隠した言語遊戯的な「隠詩」に発するもので、知的遊戯の意味で用いられた。

では、自然に向かおうとする〈情熱〉、〈伝統の風姿や、気魄〉とは、どのようなものをいうのか。赤人の次のうたをあげて明らかにしている。

ぬばたまの夜のふけゆけば、楸《ヒサギ》生ふる清き川原に、千鳥しば鳴く
みよし野の象山《きさ》の際《ま》の木梢《こぬれ》には、こゝだも　さわぐ鳥のこゑかも　（万葉集巻六）

等に見えた観照と、静かな律に捲きこんだ清純な気魄の力は何処へ行ったのか。前のは黒人の模倣であり、後のは人麻呂を慕ってはいながら、独立した心境を拓いている。

前のうたのヒサギは、ふつう「久木」と記され、今日も不詳とされるが、折口は〈楸〉（キササゲ）としている。そのあとのところで「ぬばたまの」のうたを〈此瞑想・沈思と言った独坐深夜の幽情〉と評している。「叙事詩の発生」（一九二六）〔九〕では、高市黒人の、

何処《イヅク》にか　船泊《ハ》てすらむ。安礼《アレ》ノ崎　漕ぎ廻《タ》み行きし棚《タナ》なし小舟　（万葉集巻一―五八）

を〈瞑想的な寂けさで、而《しか》も博大な心〉と評している。▼70 出ていった船の帰ってこない夕暮の情景をうたったとも思えるが、なぜか、昼に見た情景を夜に想い返しているととっている。

この折口信夫の考えにヒントを与えたものがあるとすると、それは土居光知『文学序説』（初版一九二二、二七年版で巻頭に〈原始時代の文学〉の一章を加え、大幅に改編）の収録論文のひとつ、「自然の愛の発達」（一九一八）にちがいない。折口は別のところで、この本に言及しているので読んでいることは確実である。土居光知は、そこでは山部赤人を〈精神的な自然の発見者〉とし、そのうたを〈清新幽玄〉と評し、「ぬばたまの夜のふけゆけば」などをあげている。▼71 夜の気配の底に感じられる清らかな漠たる気配というほどの意味だろう。次のうたもあげている。

吾背子《わがせこ》に見せむと思ひし梅の花　それとも見えず雪の降れれば

雪の向こうに咲いている梅の花に想いを向けている。いま、見えていないものを想像することを含めて、土居光知は〈精神的な自然〉と称しているようだ。そして、それをうたうことを「自然への愛」と称している。*このようにして、先に述べた藤岡作太郎『国文学史講話』の見解（一七三頁）に続いて、「古来の日本人の自然愛好」という考えが広まっていった。

*土居光知『文学序説』は、イギリス文学の展開を「叙事詩・抒情詩・劇詩」の三段階に分ける図を日本の文芸全般に柔軟に適用するもので、文学史を理論的に説いた初めての仕事として歓迎され、その影響は広く戦後に及んだ。

折口信夫「短歌本質成立の時代」は、瞑想的な黒人のうたぶりを「細み」といい、家持に「しをり」を見る。

家持は、黒人の瞑想態度・観念的作風に深入りすることを避けて、今少し外的に客観態度を移した。感じ易い心を叫び上げないで、静かな自然に向いて、溜息をつく様な姿を採った。（略）黒人よりも、作者自身の姿が浮んで、而《しか》も人に強いない。ほのかに動くものの、泌《し》み出る様に、調子を落してささやいて居る。▼72

そのあとには、しかし、家持の〈武人・族長など言う自覚を唆《そそ》りあげて、人を戒めている作物〉

について非難することばが続く。『死者の書』に登場する大伴家持が恵美押勝の言に圧《お》され、氏上《うじのかみ》の地位に自覚的になる条《くだり》に響く見解である。対自然、対社会意識の双方において、歌人を批評する態度を折口信夫が保持していることがよくわかる。

モダニスト・釈迢空

釈迢空の第二歌集『春のことぶれ』（一九三〇）のタイトルには、「新生命」の意味が込められている。巻頭歌の一節、

さるにても、
わが歌のいぶせさ。
かくしつゝ
いとゞさびしく　かそかに
ますくに、思ひえがたくなり行きて……▼73

うたへの愛着と己がうたの立たないことの嘆き。その屈曲に新たな「しをり」の出発が含意されていると見てよい。大震災後の世の様がわりに煽られた感もある。

おん身らは　誰をころしたと思ふ。
かの尊い　御名において—。

おそろしい呪文だ。
万歳　ばんざあい[74]

関東大震災の翌々日、九月三日の夜、横浜港から谷中への道みち、見聞した惨劇と人びとの狂乱を書いた詩「砂けぶり」（一九二四『現代襤褸集』所収）より、〔二〕の一節である。途中、自警団に誰何《すいか》され、〈そんなに　おどろかさないでください。／朝鮮人になつちまひたい　気がします〉という二行も見える。極限状態に倒錯する心理を書いている。釈迢空が新しいリズムを、あるいは新しい生活のうたを求めていたのは確かである。

　句読点の工夫は、第一歌集『海やまのあひだ』から行われていたが、四行分かち書きにして、この詩では、行頭を一文字ずつ下げている。活字の配列から読者の目におよぼす効果を狙うのは一種の構成主義である。詩では宮沢賢治が詩集『春と修羅』（一九二四）で駆使した[75]。『死者の書』でも、活字の字面の効果への配慮は、語り部の嫗のうたの記述の仕方や〈した　した　した〉などオノマトペに読点を抜かすところなどに見られる。が、それにもまして、語り手の目まぐるしい交替、郎女のシーンの時間の遡行、映画のカット・バックを想わせる場面の切り替えなどの構成意識は、並のモダニズム小説、いや、新感覚派期の横光利一や川端康成らのそれをはるかに抜いている。

　歌集『春のことぶれ』〔羽沢の家〕には、冒頭から、台所に立つうたが並ぶ。

くりやべの夜ふけ

あか〱　火をつけて、
　鳥を煮　魚を焼き、
　　ひとり　楽しき▼76

これは、人口に膾炙した佐藤春夫「秋刀魚の歌」（『我が一九二二年』所収）に触発されたものにちがいない。戦後、「『佐藤春夫全詩集』のために」（一九五三）で、〈当時この作から来たものは、回想するだに素晴しい感激であった。何より、戦争前にもあったあはれを知らぬ若者の内に、人生の悲しみを誘導したのも此人であった▼77〉と回顧している。佐藤春夫が文化功労者に選ばれたことを祝うことばだが、そのうちにも〈完全に人生悪に対する身を以てする抗議〉〈血戦力〉などという語がみえる。

そして、『春のことぶれ』には、食い気から「餓鬼」が呼び出される。

　前の世の　我が名は、
人に　な言ひそよ。
　藤沢寺の餓鬼阿彌は、
　　我ぞ▼78

説教浄瑠璃「小栗判官」の主人公、兼氏《かねうじ》に乗り移るしかけで、口語調の弾みを効かせたはしゃぎぶり。そういってよければ前衛短歌である。

なき人の
今日は、七日になりぬらむ。
　遇ふ人も
　あふ人も、
みな　旅びと▼79

釈迢空と同じく、『アララギ』から『日光』へ移った古泉千樫《こいずみちかし》の初七日に寄せたうただが、自由律俳句の影を隠していない、と思う。このように『春のことぶれ』には、さまざまな「うたぶりの詩」が収載されている。題材にも拡張が見られる。〈昭和職人歌〉は、サンカからはじまり、木地屋、教授、軍人、辻碁うち、ウェイトレス、朝鮮人足、失業者、自由労働者などなど並べてストライキ、団体交渉の様子まで詠んでいる。彼らの一人称視点のものも多い。「プロレタリア文学」を意識していることはいうまでもない。中国語の「歌」はもともと、身分卑しい、賤《しず》、山賤《やまがつ》の歌謡をふくんでいう語だった。それは、本居宣長もよく承知していた。

折口信夫の批評には、かつて若山牧水と踵《きびす》を接するようにして「生命」の寂しさをうたっていた前田夕暮が生命賛歌に転じ、さらにモダニズムに進んで、飛行体験のうたを収めた『水源地帯』（一九三三）について感想を語る「『水源地帯』俯瞰」（同）もある。

自然がずんずん体のなかを通過する――山、山、山！

この素直な体感の表出の〈はいから〉ぶりを認めても、これはうたではなく〈句〉だといい、〈我々の今までの運動は、歌の象徴化する事を、全力を挙げて防いで来たのだ。其処に所謂《いわゆる》、近年の写生派の価値があったのだ〉と釘をさしている。[80] ここでは〈概念化〉という語で非難してきたことを〈象徴化〉と言い換えている。それが、そこはかとない情調、すなわち「しをり」の歌人の守るべき一線だった。

釈迢空が斎藤茂吉を認めるのは、第二次世界大戦後になってからのこと。北原白秋の歌集校訂本に寄せた「『桐の花』追ひ書き」（一九四八）に、次の評言が見える。

客観と主観とに融通境が開けて、幽かに生きる我が価値の増大する為、対象たる自然又は無生物が、我とおなじ生活意識を持って動くように見える。白秋の場合は、抒情から叙景に迫り、茂吉の方は、叙景をつきつめて抒情の境涯に入ったことになる。[81]

敗戦後、釈迢空は、大きく許容範囲を拡げた。それでもシュルレアリスムの画を写すまでは行かないといっていた（「詩歴一通」一九五〇[82]）。

だが、というべきだろうか。戦後には、老荘思想もナンセンスなことば遊びも取り入れた『あむばるわりあ』（一九四七）の詩人、西脇順三郎と胸襟を開いて語りあうようになった。それまで慶応義塾で同じ教授の席を温めながら、詩について語りあったことはなかったという。西脇順三郎は『シュルレアリスム文学論』（一九三〇）なども著し、昭和戦前期のモダニズム運動を牽引した人である。それぞれが東と西の古典からふんだんに、ことばの富をえて、戦争を潜ることで、いわば融通無碍な境地を獲得しての、それは邂逅だった。[83]

思えば、『死者の書』も、古代や中世の文化史からふんだんに着想と材料を得て、釈迢空なりの象徴主義からモダニズム文芸への展開のなかで書かれた日本の二〇世紀文芸だった。

外的な現実の再現を超える象徴表現を意識的に用いるモダニズム芸術全般に、新聞記事や広告などレディ・メイドの文章を織り込むなど、他のジャンルの形態の導入により、既成ジャンルの形態破壊の志向も盛んだった。その志向に構成意識が加われば、一つの作品の内に種々の文芸の形態を展開するジャンル総合（genre total）の志向が生じて不思議はない。実際、ジェイムズ・ジョイス『ユリシーズ』（一九二二刊）には、神話のストーリーを下敷きに、対話や会話、幻想や神秘的瞑想、自動筆記の手法、歴史的過去の再創造や思索の演劇化や抒情詩化などなどが繰り広げられている。[84]

釈迢空『死者の書』は、夢幻能の形式や修験者の魂呼ばい、古代短歌の引用、寺の縁起、神がかりした語部の神話・伝承の語りや神謡、歌舞伎や狂言の舞台まわしや映画のフラッシュ・バックを想わせる場面転換、仏画を彷彿させる幻想シーン、政治的な駆け引きを孕んだ対話や歴史風俗の再現や考証など、実に多彩なジャンルの形態を織り交ぜ、一人称と三人称の語りを自在に駆使して展開する。取り入れられたジャンル形態の多彩さは、『ユリシーズ』を凌駕していよう。『死者の書』は、まさに小説ジャンルを超えたジャンルの総合、国際的に比類なき二〇世紀日本の総合小説（roman total）だった。

第五章　『死者の書』の謎を解く

くるしみて　この世をはりし人びとの物語せむ―。さびしと思ふな
〈悲しき文学〉より（『倭をぐな』）

釈迢空『死者の書』は、夢幻能のように霊が語るところからはじまり、一人称視点の語りと三人称の語りとを自在に組み合わせ、『万葉集』や狂言のことばづかい、また舞台の転換を想わせる運びなど、古典芸能の要素をたっぷり取りこんだ、まさに比類なき総合的な現代小説だった。

堀辰雄は、仏教の影響で、小さな日本の神々が姿を隠しゆく日本の信仰の曲がり角に焦点をあてた小説であり、信仰よりも、信仰する人間を見すえる精神によっていると示唆していた。

だが、それなら、なぜ、南家の郎女が千部写経に疲れて朦朧とした目に、阿弥陀仏は金髪と白い肌で姿を現したのか。それはやはり、折口信夫が第二次世界大戦後に説いた神道一神教化論とかかわるイエス・キリストの希求の表現だったのではないのか。もし、そうだとしても、では、折口信夫のエッセイ「山越しの阿弥陀像の画因」の説く物語の根本モチーフ、太古の〈日祀り〉の民族の記憶の噴出とは、どのように関係するのか。それらはまだ解けていない。

また、エジプトの『死者の書』から題名が借りられたのは、鎮魂の書を意味するはずだが、これまでに、その名があがっている死者たちは、誰にせよ、いずれも折口信夫の若き日の恋の相手である。謀叛の咎を負った貴公子の霊や若い神は、性の妄執に憑かれたまま、まだ郎女の閨《ねや》を窺《うかが》いつづけているらしい。

むろん、大津皇子の霊と天若日子が南家の郎女に慕い寄ってきているというのは、当麻の語部の嫗の妄想に過ぎない。だが、その嫗の語る中臣（藤原）家の祖霊、天押雲根命の伝説も、釈迢空が「捏造」したものだった。そして、それは、大和の御魂を司っていた物部氏から、宮廷祭祇を司る役職についた中臣氏がその地位を奪ったという折口信夫の考証がもとにあった。

『死者の書』の語り手が、奈良の都から石垣が失せたと説いたのは、それが入り婿や通い婚につながる「夜這い」の習慣が拡大する原因になったという仮説を示し、かつ、大伴氏など「神代以来」の朝廷勢力の地位を危くするほどの世の移り行きを示すために、作家が仕掛けたフィクションだった。

では、その中臣神話の「捏造」は、何のためになされたのか。それらの謎が解けたとき、『死者の書』は、初めてわれわれのものになる。

根本モチーフ

折口信夫のエッセイ「山越しの阿弥陀像の画因」より根本のモチーフにかかわるところを、もう一度確かめておく。

どんな不思議よりも、我々の、山越しの弥陀を持つようになった過去の因縁ほど、不思議なものはまず少い。誰ひとり説き明すことなしに過ぎて来た画因が、為恭の絵を借りて、えときを促すように現れて来たものではないだろうか。そんな気がする。

また、こうあった。

ただ山越しの弥陀像や、彼岸中日の日想観の風習が、日本固有のものとして、深く仏者の懐に採り入れられて来たことが、ちっとでも訣《わか》って貰えれば、と考えていた。

山越阿弥陀図は日本に固有のものであることを強調し、〈日本人が持って来た神秘感の源頭〉とも述べていた。

　折口信夫はエッセイ「画因」のなかで、藤原南家の郎女が千部写経した『称讃浄土仏摂受経』、すなわち玄奘訳『阿弥陀経』が源信『往生要集』の芯のところにあるらしいと述べていたが、『往生要集』は『観無量寿経』など立派な経典からの抜き書きを編んだもの。それは彼の直観にとどまることは序章で述べた。中将姫伝説のまつわる当麻曼荼羅も『観無量寿経』の変（絵解き）である。釈迢空は、俄かに発心した郎女が写経するのにふさわしいものとして、『称讃浄土仏摂受経』を選んだにちがいないのだが、実のところ、当麻曼荼羅との縁は薄い。いじわるな見方をすれば、それに気づいた折口信夫が、のちのエッセイ「画因」で、その綻《ほころ》びを弥縫《びほう》したようにも読める。

　さらにいえば、当麻曼荼羅に描かれた聖衆の来迎図を切り出し、いわば簡素化したのが山越阿弥陀図である。折口信夫は、永観堂禅林寺、金戒光明寺の「山越阿弥陀図」を考証して、類品は少し時代を遡ろうというが、今日では、みな鎌倉時代に入ってからの制作とされている。阿弥陀如来単身の来迎図は、その絶対視の傾向とかかわるだろう。実際のところ、源信『往生要集』と山越阿弥陀図の縁もそれほど深くはなさそうだ。

しかも、エッセイ「画因」は、四天王寺の日想観の賑わい、謡曲「弱法師」、熊野の補陀落渡海、『平家物語』の平維盛《これもり》の最期などをあげ、〈日想観もやはり、其と同じ、必《かならず》極楽東門に達するものと信じて、謂わば法悦からした入水死である〉といい、〈自ら霊《たま》のよるべをつきとめて、そこに立ち到ったのだと言う外はない。／そう言うことが出来るほど、彼岸の中日は、まるで何かを思いつめ、何かに誘《おび》かれたようになって、大空の日を追うて歩いた人たちがあったものである〉とたたみかけ、日想観と補陀落渡海を一挙に重ねている。

だが、「口ぶえ」をめぐって先にも述べておいたが、補陀落渡海は、南方に観自在菩薩（観音菩薩）が救済する国土があるという信仰によるものである。九世紀には記録があるという。それぞれの仏は、それぞれの仏国土を救うというのが仏教の基本だから、直接は、日想観とも来迎図とも結びつかない。法悦死は聖衆来迎の観念と一休のものだと、わたしは想う。

そして、エッセイ「画因」は〈日祀り〉の風習を呼び出す。〈昔と言うばかりで、何時と時をさすことは出来ぬが、何か、春と秋との真中頃に、日祀りをする風習が行われていて、日の出から日の入りまで、日を迎え、日を送り、又日かげと共に歩み、日かげと共に憩う信仰があったことだけは、確かでもあり又事実でもあった〉という。だが、〈日祀り〉の風習は、補陀落渡海には結びつかない。那智にも〈日祀り〉の風習があるからといって、それが観音信仰と結ばれなければ、補陀落渡海は生じない。逆に、補陀落渡海の記録のある、あちこちの土地に〈日祀り〉の風習が残っているとは限らない。

太古からの〈日祀り〉の風習が、日想観と補陀落渡海の根底に流れているという考えは、幼少期から夕陽丘で入陽を拝み、日輪が回転し、ときに両脇に副輪が伴うような幻覚に心を奪われた経験が折口信夫の脳裏に強く刻まれていたことによろう。

ちなみに中国では、山の頂近くに仏の姿が浮かび出ることがすなわち「来迎」である。光線の具合で、自分の影が雲に映る、世界各地に見られるブロッケン現象で、平安前期、遣唐使から分かれ、唐に潜入した円仁は、五台山で二回ほど「聖燈」を視たと『入唐《にっとう》求法《ぐほう》巡礼行記』（八四〇年五～六月）に記している。五台山では文殊菩薩の顕現と信仰されていたようだ。つまり、聖衆来迎そのものが、とりわけ日本で拡がった信仰らしい。

日想観をめぐって

『法華経』は三千世界のすべてを救うありがたい教えという中国天台に発する「法華一乗」の考えが最澄によってもたらされてのちも、比叡山では大日如来を奉じる密教をふくめ、諸経兼修の態度が保たれていた。が、源信『往生要集』あたりから、諸仏を結びあわせる考えが進行し、やがて『法華経』専修の態度が勢いをもったと考えてよい。その理論的な完成者が日蓮であることも述べておいた。

折口信夫のエッセイ「画因」は〈四天王寺には、古くは、日想観往生と謂われる風習があって、多くの篤信者の魂が、西方の波にあくがれて海深く沈んで行ったのであった〉[▼1]という。四天王寺は、いうまでもなく聖徳太子のゆかりの寺である。宗派にこだわらない寺で、夕陽丘に近く、日想観の名所として今日でも賑わっている。が、それがいつからのことか、皆目見当がつかないのだ。しかも、ここには日想観と法悦死とを直に結びつける意図が覗いている。

翻って考えてみると、鎌倉時代に爆発的に流行する日想観は、念仏聖が広めたもので、陽に向かって掌をあわせ、一心に阿弥陀仏の名を唱え、やがてくる歿後の極楽往生を託すものではなかったろうか。つまりは称名念仏と結びついたものだったとわたしは思う。*

＊西行や西行に惹かれていた鴨長明の若いときのうたに、入陽を拝もうとしても東の空に出ている月に惹かれると詠んだものがあり、称名念仏と結びついた日想観の流行は、わたしは平安時代末に遡ると見ている。▼2

「南無阿弥陀仏」と仏の名を唱える称名念仏は、もとは中国・天台に発するが、平安中期、東大寺三論宗の永観《ようかん》が『往生拾因』（一一〇三）に、顕密諸宗と比べて、念仏は行住坐臥を妨げず、極楽は道職貴賤を選ばず、衆生の罪が等しく救済されると説き、一心に称名念仏すれば必ず往生を得ると説いて「念仏宗」を起こしたことから拡がりはじめたものである。『日本往生極楽記』を編んだ寂心（慶滋保胤《よししげのやすたね》）は、内記を務め、「池亭記」など漢文が上手だったことで知られる人だが、若いときから念仏結社をつくって励《はげ》んでいる。のちには藤原道長に戒を授けた。源信とは親交があり、『往生要集』にも、その名が出てくる。

平安中期の横川《よかわ》の僧、寂照は、その寂心に弟子入りし、源信からも教えを受け、唐（実際は宋）に渡って霊験を現し、円通大師の名を得、往生に際して、仏のお迎えの楽《がく》の音を聞いたと伝えられる。寂照は、もと三河博士こと大江定基《さだもと》。名古屋に連れていった愛人の遺骸が腐ってゆくのを見て発心したという奇譚で知られる（『今昔物語集』一九巻第二話など）。彼が日本に送ってきたとされるうたは、次のようなものである。

笙歌遥聞孤雲上聖衆来迎落日前
雲の上にはるかに楽の音すなり　人や聞くらんひが耳かもし

天上で笙を奏で、歌をうたうのは天人・天女で、仏を観たとは記されていない。楽の音は空耳だろうか、と問うている。聖衆来迎を確信しているわけではない。「笙の音と歌が孤雲の上から聞こえてきて、落日前に聖衆に迎えられた」という詞書も、いつ、つくられたものとも知れない。

寂照のうたを、いま、鴨長明『発心集』巻二〈第四話〉より引いたが、藤原清輔『袋草子』〈上〉、『宝物集』〈七〉、『平家物語』〈大原行幸〉など異伝が多く、鳥羽天皇の頃に成立した藤原基俊《もととし》撰『新撰朗詠集』〈下・僧〉は慶滋保胤の作としているという。[3] つまり、平安後期から俄かに拡がったで、この逸話あたりから、臨終のときに仏が迎えに来るという説が拡がり、来迎図も描かれはじめたと考えてよいのではないか。

事例を多く集めて重ねてゆくのは、柳田民俗学の方法だが、そして折口信夫は、民衆に身を寄せて、その生活実感を感じ取り、その底を直観するやり方をとる人だが、このように歴史的変容の層を剥がすことなく、〈日本人が持って来た神秘感の源頭〉を探るやり方は、少なくとも、古来の「神道」が儒・仏・道に染まって変容してきたさまを解明しようとする『古代研究』三冊に出発した「折口学」の方法から外れるといわざるをえない。民俗学者、折口信夫は「髯籠の話」（一九一五）〔二〕では〈純乎たる太陽神崇拝の時代から、職掌分化の時代に至る迄には、或過程を頭に入れて考えねばなるまいと思う〉[4]といっていた。が、エッセイ「画因」は〈或過程を頭に入れて〉考える手続きを無視している。

　折口信夫は、かつて「妣が国へ・常世へ—異郷意識の起伏」（一九一七）で、民族の祖先の南島への郷愁の思いが、間歇遺伝のように自分のなかに噴き出てくるのを実感すると述べていた。「画因」を書いた頃には、マルセル・プルーストがケルトの神話の兎が飛び出すことにたとえたような、民族の記憶が突然、噴出するという考えが再び頭をもたげたのだろうか。

　折口信夫『古代研究（民俗学篇2）』〔追ひ書き〕は、実感を頼りに民俗に生きる信仰の底を探り、〈類似の事象の記憶を喚び起し、一貫した論理を直観して、さてその後、その確実性を証するだけ資料を陳《つら》ねて、学問的体裁を整える〉ことをよしとし、それによって、〈古義神道、或いは「神道以前」の考察〉をなそうとするものだった。だが、江戸中期に徳川吉宗の命により荷田春満らによって、長く途絶えていた大嘗祭が「古式」に改められ、復活したのちの次第は史料に残っていても、その際の改変の内実は不明だし、村祭りが中世に山伏の関与によって変容したり、江戸後期に平田篤胤の神道の流行により、あるいは明治期以降に「古式」に改められたことなどの資料は残りにくい。そういう限界を不可避に負っていたといわざるをえない。

　そして、そこで彼は、比較の能力として〈類化性能〉と〈別化性能〉の二種をあげ、自分には、〈類化性能〉が強すぎ、〈事象を類化しやすい傾きがある〉ことを認めている。[5]この自省を明かす態度には頭が下がろうというもの。だが、エッセイ「画因」は、読者からまともな反応が得られないことへのいら立ちも働き、自作のフィクションの舞台裏を洗いざらい明かしてしまえという思いから、〈事象を類化しやすい傾き〉を自ら許している。わたしには、そうとしか思えない。

一九三〇年代から四〇年代にかけては、歴史学に歴史を生成発展するものと考える歴史主義と民族生命体論とが全盛の時期である。みな、潜在的なものが萌芽となり、開花するという構図で考えたがった。とくに「大東亜戦争」が勝ち戦《いくさ》の勢いをもっていた頃には、日英同盟で戦った日露戦争に、対米英戦争の萌芽があったという倒錯した言辞までまかり通った。▼6 敗戦後にも、文化生命体論と歴史主義は根深く残ったが。

だが、『死者の書』は小説である。学問の方法の問題より、ここでは、小説『死者の書』が〈山越しの弥陀像や、彼岸中日の日想観の風習が、日本固有のものとして、深く仏者の懐に採り入れられて来たことが、ちっとでも訣《わか》って貰えれば〉という思いから書かれたものだったことを考えてみたい。言い換えると、エッセイ「画因」は、『死者の書』にかけた思いのたけを語ったもので、折口信夫の学術エッセイとは、いささか趣きがちがう。というより、ここでは、自身の思いの丈をぶちまけ、学問と芸術の〈境界を踏み乱すこと〉が意図的になされていると感じられる。

何度も繰り返すが、エッセイ「画因」は、関東大震災で焼けたと想われていた冷泉為恭の「阿弥陀来迎図」がひょっくり出てきたという因縁話に、〈日本人が持ってきた神秘感の源頭が、震災の動揺に刺戟せられて、目立って来た〉ような〈不思議感〉をもったことから書き起こしている、そういう不思議な感じに惹かれる自分を明かし、そして、「画因」の執筆動機が明かされてゆく。『死者の書』を〈書くようになった動機の、私どもの意識の上に出なかった部分が、可なり深く潜んでいそうな事に気がついて来た。それが段々、姿を見せて来て、何かおもしろおかしげにもあり、気味のわるい処もあったりして、私だけにとどまる分解だけでも、試みておきたくなったのである。今、この物語の訂正をして居て、ひょっと、こう言う場合には、それが出来るかも知れぬという気がした〉と。ここにいう〈訂正〉は、〈姥〉と〈嫗〉が混在しているのを〈嫗〉に統一する類の書入れを手許《てもと》の刊本にしたことを指していると見てよいだろう。要するに『死者の書』を上梓したのち、思い返し、読み返しているうち、いろいろと気づくところがあって、それを明かしてみたい気になったというのだ。だが、うまくできるかどうか、わからないともいっている。

そして、楽屋裏にあたる不思議な夢を見たことなど因縁めいた話を縷々開陳したうえで、日想観も補陀落渡海も、太古からの〈日祀り〉につながるものという信念を語る。そして、〈私どもの書いた物語にも、彼岸中日の入り日を拝んで居た郎女が、何時か自《おのず》ら遠旅におびかれ出る形が出て居るのに気づいて、思いがけぬ事の驚きを、此ごろしたところである〉という。

郎女が〈彼岸中日の入り日を拝んで居た〉ことと〈遠旅におびかれ出る〉こととが、作家が意識せずに運んだということに、嘘があるとは思わない。だが、それをここで明かすことは、別の意味をもつ。そのように話を運んだのは、自分の無意識のうちに眠っていた太古の〈日祀り〉の風習の名残のしわざにちがいない、まるで〈日本人が持ってきた神秘感の源頭〉が現われでもしたかのように。そして、そういうことが自分に起こったことに最近、気づいたというのだ。それも嘘だとは、思わない。

われわれは、「口ぶえ」で、安良が夏至の日に、陽を追って一日歩きまわったことを知っている。そのときも、それが太古の〈日祀り〉の風習の名残とは思っていなかったことになるかもしれない。それでもかまわない。が、我が身に実際、起こったことだから、間違いない、というのは、不思議なことに出会った体験談の常套である。企まずして、そういう語り口になっている。これは考証の話法ではない。

いいたいのは、我が身に起こったことと、「山越阿弥陀図」をめぐる考証とが入れ籠《こ》になって進行しているということだ。そして、そのように話を進めながら、山越阿弥陀図を描いたときの冷泉為恭の心懐にことよせ、〈絵は絵、思いごとは思いごと〉、作品から作者の心懐は読み取れない、そんなことは知れているという。だから、ここに自分の心懐を明かすという意味ではないだろう。幾多の文芸を読者の側から読み解き、批評を重ねてきた人が、自分だけは例外にしてくれ、というはずはなかろう。作者の〈思いごと〉と作品とは別物であるという醒めた認識を差し挟んでいるのだ。

ここでは、小説を書き終えて何年も経ってから、思い至ったことを明かさずにはいられない作者の感情と、学の態度とが鬩《せめ》ぎあっている。読者に理解が届かないことをもどかしく思いながら、孤高に閉じこもるのではなく、観客に向かって、ひとり芝居を演じてしまう痛ましいほどの態度が、ここにもある。そう感じるのは、わたし独りの思いにすぎないだろうか。

ともあれ、小説は小説。たとえのちの思いであろうと、作者の思いごととは割り切って、『死者の書』に帰る。『死者の書』〔十二〕より、次の一節をもう一度、引く。


磨かれぬ智慧を抱いたまま、何も知らず思わずに、過ぎて行った幾百年、幾万の貴い女性《にょしょう》の間に、蓮《はちす》の花がぽっちりと、莟《つぼみ》を擡《もた》げたように、物を考えることを知り初《そ》めた郎女であった。

女たちの底に長く眠ったままだった〈智慧〉が、突然、南家の郎女に花開いた奇譚、それが小説『死者の書』だった。太古の〈純乎たる太陽神崇拝〉にまで拡大された日想観と山越阿弥陀図が描かれた理由とをそこに引き寄せ、『往生要集』とそれを編んだ源信の生い立ちを結び目にして、それらを括りあわせるストーリーが想いつかれたのである。

なお、『死者の書』ののちの草稿と考えられている高野山を舞台にした断片、例の『西観唐紀』逸文なる「捏造」文書が挾まれた草稿は、弘法大師・空海の密教と日想観とを結びつける意図によるものだろう。そしてそれは、行により生きたまま成仏する方法を説く空海『即身成仏儀』におよぶはずのものだった。大日如来を奉ずる空海が陽に向かって観想したこともたしかだろうが、また「即身成仏」も、その語は空海の発明によるものとしても、密教に共通するものである限り、どちらも日本固有のものではありえない。逆に、空海が中国から運んだ密教経典『大日経』そのものが、〈純乎たる太陽神崇拝〉に発することは、火、いや日を見るより明らかである。「大日」は、太陽そのものではなく、陽が沈んでも、人の目に見えないところで輝きつづける、いわば太陽を超えた「日」とされるにしても。

日本固有のもの

〈山越しの弥陀像や、彼岸中日の日想観の風習が、日本固有のものとして、深く仏者の懐に採り入れられて来たことが、ちっとでも訣って貰えれば〉という思いに折口信夫を誘ったものがあった。その一つは、その言に端的に示されているように、〈日本固有のもの〉を示してみたいという欲求である。このエッセイの最後の方で、折口信夫は「山越阿弥陀図」を〈日本式の弥陀浄土変〉と称してもいる。

一九三五年を頂点にして、美学・芸術論の領域に「日本的なるもの」をめぐる論議が巻き起こっていた。蒲原有明『春鳥集』〈自序〉が説いて以来、芭蕉俳諧が日本の象徴表現の手本とされ、「山路来て　何やらゆかし　すみれ草」の句が、まるで「宇宙の生命」「自然の生命」を匂わせているかのように解釈されてきたことは、第四章で述べた。そして、佐藤春夫の「『風流』論」（『中央公論』一九二四年四月号）は、芭蕉とボードレールとを並べて、「宇宙の生命」にふれた感興を詠んだ詩人といい、天地自然にふれて感じる〈悲愁〉と〈喜悦〉が一つになったような感激、〈その一瞬こそ宇宙と永久とに繋《つな》がっているかと感ずるまでのその真実の閃光をどうかして永続的なものにしたいという切願〉を抱いた詩人たちだと論じた。[7] ボードレールについては「万物照応」の詩が念頭にあったのだろう。このエッセイは、随筆集『退屈読本』（一九二六）に収められて広く読まれた。

そして、萩原朔太郎が『日本詩人』一九二六年一一月号に寄せた「詩論三篇」のうち、「象徴の本質」は、ヨーロッパのモダニズム詩が、東洋において実現されてきた〈形を軽視して内部的に実在する真の本質――形以上のもの、形而上のもの――を直感する〉象徴主義に近づいているという。対象の本質を、感覚を通さず、直観によって把握するくらいの意味である。マラルメらの象徴詩は〈始めて発見されたこの東洋的メタフィジカルの新観念〉による「象徴の詩学」の詩、まだ〈不徹底にして曖昧な〉新奇な芸術にすぎず、〈神秘性や、暗示性や、幽霊性や、東洋的宿命性〉を〈著るしい特色〉にしたものという。[8]

これには、アルザス出身でフランス語とドイツ語で前衛詩に活躍していたイヴァン・ゴルがヨーロッパのモダニズム詩人は日本のハイクを手本にしていると述べたエッ セイが荻原井泉水の率いる『層雲』（一九二六年一〇月号など）に掲載されたのがヒントになった。

実際、マラルメには天に記された寓話を地上に引きおろすという願いがあり、仏教の涅槃についてもブッディストの友人から聞き齧っていた。また、第一次世界大戦後、イギリス、フランス、ドイツなどで詩人たちが、平易な言葉で、ことば遊びやイメージの遊び、隠喩表現に富んだ短詩をつくるのに俳句を愛好していたのもたしかである。

二〇世紀の転換期、ロンドンで象徴詩人としてデビューしたヨネ・ノグチ（野口米次郎）は、日露戦争期に新聞社の特派員として日本に帰り、蒲原有明と意気投合し、芭蕉俳諧を平易なことばで幽玄を開示する象徴詩という評価を方向づけた。そして、慶応大学に就任後、一九一四年にロンドンに赴き、詩人たちの前で、日本のハイクのイメージを一新すべく講演“The Spirit of Japanese poetry”を行った。その講演は『日本詩歌論』として、翌年出版され、波紋も生んだ。[9] だが、ハイクは、どこの地域でも、あいかわらず、かつて一九世紀のうちに、バジル・ホール・チェンバレンが荒木田守武の「落花枝に　かへると見れば　胡蝶哉」の句をあげて説きひろめたように、一瞬の錯覚などの「見立て」を歓ぶエピグラムとしても受容されていた。芭蕉にも「白けしに　羽もぐ蝶のかたみ哉」の句が『野ざらし紀行』にある。俳諧から機知や滑稽が抜けたら俳諧でなくなろう。

日本の詩人たちは明治期に、自然の背後に隠れている神秘への憧れやキリスト教が邪教としてきた民族宗教をうたいあげる象徴主義をヨーロッパから受け取ったが、このような経緯を挟んで、時代がひとめぐりし、もともと和歌や俳諧が天台本覚思想（本質即実在）による芸術だったという古典解釈が盛んになり、象徴主義は「こちらが本家」という意識が生じたのだ。萩原朔太郎は「象徴の本質」では、代表格として芭蕉をあげているが、三篇目の「日本詩歌の象徴主義」では、『新古今和歌集』を『万葉集』にはじまる日本の象徴詩の極みと見ている。そしてその見解を『詩の原理』（一九二八）にまとめなおす。国文学界にも大筋で同調する風巻景次郎『新古今時代』（一九三二）が出る。

遡ると、一九一七年春、岡崎義恵が「気分象徴」を重んじるドイツ観念論美学を受けとり、「日本詩歌の全面を貫流する象徴の精神を体系的に論じた」と称する卒業論文『日本詩歌の気分象徴』を東京帝大国文学科に提出していた。岡崎は東北帝大で教鞭をとり、一九三四年には日本的特徴を強調する「日本文芸学」を名のる。

そして岩波書店の雑誌『思想』一九三五年四月号は、特輯「東洋の思想と芸術」を組んだ。全九本のうちの五本が日本文化論で、そのうち四本、仏教学者、久松真一「禅」（未完）、音楽評論家、小幡重一《おばたじゅういち》「日本の言語及び音楽の特殊性」、美学者、竹内敏雄「世阿弥に於ける『幽玄』の美的意識」、そして小宮豊隆が池坊華道を論じる「瓶花に就いて」が中世に関心を注いでいる。禅宗の影響をうけた中世歌論や世阿弥の「幽玄」、わび茶の精神、それらを受けつぐ芭蕉の「さび」などを「日本的なるもの」として礼讃する動きが活発になっていた。東京帝大哲学科で美学を担当する大西克礼《よしのり》は『幽玄とあはれ』（一九三九）をまとめる。禅林の生活文化に発する「わび、さび」や「幽玄」は、むろん起源は中国だが、日本で盛んになったものであり、その意味で相対的独自性を帯びている。

この動きは、一九三〇年、日本精神文化研究所のイデオローグ、紀平正美《ただよし》の『日本精神』や筧克彦『皇国精神講話』、また一九三四年には井上哲次郎『日本精神の本質』が刊行されるなど、「日本精神」や「皇国精神」を喧伝する動きと並行し、それらに対抗する一面ももっていた。

そのような「日本的なるもの」をめぐる二つの動きのなかで、もう一つの〈日本固有のもの〉として山越阿弥陀図を突き出したのが、釈迢空の小説『死者の書』だった。むろん、インドにも中国にもない聖衆来迎図のヴァリエイションが生まれたのは、なぜか、誰も解いていないということが長く気にかかっていたからだろう。その問いが、中国伝来のものが日本的変容を起こした原因は何か、それこそが〈日本人が持って来た神秘感〉のはたらきではないか、と裏返され、仏教の日想観を突き抜け、太古の〈日祀り〉、〈純乎たる太陽神崇拝〉までが一挙に結びつけられたのである。

そうであるなら、少なくとも『死者の書』の作家、釈迢空のモチーフからは、西洋憧憬もイエス・キリスト像も消してよいことになる。消したくなければ、彼の潜在意識か、日本民族の文化生命体を想定し、その記憶の底から引き出すしかないだろう。

あとには、南家の郎女は、なぜ、金髪と白い肌の阿弥陀仏像の幻を見たのか、という疑問だけが残る。そのうち髪は、陽光に輝き、荘厳された様子を想えばよい。頭髪まで金箔の仏像ならいくらでもあるが、小説の設定の上では、仏画、仏像を見たこともないはずの郎女が後光を想うのは、むしろ不自然だろう。

ところが、読者は気づかぬうちに、後光を視させられている。『死者の書』〔十二〕で、語部の嫗が法華経を想わせる鶯の声をやかましいといい、蔀戸《しとみど》を開けたとき、郎女は、暫く、篠竹の葉裏を照らす〈幾本とも知れぬその光の筋の、閃《ひらめ》き過ぎた色を、瞼の裏に、見つめていた〉、そして、御仏を視た山の端の輝きを思い返さずにはいられなかった、とある。ここで後光を想わない読者はおるまい。作者の繰り出す幻術の見えない糸は、作品の隅々にまで張り巡らされている。御仏の白い肌についても同じことがいえる。

クライマックス

実のところ、作家・釈迢空は、〈日祀り〉の記憶とは別のものを日本の若い女たちの底に沈めていた。

『死者の書』〔十〕では、皇室に嫁ぐか、神に仕える斎宮になるか、と噂された美貌の郎女は、父親、豊成が難波の別邸に隠居する際、遺していったものを書写するうちに〈魂を育てる智慧の這入って行くのを、覚えた〉とあった。そして千部写経がはじめられたのだった。

〔十二〕では、明るく澄んだ陽ざしのなかに〈ほほき　ほほきい　ほほほきい〉と鶯の声が当麻寺の境内に響きわたるなかに、先に引いた一文が挟まれていた。もう一度引く。

ついに一度、ものを考えた事もないのが、此国のあて人の娘であった。磨かれぬ智慧を抱いたまま、何も知らず思わずに、過ぎて行った幾百年、幾万の貴い女性の間に、蓮の花がぽっちりと、萶を擡《もた》げたように、物を考えることを知り初めた郎女であった。

郎女の智慧の伸びゆくさまは驚くほどだ。〔十二〕で、奈良から郎女を迎えにきた家長老《いえおとな》・額田《ぬかた》部子古《べのこふる》と、結界を侵した郎女には〈長期の物忌みして、その贖《あがな》いはして貰わねば〉という当麻寺の寺方とが譲りあわず、当座は姫の考えに任せようとなったときの一言につながる。凜とした声で郎女は言い放つ。

姫の咎《とが》は、姫が贖《あがな》う。此寺、此二上山の下に居て、身の償《つぐな》い、心の償いした、と姫が得心するまでは、還るものとは思やるな。

躊躇《とまど》うことのない凛とした声で放たれたこのセリフ、〈すべての者の不満を圧倒した〉とある。まるで女立役者が大ミエを切って言い放った決めゼリフのように。

だが、結界を侵した罪を償うというのであれば、〈此二上山の下に居て〉は、なくてもよいセリフだ。二上山は、そこに泉を掘り当て、天皇の御料の水をもたらし、それによって中臣〔藤原〕氏が大和朝廷の神業を司ることになったと語り部の嫗の語った神話の由来の地である。その麓《ふもと》に居て、己れが得心するまでは帰らぬという。その強い決意、覚悟は、まるで中臣の罪業を一身に背負って償うかに聞こえるではないか。

その決めゼリフのような一言が響きわたったのち、舞台は、いよいよ郎女が御仏に惹かれてゆく段に入る。〔十三〕では、夜更けに何者かの足音が聞こえる。〈つた　つた　つた〉。天若日子か、大津皇子か、〈わが配偶《つま》に来よ〉と呼びかけられ、郎女は〈乳房から迸《ほとばし》り出ようとするときめき〉を覚える。だが、〈つ、い、と〉流れくる〈凍る様な冷気――〉。帷帳《いちょう》をつかむ〈細い白い指、まるで骨のような――〉。

郎女の口を衝いて、〈なも　阿弥陀ほとけ。あなとうと　阿弥陀ほとけ〉と、はじめて、ここで阿弥陀仏の名が出る。だが、それは迫りくる亡霊から救いを求めたのか、亡霊に呼びかけたものか、さえ定かでないままシーンは展開してゆく。

この前、万法蔵院の門から見上げた〈山の端に立った俤びとは、白々とした掌をあげて、姫をさし招いたと覚えた。だが今、近々と見る其手は、海の渚の白玉《はくぎょく》のように、からびて寂しく、目にうつる〉。その白い骨の幻影は帷帳に絡んだまま、消えようとしない。

そして郎女は夢を見る。砂浜で白玉を拾いつづけ、海の中道を歩きつづけ、拾いつづける夢のなかで、大きな白玉を拾おうとすると、波にさらわれ、〈衣もなく、裳《も》もない。抱き持った等身の白玉と一つに、水の上に照り輝く現《うつ》し身〉――白骨と化した骸骨と抱きあったまま波間に揺れる白い裸身――青と白の対比も鮮やかな、爛熟期の江戸浮世絵風の、骸骨と美女のとりあわせだが、誰も描かなかった死とエロスの交錯する綺想――が一瞬、出現したかと思う間もなく、自ら水底の白い珊瑚樹に変身する。

夢から醒めて、郎女は、もう一度、〈のうのう　阿弥陀ほとけ……〉と呼びかける。この〈のうのう〉も、とりわけ狂言に頻出する呼びかけ語。光の暈のなかに美しい男の姿が浮かび出るが、その指は、夢に入る前に視た魍魎の〈白玉の指〉そのままだった。

郎女が、夢のなかで覚えた一瞬のエロスと死の交錯は、〔十五〕では〈骨の疼《うず》く戦慄の快感〉と形容されている。郎女は、それを幾夜も夜通し待ちわびる。そして、やっと現れた俤《おもかげ》びとは〈――冷え冷えとした白い肌〉。〈おお　おいとおしい〉と声をあげ、郎女は夢から醒める。

藤原南家で写経に疲れて視た西空、二上山にかかる雲の上に一瞬、浮かび出た光輝く御仏の姿は変容に変容を重ね、郎女に誘いかけ、郎女の慕わしさは増すばかり。郎女は、その冷たい素肌に衣をかけてやりたいと一心に機《はた》を織る、という運びである。

振り返っておこう。最初に南家の郎女が視た御仏の姿が描かれるのは、〔四〕で、〈春秋の彼岸中日、入り方の光り輝く雲の上に、まざまざと見たお姿。……金色の鬢《びん》、金色の髪の豊かに垂れかかる片肌は、白々と袒《ぬ》いで美しい肩。ふくよかなお顔は、鼻隆《たか》く、眉秀で、夢見るようにまみを伏せて、右手は乳の辺に挙げ、脇の下に垂れた左手は、ふくよかな掌を見せて……ああ雲の上に朱の唇、匂いやかにほほ笑まれると見た……その俤〉とあった。これは回想中の幻である。

郎女が実際に視た順序からいうと、〔六〕で、物語の現在時から振り返って、〈去年の春分の日〉、写経に疲れて、西に向かい入陽を観ていたときのこと。〈日は黄金の丸《まるがせ》になって、その音も聞えるか、と思うほど鋭く廻った。……やがて、あらゆる光りは薄れて、雲は霽《は》れた。夕闇の上に、目を疑うほど、鮮やかに見えた山の姿。二上山である。その二つの峰の間に、ありありと荘厳《しょうごん》な人の俤が、瞬間顕《あらわ》れて消えた〉とある。二上山が平城京からは南西にあたることは、本文で予め断ってある。

〔四〕では、〈俤〉が二上山の〈入り方の光輝く雲の上に、まざまざと〉見えたとあるのが、〔六〕では、〈荘厳な人の俤〉が入陽の方角からは逸れた〈二つの峰の間〉に、一瞬、浮かんだとある。〈雲がきれ、光りのしずまった山の端は、細く金の外輪を靡《なび》かして居た。其時、男岳・女岳の峰の間に、ありありと浮き出た　髪　頭　肩　胸——。／姫は又、あの俤を見ることが、出来たのである〉。〔四〕は〔六〕の半年後の秋分の日の暮れ方である。春には瞬間だけ見えた〈俤〉が、秋には、より具体的に見えたことになる。一瞬の幻覚が次第に想念のなかで具体化していき、慕わしさが増してゆく成り行きが仕組んであった。

そして、〔十八〕では、いよいよ、郎女の叔父、恵美押勝が権勢をふるうときが到来したことが当麻の語部の嫗の口から告げられ、郎女が機を織りながら、うとうとし、今度は夢に現れた当麻の女の口から、次のように告げられる。

この中《じゅう》申し上げた滋賀津彦は、やはり隼別《はやぶさわけ》でもおざりました。天若日子でもおざりました。天の日に矢を射かける——。併し、極みなく美しいお人でおざりましたがよ。

〈隼別〉は『日本書紀』『古事記』に見える応神天皇の皇子（『記』では速総別王）で仁徳天皇の異母弟。仁徳天皇が異母妹の女《め》（雌）鳥《とりの》皇女を妃に迎えようと彼をつかわすが、皇子はひそかに皇女を妻としたため、天皇の怒りにふれ、皇女とともに伊勢神宮に逃れたものの追手に殺されたという。作家の作為も、その意味も、すでに明らかだろう。

このようにして、郎女が「阿弥陀ほとけ」と呼びかける人の幻影には、〔三〕で語部の媼が語ったとおり、皇子と天若日子の影が重なりつづける。郎女が夢のなかで交わった幻影は、大津皇子か、阿弥陀仏か、そのどちらでもない幻か、などと詮議する余地はない[10]。肌の白さゆえに、郎女は御仏が寒そうにしていると想い、その郎女の情が白骨を呼び寄せたのだ。それは白骨であると同時に玉に見立てられることで、官能の匂いが消されている。

なお、山越阿弥陀図のうち、大倉集古館蔵の冷泉為恭の手になるものは肌色が薄く、折口が見て寒そうと感じたとしても不思議はないし、姫路の大覚寺のものは白である。釈迦涅槃図には、薄黄の衣をまとい、白い胸を開《はだ》けるものがかなりある。中国で仏画の中国化が進み、宋代には、青黒い肌のものは消えた。釈迢空は周到にも、『死者の書』〔六〕に、二上山の真下に麻呂子山が涅槃仏のような姿に横たわっていることを差し挟んでいることにも、ふれておこう。

そして、その夢を見た眠りのあいだに、蓮糸を織る技術が熟練の域に入ったとされる。郎女の

〈智慧〉が一段と進んだのだ。隼別皇子の母の名が糸媛《いとひめ》であることも、ここには利かせてあろう。

郎女は、権力の頂点にある藤原の氏の罪業を、その一身で償った。天若日子、隼別、大津皇子が謀叛の象徴であることは繰り返すまでもない。郎女は、彼らの白い骨を御仏の白い肌に変え、〈おお、おいとわしや〉といたわり、夢のなかで交わった。天若日子に仕える斎宮になり、刑死させられた大津皇子の霊に宮入りし、ともに成仏させたのである。寓意と見立ての修辞が乱舞し、交錯するなかに、己が身をもってする郎女の懺悔の意味を沈めた超絶技巧といってよい。

そして、郎女は、その償いの象徴を図像に具体化する。奈良の屋敷へ彩色《えのぐ》を取りに行かせ、蓮糸の織物に緑青と朱で当麻寺さながらの楼閣伽藍を描く。飛躍に飛躍を重ねてきた郎女の〈智慧〉は、彩色という職人の熟練を要する技も習得を必要としない。

紺青の空に金泥の雲を浮かべ、内院に俤びとの姿を描く。そして郎女は、そっとひとり舞台を立ち去る。歓喜の涙に頬を濡らしながら――。舞台の上の人びとは絵に見とれたまま、誰もそれに気づかない。

ステファヌ・マラルメは、民衆のなかに眠っている祝祭の日を呼び起こす詩を夢みていたが、釈迢空は、奈良朝の豪族の娘に眠っていた智慧を目覚めさせ、エロスと死の交錯する夢幻のうちに、謀反の咎を負ったまま、さまよい出た男たちの魂の成仏と、天孫系のもとで権勢を誇る家の咎の懺悔とを一つに結び、そして最後に衆生の魂の救済を阿弥陀如来が来迎する幻影に託したのである。

この奇跡の上に奇跡が重ねられ、幻影に幻影が重ねられてきた小説の最後、人びとが幻視した来迎図のみならず、一切を白日夢に帰すかのような一文が置かれる。これはもう、舌を巻くしかない。

其は、幾人の人々が、同時に見た、白日夢のたぐいかも知れぬ。

幻影・時局・歴史劇

幕が下りてから、白昼夢から醒めた観客は、思い返すだろう。そっとひとり寺を立ち去っていった郎女の姿を。彼女は、その身をどこへ運んでいったのか。そして、ふと想い出すだろう。大伴家持と藤原仲麻呂（恵美押勝）との対話の最後近く、家持が「横佩墻内《よこはきかきつ》の郎女は、どうなるでしょう」と問うたとき、仲麻呂が、こう答えたセリフを。

気にするな。気にするな。気にしたとて、どう出来るものか。此は――もう、人間の手へは、戻らぬかも知れんぞ。

そして、郎女が大ミエを切ったセリフが耳の奥から甦る。

姫の咎は、姫が贖う。此寺、此二上山の下に居て、身の償い、心の償いした、と姫が得心するまでは、還るものとは思やるな。

大向こうに肩を寄せる見巧者連は、あのセリフが扇の要《かなめ》、主線であれ、副線であれ、すべての場面を一つにまとめるはたらきがあったと語りあうことだろう。なかには、何かの機会に、「中臣寿詞」を繰ってみる好事家がいるかもしれない。そして気づく。二上山が藤原氏の神話の根拠地と郎女に信じこませたのは語部の嫗であり、その神話を「捏造」したのは、嫗の背後に潜む作者だったと。

だが、背後の作者はいうだろう。すべてを白日夢に帰した作者の企みなど明かしてみても、どうなるものではなかろう、と。エッセイ「画因」には、こうあった。〈絵は絵、思いごとは思いごとと、別々に見るべきものなることは知れている〉と。作者の企みも〈思いごと〉の一つにはちがいない。

さらにいくつか、贅言《ぜいげん》を重ねておく。その一つは、最初に〔四〕で描かれるのは、阿弥陀仏の立ち姿であること。〈右手は乳の辺に挙げ、脇の下に垂れた左手は、ふくよかな掌を見せて……〉とある。右上腕を胸のあたりに上げ、左手を下げ、ともに掌を前に向ける「来迎印」と呼ばれる、信者を浄土に招く「印」を結ぶ姿である。ところが、そののち現れる御仏の姿は、最後に描かれた図でも、立っているのか座しているのか判然としない。

姫は、緑青を盛って、層々うち重る楼閣伽藍《がらん》の屋根を表した。数多い柱や、廊の立ち続く姿が、目赫《めかがや》くばかり、朱で彩《た》みあげられた。むらむらと黬《たなび》くものは、紺青の雲である。紫雲は一筋長くたなびいて、中央根本堂とも見える屋の上から、画きおろされた。雲の上には金泥《こんでい》の光り輝く靄《もや》が、漂いはじめた。姫の命を搾《しぼ》るまでの念力が、筆のままに動いて居る。やがて金色《こんじき》の雲気は、次第に凝り成して、照り充ちた色身《しきしん》——現《うつ》し世《よ》の人とも見えぬ尊い姿が顕《あらわ》れた。
郎女は唯、先の日見た、万法蔵院の夕《ゆうべ》の幻を、筆に追うて居るばかりである。堂・塔・伽藍すべては、当麻のみ寺のありの姿であった。だが、彩画の上に湧き上った宮殿《くうでん》楼閣は、兜率《とそつ》天宮《てんぐう》のたたずまいさながらであった。しかも、其四十九重の宝宮の内院に現れた尊者の相好《そうごう》は、あの夕、近々と目に見た俤《おもかげ》びとの姿を、心に覓《と》めて描き顕したばかりであった。

これは当麻曼荼羅の中央、宮殿楼閣のなかに浮かぶ中尊、阿弥陀仏像だけを、単身で描いたものだ。山越しの図でもない。二上山の二つの峰のあいだに姿を浮かべる山越阿弥陀図は、南家の郎女の幻影に登場したにすぎなかった。だが、釈迢空にとっては、それでよかった。やがて山越阿弥陀図が描かれることになる〈神秘感の源頭〉を小説のなかに閃かせておきさえすれば、よかったのである。

もう一つ気になることが残っている。〔十三〕の夢で、郎女が砂浜に白玉を拾い歩くシーン。死とエロスが交錯する綺想図が現れる前のところ、海の水底に際限もなく白い珊瑚となって人の白骨がたゆたっているような想像を誘うシーンに、「みずく屍」を想い浮かべてしまうのは、わたしだけだろうか。

大伴家持の「陸奥国に金を出す詔書を賀す歌一首、并《あわ》せて短歌」(『万葉集』巻一八、四〇九四)のうち、長歌の一節を引く。

海行かば　水漬《みづ》く屍《かばね》　山行かば　草生《む》す屍　大君の　辺にこそ死なめ　かへり見はせじ

『死者の書』（十六）には、さりげなく、〈前年から今年にかけて、海の彼方の新羅の暴状が、目立って棄て置かれぬものに見えて来た。太宰府からは、軍船を新造して新羅《しらぎ》征伐の設けをせよ、と言う命のお降《くだ》しを、度々都へ請うておこして居た〉とある。〈おこして〉は、「よこして」に同じ。

これは、この小説の時局、天平宝字三（七五九）年に、新羅が日本の使節に無礼をはたらいたとして、藤原仲麻呂が新羅征伐の本格的な遠征準備に入ったという史実に即した記述である。それは実現しなかったが、当時の『死者の書』の読者には、この時点より約百年前の唐・新羅連合軍との白村江の戦と、進行中の泥沼化した対中国戦争とを同時に思い起こさせたにちがいない。さらに青磁社版単行本の読者は、太平洋での戦を想わずにはいられなかったのではないか。

「海ゆかば」は、一九三七年七月七日、盧溝橋事件に端を発した対中国戦争が、八月の上海事変で、三度にわたる和平協定が破られ、近衛文麿内閣が八月末に国民精神総動員運動を起こしたとき、テーマ曲としてＮＨＫの嘱託を受け、信時潔が作曲、秋にはラジオから流れたとされる。折口信夫がそれに気がつかないはずはない。それ以前、一九三五年、折口信夫「日本古代の国民思想」は、大伴家持のこのうたに言及し、戦の宣詞に対して族長として応え奉ったかたちと論じていた。

そして、「海ゆかば」は、対米英戦争が終盤に入ると、大本営が玉砕戦を伝える度にラジオから流れた。その曲がしきりに流れる一九四四年、釈迢空は正月を飛鳥で迎え、詩歌雑誌『むらさき』一月号に「飛鳥の村」という詩を寄せた。『古代感愛集』より、終わりの一節を引く。

わが国は　四方《ヨモ》に戦ふ。
たゝかへど　おごることなく
緊《しば》りにし　万葉人の心をぞ
人は守るらし──。

しづかなる朝はたけつゝ
野の石は　いよゝ照り行く▼11

どこまでも静謐な飛鳥の村に、万葉人の暮らしを想い、何が起ころうとも、精神を引き締めて暮らす人びとを視る。己れの魂の故郷が永遠に存続していることを寿ぎ、そのまま在りつづけることを祈る。

戦局は敗北に傾き、養子に迎えたパートナーの命運も知れていた。あとは祈りしかなかった。それでもなお、人品などたかが知れた要路の人が居丈高にふるまうことに対して、折口信夫は「安心して死なせてください」と声を発しなければいられなかった、高見順が書き留めていたその姿に、わたしは折口の「態度の演技」を見てとったが、それは、表現してやまない人の、もっと切羽詰まった姿だったというべきかもしれない。

そして、戦は終わった。折口信夫の敗戦後のエッセイ「ねくらそふの現実」（一九四九）は、帝政ロシアの圧制下で、農民たちに接近し、ロシアの革命家、ナロードニキに最も愛された詩人、ニコライ・ネクラーソフについて、〈ねくらそふに感心した私は、併しねくらそふの思想に感染しなかった〉と言い置いて、次のように書いている。

> ぷうしきんも、とるすといも、又このねくらそふだって、皆、貴族出の人々である。深い反省の目を、自分の先人たちの生活の上に落した時、特に、ろしやびとが持っているもの、様に感じられて来た義人らしい素質が、彼等の上に、きら〱しく立ち上るのであった。／だからある言い方を以てすれば、代々の祖先の為にする懺悔を、詩の上で行ったねくらそふだと言ってよい。[12]

〈祖先の為にする懺悔〉ということばに、『死者の書』の背後に作家の企みを見とどけた読者の脳裏には、藤原氏の罪業を一身に背負って機を織り、御仏がこの世に顕現する図を描いた南家の郎女の所行が想い浮かぶだろう。そのような懺悔を行う人をもって〈義人〉と称する釈迢空がここにいる。彼のなかでは、その「懺悔」も「義」も、戦争をくぐることにより、いわば「民族の咎」のようなものとして際立ってきていたのではないか。

　あるいはまた、恵美押勝が、南家の郎女が仏教信仰に傾いたことを指して「智慧づく」という語を用い、女どもには、いつまでも豪族の屋敷の女部屋で〈のどかな心で〉いさせたいと語っていたことも思い浮かぶ。どうやら、この物語には「智恵づいた」若い女性が古いしきたりを破って、才能を発揮しはじめることが暗示されている。むろん、その先には、うたや物語に才能を発揮する平安期の女房たちの姿が浮かんでいる。

わたしなどは、ふと、折口信夫が「『細雪』の女」(一九四九)で、谷崎潤一郎『細雪』の四姉妹のうち、モダン・ガールの四女について、〈こいさんの妙子が近代婦人の自由な美しさを発揮すると思っている間に、何時かいろ〳〵な歪んだ人生を見せて来る〉[13]と、残念そうに語っていたことを思い出す。〈こいさん〉は、良家の末娘をいう大阪ことば。折口信夫が同時代の若い女性が新しい姿を見せてゆくことに関心を寄せていたのはまちがいない。

第二次世界大戦後の釈迢空のエッセイ「文学を愛づる心」(一九四六)は、イプセン『人形の家』に言及して、〈女性解放を恋い望んだ歴史を、時々ふり返って見る――そう謂った一種の歴史劇と見てよい〉[14]と述べている。彼は〈現実においては尚幾分未決算の部分を残し乍《なが》ら、理論の上では、夙《とっ》くに卒業してしまったという状態に、ある〉という考えを披瀝していることを言いそえておこう。

釈迢空は『死者の書』に、奈良時代に仏教が女たちのあいだに拡がってゆくさまのみならず、都市の変貌も意識して刻みこもうとしていた。そこには身分を異にする男女の姿が明滅していた。『死者の書』は、紛れもなく平城京の文化史を総合的に展開する〈一種の歴史劇〉として構想されていたのである。

戦後の神道宗教化論

『死者の書』のモチーフと折口信夫の第二次世界大戦後の神道宗教化論とを結びつける見解は、川村二郎によって提出されたのが嚆矢《こうし》らしいが、これは切断して考えるべきである。なぜなら、『死者の書』に登場する神仏に、戦後の折口信夫のいう「超越神」は登場しないのだから。

川村二郎は中公文庫『死者の書　身毒丸』「解説」で、〈「超越」が、日本の小説には類を見ないほど感覚的な実質として迫ってくる所に、この作品の無比なるいわれがある〉といっていた＊。だがキリスト教でもイスラームでも、もし、絶対的超越神の訪れがありありと実感されたなら、長く神秘主義とされてきた。神の声は恩寵や啓示のかたちでしか現れない。何か基準が狂っていやしないか。

＊絶対的普遍神への信仰の主題が日本の近代小説に稀なことは「社会の全体像を客観的に書く小説がない」ことともに戦後文壇でしばしばいわれていた。が、どちらも「中間小説」および「大衆文学」を排除した「純文学」に限ってのこと。日露戦争後の宗教新時代には宗教的テーマは詩にも小説にもあふれていた。武者小路実篤の戯曲「わしも知らない」（一九一四）には釈尊が、そして「人間万歳」（一九二二）には絶対的超越神がそれとして登場する。
　戦後では、遠藤周作『沈黙』（一九六六）が、超越的普遍神の観念を腐らせる日本の精神風土を扱ったことがよく知られるが、現代小説では、芹沢光治郎が晩年、とくに一九八〇年代に普遍的「生命」への信仰を主題とする「神シリーズ」を展開した。なお、戦後の折口信夫が着目した産霊神に関連するものに、伝奇小説の血脈を復活させた半村良『産霊《むずび》山秘録』（一九七三）がある。

船山信一「明治期におけるキリスト教批判」（『明治哲学史研究』一九五九）が鋭く指摘しているが、明治期にキリスト教に入信した人たちも、世界の外に立つ絶対的超越神の観念をつかみ切れていなかった。たとえば日々の行いに重きを置くメソジスト派に入信し、民友社の論客として活躍した山路愛山でさえ、キリスト教の神が司る世界の運行と世界に内在する儒学の天、仏教の法とを同一視していた（「支那思想史」一九〇六）。のち、大正期の阿部次郎も、人格を普遍的なもの、すなわち神に近づけるよう向上させるべきだと説く大連での講演のなかで、自分は「神」という語を用いるが、皆さんは「天」と考えてもらってよいと述べている（『人格主義の思潮』一九二二）。一種の方便だったとも考えられないことはないが、この傾向は長くつづいた。

ゼーレン・キェルケゴールやカール・ヤスパースの絶対的超越神から見放された存在という考えに出発する思想は実存主義（existentialism）と呼ばれてきたが、第二次世界大戦の直後、ジャン＝ポール・サルトルが講演「実存主義とは何か」で、世界を創造した絶対的超越神のみならず、プラトンのように、あるいはドイツ観念論のように本質的観念を想定する思想全般に対して、「存在は本質に先行する」と宣言し、実存主義の概念を根本的に転換したこともはたらき、その傾向はむしろ蔓延したらしい。

だが、敗戦後の折口信夫には、「神道宗教化の意義」（一九四六年八月）の終わり近く、日本神話の高産霊《タカミムスビ》神と神産霊《カミムスビ》神を〈生命が活動し、万物が出来て来る〉、そのような〈術を行う主たる神〉といい、その神は〈天地の外に分離して、超越して表れている〉と明確に述べている。彼のタカミムスビへの関心は「古代人の思考の基礎」（七）あたりから示されているが、彼が民俗学で〈ライフ・インデッキス〉（その地域・時代の人びとの生命観の指標）としてきた信仰の対象を、ここで初めて〈天地の外〉、儒学・道教系思想にいう「宇宙」、ないし仏教系思想にいう「世界」の外部に置いてみせたのだ。

キリスト教が世界の外に立ち、世界を創造した絶対的超越神を想定することに対抗して、産霊神を絶対的超越神とするのは、『老子道徳経』（第六章）にいう宇宙の根源、「谷神《こくしん》」すなわち「玄《げん》牝《びん》」を天地の外、世界の外部に置いたような考えとでもいえばわかりやすいだろうか。だが、その折口の言の真意が、よく理解されてきたとは言い難い。

「神道宗教化の意義」では、敗戦前——一九四五年夏のことらしい——、牧師の団体で講演した際、牧師たちから、〈あめりかの青年達は〉〈この戦争にえるされむを回復する為に起された十字軍のような、非常な情熱を持ち初めているかもしれない〉という話を聞き、対米英戦争を宗教戦争のように見る見方に感心させられたと述べている[15]（「神道の新しい方向」（一九四九）でも語られている）。宗教というものに対する熱誠を知って〈愕然とし〉、その欠如を日本の〈神々の敗北〉と語る。

そして、とくに〈明治以来、神道家の中には、神道を法理論・政治学と、合体させようと考えて来た人がある。それを都合よいように利用した人が亦多い〉ことを強調し、大本弾圧など宗派神道の受難の歴史をあげ、政治に利用されやすい神道の虚弱性を指摘し、〈神々に対する感謝と懺悔とが、足りなかった〉と反省し、神道家は〈つよい、普遍的な学説をきづいて行かねばならぬ〉と決意を述べている。それゆえ、日本神話のなかに伏在する、絶対的超越神として成立させうるような要素として、高産霊と神産霊とを示唆したのである。

教祖と経典の出現を待つ

翌年、「天子非即神論」（一九四七年一月）では、一九四六年新春の昭和天皇の詔勅、いわゆる「人間宣言」を、皇室と神道の切り離し、すなわち「神道の宗教化」の可能性が生じた機会ととらえ、発表は前後するが、同じ月、「神道の友人よ」で、〈私は思う。神道は宗教である。だが極めて茫漠たる未成立の宗教だと思う。宗教体系を待つこと久しい、神話であったと思う。だから美しい詩であった〉といい、にもかかわらず、神道家が〈祭政一致実現時代を謳歌しそうになっていた〉と時局を振り返り、「宗教たるべき」神道を「宗教」として成立させることを提案する。[16]

神道には、神主がおり、神社もあり、信徒もいる。だが、〈いずこに、私どもは、宗教生活の知識の泉たる教典を求めればよいか〉〈何時になったら……宗教神道を、私どもに与えてくれる教主の出現を、実現させることが出来るか〉と問う。ここには、教祖が現れ、経典がつくられるのを待つ姿勢が明示されている。神道が宗教になるのを「待つ」というのだ。

翌月、「民族教より人類教へ」（一九四七年二月）では、〈宗教としての神道は非常に若いといえよう。極端にいえば本年は二歳と言えるかも知れない〉と述べている。[17]そして、「神道の新しい方向」（一九四九）では、神道を、明治官僚があたかも「宗教を超えた宗教」のように主張したことをいい、「日本精神」を唱えるに至った人びとを非難している。裏返せば、神道について自由な発言ができるようになったのは、天皇の「人間宣言」以降のことだということになる。折口信夫は、教祖も経典ももたない宗教などありえないという認識を語り、本質的に神話でしかなかった神道を宗教にするための方策を示し、宗教になるのを待つ姿勢を示したのである。可能も不可能も議論する余地のない、それは民俗学者、折口信夫の提案だった。

折口信夫は、自ら「神道家」と称しても、神秘主義者でも宗教家でもなかった。神秘に惹かれる日本人の心性を見つめるユマニストだったのである。

国際的な宗教学では、長く、教祖・教典・聖職者・施設・信徒の団体の五つの要素がそなわってこそ、「宗教」とされてきた。そもそも宗教学がキリスト教を基準に展開してきたからである。東アジアの信仰で該当するのは、仏教しかない。道教の教祖を老子とするのは、ややためらわれる。道教の根本経典『老子道徳経』は、長くかかって人びとのあいだでつくられ、編まれたものであろう。『列子』などは経典として奉じられてきたものといえるのか。これも疑問である。儒者は長く官であり、聖職者とはいえない。日本の神道は、戦後の折口もいうように教祖も経典ももたない。明治官僚は、この宗教学の常識を利用して、「皇室の祖先崇拝である神道は宗教ではない」と規定した。それをいわば逆手にとって、戦後の折口信夫は、新たに神道を「教祖と経典の成立を待つ宗教」と規定してみせたのだ。教祖の復活を待つ宗教、キリスト教に対抗して、あるいは、「最後の審判」を待つ宗教に対して、とまでいおうとは思わないが。

それに対して、しかし、今日のわれわれは、次のように問うことができる。近代的諸概念に敏感だった折口信夫の脳裏にも、そのとき、「宗教」の概念から根本的に問い直すことは、ついに浮かばなかったのか、と。そこに彼が不可避に背負った歴史的限界を指摘できるかもしれない。

第二次世界大戦後、文化人類学の発展により、長く保持されてきたキリスト教を基準にした「宗教」の定義が崩れ、世界の諸宗教が横並びで考えられるようになり、そして二一世紀への転換期には、世界の宗教学者のあいだで、既成の「宗教」概念を零に返すような問いなおしがはじまっている。わたしは、聖なるものへの憧れや希求に根をもつ人間の営為のすべてを横並びに考え、人文科学（the humanities）の対象にすべきだと思っている。体系性や諸要素は、その細分化の目安とすればよい、と。

だが、翻って考えてみると、折口信夫は日本の事例をもって、「原始宗教」についてのジェームズ・フレイザーの学説を覆せると確信していた。その姿勢は、日本の神々を、古代国家の祭政一致からも、近代の国家神道からも解放して考えようとしていた。彼の仕事には、この日本から

「宗教」概念を根本から問い直す姿勢をはらんでいたと考えることもできるだろう。その編み直しは、今日のわれわれに託されている。

二〇一七年は、困難な時代に、国文学者、民俗学者として比類なき仕事を成し遂げた折口信夫の生誕一三〇年目にあたる。他方、釈迢空『死者の書』は、単行書にまとめられてから、七〇年余にして、ようやくジェフリー・アングルスによる英訳版が刊行され、国際的に読者を獲得しようとしている。日本の二〇世紀小説の一角に、比類のない作品として評価される日を待っている。

日本近現代文芸の研究は、すでに確実に新しいステージを迎えている。われわれは、欧米より長い歴史をもつ民衆文芸の要素がたっぷり活かされた『死者の書』を日本の現代長篇小説の流れに置きなおし、また欧米の二〇世紀モダニズム文芸と読み比べる地点を確保するだろう。本書が、その一助になってくれれば、それ以上の歓びはない。

あとがき

ジェフリー・アングルスの日本語詩集『わたしの日付変更線』（思潮社）が届いたのは、二〇一六年一二月のことだった。著作・翻訳書一覧の最後に、〈The Book of Dead（折口信夫小説「死者の書」の英訳）ミネソタ大学出版部、二〇一七年（近刊）〉とあった。

いまは亡きオハイオ州立大学教授、ウィリアム・ジェファーソン・タイラーから彼を紹介されたのは、一九九九年、コロラドで開かれたPAJLS（全米日本文学研究協会）の年次大会に、長期出張先のカイロから、妻とともに飛んだときだったと思う。高橋睦郎、久保田淳両氏にはじめてお会いしたのもそのときだった。翌年、ジェフリーは、わたしの勤務先、国際日本文化研究センターに文部省の奨学生として来訪し、モダニズム文芸の翻訳・研究に取り組み、詩の翻訳に見る見る頭角を現し、と思っているうちに、日本語の詩を書いて活躍しはじめたのだった（『わたしの日付変更線』は二〇一七年の読売文学賞を受賞）。

その彼から「『死者の書』の翻訳をしている、ノートも付すが、日本人の論考と比べて、過激に想えるので、見てくれ」とメールが入ったのは、二〇一六年四月のこと。ビル・タイラーが石川淳の小説の翻訳に取り組んだのもたいへんな挑戦だが、選《よ》りにも選って『死者の書』とは、と驚いた。『死者の書』とその周辺を読み返し、彼の論考がちっとも過激でないことを伝え、何度かメールでやりとりしたのち、ほぼ一日かけて、ふたりで語りあった。ジェフリーは、当麻の語部の設定に感心し、わたしはナラティヴに関心をもつなら、日本の二〇世紀小説として評価すべきだと提案した。つまり本書の核心部にあたるところは、ジェフリーに契機と示唆を受けて方向が固まったものである。ジェフリーの翻訳は、二〇一七年全米翻訳賞（散文部門）を獲得。わたしの方は、考察を進めて「ジャンルを超えた総合小説」として、比類なき達成に至ったものという結論に行きついた（本書215頁）。

　実のところ、本書を準備しながら、久しぶりに「逍遥から見た鷗外」（一九四八）に目を通そうとし、冒頭近く、〈日本では、小説は長く文学ではなかったからで、近代の文学を説くに当っては、まず、小説が文学化して来た経路から言わなければならない〉とあるのを見て愕然とした。わたしが日本の「文学」概念の編み替えの問題に取り組んできた発端は、ここにあった。二〇代後半に、この一節の意味がうまくつかめず、二、三日は、折口信夫の常套句を借りれば、「ほう」としたままだった。その記憶が甦った。そのあと、吉田健一『文学が文学でなくなる時』（一九七二）などに目を通し、それから三〇年以上を費やして、それは小説のことだけでなく、「文学」概念全体が組み替えられたのだとはっきりいえるようになった。江戸時代に「文学」は、藩校の儒学の先生のこと。だから、「文学」といえば、漢詩・漢文に限られ、和歌や物語は「遊芸」のうちとされ、「文学」と呼ばれたことはない。北村季吟父子に始まる幕府歌学方はその後、振るわず、歌学は公家方の堂上派、民間に「国学」系諸派、そして香川景樹《かがわかげき》の景園派（明治期に御歌所派を形成）などに分裂して展開した。物語と併せ、「和学」「古学」などの名も行われたが、門流により個人により、まちまちで、規範化しなかった。賀茂真淵は「歌学文学」と併称している。だが、なのか、だから、なのか、折口信夫は、和歌は古代から「文学」だったと考えていた。江戸時代の「国学」を一新する「新しい国学」を歩んだ人も、どこかで、その系譜を引いていた。

わたしは『日本の「文学」概念』（一九九八）からはじめて、二〇一六年には「日記」や「日記文学」、「随筆」など、近代につくられた概念で考えられてきた日本古典のジャンルを、どのように考えなおしたらよいか、という長いあいだ取り組んできた課題に一応のまとめをつけた。が、そこでも、当然、ふれなくてはならないはずの折口信夫の仕事をうまく組み込むことができなかった。折口信夫は、彼の「神道」を、近代天皇制からはもちろん、古代国家からも解放して考えようとしていた。そこから説かないことには、はじまらないところがあるからだ。

それはともかく、折口信夫がわかりきったことのようにして投げ出す断案が、どれほど深く響きつづけるものかを思い知らされた。敗戦前後に生まれ、日本文芸文化史の一端に挑もうかという人の多くが、どこからが折口信夫から学んだことで、どこからが自分の考えなのか、およそ判然としなくなっているらしいと感じることもしばしばある。折口信夫と釈迢空に、そしてそのあいだにはたらく同時代を探ることは、わたしのなかに棲んでいる折口信夫を見つけだすことにもなった。

率直にいって、釈迢空も折口信夫も「読まれ損なった」ままのところが多く残っていると思う。文芸作品の読み方についていえば、わたしのなかの折口信夫は「絵は絵、思いごとは思いごと」と囁きつづけていた。作品が作家から相対的に自立しているという意味だ。本書を書き終えて、そのことに、あらためて気づく。生身の作家に還元するな、ということだ。それは、短歌がどのように読み手に映るかを主眼においた批評の方法に早くから取り組んだ人からの贈り物だった。折口信夫は、さらには文化風俗の移り変わりに照らして、詠み手の表現意識が変転するさまをも考察する方法も教えてくれた。我が来し方を振り返って、感慨も深い。

釈迢空の短歌は、彼なりの「しをり」だということも、本書ではじめて書いた。それは、二〇世紀小説を能や民衆芸能のワザで織り上げた、そうと気づいてみれば、なかなか派手な、『死者の書』の読み方にも深くかかわる。本書を契機として釈迢空と折口信夫の著作の根本的な読みなおしが進むことを切に念じている。

なお本書は、宮山多可志氏に草稿の段階から読んでもらい、展開や細部まで適切なアドヴァイスをしてもらった。刊行は、作品社顧問、高木有氏に委ねた。校正の方には、引用文の隅々にまで目を通していただいた。末筆ながら各位に深謝の意を表したい。

二〇一七年六月二五日

京都・西山のほとりにて　著者識

引用・参照文献

本書では、釈迢空及び折口信夫のテクストに現行表記のものがある場合、底本にそれを用いた。『死者の書』「山越しの阿弥陀像の画因」「短歌本質成立の時代―万葉集以降の歌風の見わたし」「日本文学発想法の一面―俳諧文学と隠者文学と―」「歌の円寂する時」「詩語としての日本語」には『昭和文学全集4』（小学館、一九九八）を。「口ぶえ」には『死者の書・口ぶえ』岩波文庫（二〇一〇）を用いた。ただし、ごく僅かに著者の判断で訂正した。なお、これらでは、「おどり字」等、繰り返し符合は用いられていない。了解されたい。

『死者の書』からの引用は、本文中に各段番号を記しており、煩瑣に過ぎるため、注記しない。また、折口信夫の「自撰年譜」（一九三〇、一九三七）、新版『折口信夫全集』解題、および「年譜」を参照した事項も、特別の場合を除き、示さない。また、『死者の書』を除く、上記の作品の底本は『昭和文学全集4』、「口ぶえ」は『口ぶえ』と略記する。その他、頻出する底本は、以下のように略記する。

『折口信夫全集』中央公論新社、1〜11（一九九五）、12〜22（一九九六）、23〜31（一九九七）、32（一九九八）、36（二〇〇一）→『折口全集1』など。

池田弥三郎編『日本近代文学大系46』角川書店、一九七二。→『近代文学大系46』

石内徹編『釈迢空「死者の書」作品論集成』全三冊、大空社、一九九五。→『作品論集成』

序章

▼1 笠原伸夫「『死者の書』の方法」（『研究紀要』第二一号、一九七八）、森山重雄『折口信夫「死者の書」の世界』（三一書房、一九九二）など。石内徹「解説」（『作品論集成1』）を参照。

▼2 阿部知二『文学論』河出書房、一九四七再版、45頁。

▼3 吉田光邦『日本科学史』講談社学術文庫、一九八二、〔第一章ノート〕。

▼4 富岡多恵子『釈迢空ノート』岩波現代文庫、二〇〇六、7頁。

▼5 『昭和文学全集4』226頁。

▼6 『折口全集31』63頁。

▼7 『折口全集27』97頁。

▼8 『昭和文学全集4』207頁。

▼9 以下、エッセイ「画因」からの引用は、同前、205〜213頁。

第一章

▼1 『作品論集成』47頁。

▼2 『近代文学大系46』10頁〜。

▼3 同前、48頁。

▼4 『近代文学大系46』補注六。437頁。

▼5 持田叙子「未来を呼ぶ批評家」（『現代思想』「折口信夫

特集」二〇一四年五月臨時増刊)。
▼6 『日本古典文学大系1』岩波書店、一九五八、266頁。
▼7 『近代文学大系46』補注三、437頁。
▼8 『堀辰雄全集2』筑摩書房、一九七七、182頁。
▼9 『堀辰雄全集4』筑摩書房、一九七八、189頁。
▼10 『堀辰雄全集2』前掲書、134頁。
▼11 『柳田国男全集2』筑摩書房、一九九七、9頁。
▼12 鈴木貞美「生の愉悦を書くこと─堀辰雄『美しい村』から『風立ちぬ』へ」『水声通信』二〇〇六年七月を参照。
▼13 『折口全集24』483頁。
▼14 同前、552頁。
▼15 岡野弘彦「評伝」『新潮文学アルバム　折口信夫』前掲書、80頁。「折口信夫年譜」『折口全集36』110頁。
▼16 『折口全集1』55頁。
▼17 倉田のり、久保貴彦〔国立遺伝研〕'A map of rice genome variation reveals the origin of cultivated rice.（2015)。尾本恵市『ヒトと文明─狩猟採集民から現代を見る』筑摩新書、二〇一六などを参照。
▼18 『折口全集22』554頁。
▼19 鈴木貞美『「文藝春秋」の戦争─昭和戦前期リベラリズムの帰趨』筑摩選書、二〇一六を参照。
▼20 『平野謙全集13』新潮社、一九七五、397頁〜。
▼21 『日本古典文学全集　萬葉集2』小学館、一九七二、176頁。
▼22 小谷野敦『久米正雄伝─微苦笑の人』中央公論新社、二〇一一。上野誠「折口信夫、『アラヒトガミ事件』再考」『現代思想』「折口信夫特集」前掲を参照。
▼23 『平野謙全集13』前掲書、389頁。
▼24 鈴木貞美『生命観の探究─重層する危機のなかで』作品社、二〇〇七、〔第九章六節〕を参照。
▼25 『折口全集20』90頁〜。
▼26 『折口全集3』384頁〜。
▼27 鈴木貞美『生命観の探究』前掲書〔第七章六頁〕を参照。
▼28 『本居宣長全集8』筑摩書房、一九七二、310頁。『同2』一九六八、154頁。
▼29 筧克彦『続古神道大義』清水書院、一九一六〔第一章〕〔第四章〕。
▼30 『津田左右吉歴史論集』岩波文庫、二〇〇六、158頁、162頁。
▼31 『折口全集33』219頁〜。
▼32 『折口全集24』291頁。
▼33 斎藤英喜「折口信夫の深みへ」『現代思想』「折口信夫特集」前掲を参照。
▼34 高見順『昭和文学盛衰史』文春文庫、一九八七、561頁〜。
▼35 『中野重治全集19』筑摩書房、一九七八、143頁〜。
▼36 『折口全集26』420頁〜。
▼37 『中野重治全集19』前掲書、155頁。
▼38 鈴木貞美『入門　日本近現代文芸史』平凡社新書、二〇一三〔第一章三節6〕を参照。

▼39 『中野重治全集19』前掲書、145頁。
▼40 『折口全集3』470頁。
▼41 同前、467頁。
▼42 同前、410頁。
▼43 『折口全集2』26頁。
▼44 同前、35頁、37頁。
▼45 福永光司・千田稔・高橋徹『日本の道教遺跡を歩く』朝日選書、二〇〇三を参照。
▼46 和辻哲郎『日本古代文化』岩波書店、一九三九、〔第三章　古事記の芸術的価値〕。
▼47 鈴木貞美「和辻哲郎の哲学観、生命観、芸術観――『ニイチェ研究』をめぐって」（『日本研究』38号、二〇〇八年九月）を参照。
▼48 『和辻哲郎全集4』岩波書店、一九六二、318頁。『生命観の探究』〔第九章四節〕を参照。
▼49 『折口全集3』463頁〜。
▼50 『中野重治全集19』前掲書、152頁。
▼51 『折口全集25』115頁。

第二章

▼1 田久保英夫「野性の雅び」『新潮文学アルバム　折口信夫』新潮社、一九八五、100頁。
▼2 『加藤道夫全集2』青土社、一九八三、356頁〜。
▼3 中村真一郎「『死者の書』私観」、『折口信夫全集』月報第二四号、一九六七／1頁〜。
▼4 鈴木貞美『入門　日本近現代文芸史』前掲書〔第三章二節3〕を参照。
▼5 『折口全集1』69頁。
▼6 『折口全集2』15頁。
▼7 安藤礼二『折口信夫』講談社、二〇一四、209頁〜を参照。
▼8 鈴木貞美『生命観の探究』前掲書、第二章九節を参照。
▼9 『折口全集2』27頁。
▼10 『白秋全集20』岩波書店、38頁〜。
▼11 『昭和文学全集4』207頁。
▼12 チャールズ・テイラー『自我の源泉―近代的アイデンティティの形成』下川潔・桜井徹・田中智彦訳、名古屋大学出版会、二〇一〇を参照。
▼13 『死者の書・身毒丸』中公文庫、一九九九、211頁〜。
▼14 安藤礼二『霊獣―「死者の書」完結編』新潮社、二〇〇九、102頁。
▼15 鈴木貞美『入門　日本近現代文芸史』前掲書〔第四章二節2〕を参照。
▼16 鈴木貞美『近代の超克―その戦前・戦中・戦後』作品社〔序章二〕を参照。
▼17 江藤淳『作家は行動する』河出書房新社、一九八八、99頁。
▼18 池内輝雄「増殖する物語群―「美しい村」を中心に」『文学』二〇一三年九・一〇月号を参照。

▼19 『堀辰雄全集４』筑摩書房、一九七八。68頁。鈴木貞美「堀辰雄『芥川龍之介論』をめぐって」（同前）を参照。

▼20 『昭和文学全集４』205頁。

▼21 『作品論集成３』243頁〜。

▼22 『昭和文学全集４』204頁。

▼23 鈴木貞美「露伴『風流佛』を読む」井波律子・井上章一編『幸田露伴の世界』思文閣出版、二〇〇三を参照。

▼24 『昭和文学全集４』1065頁。

▼25 『折口全集３』266頁。「たなばたと盆祭りと」

▼26 『近代文学大系46』443頁。

▼27 『折口全集１』127頁〜。

▼28 『折口全集２』90頁。

▼29 『折口全集３』370頁、376頁。

▼30 同前、379頁。

▼31 『昭和文学全集４』207頁。

▼32 『折口全集36』20頁〜。

▼33 安藤礼二『霊獣――「死者の書」完結編』前掲書を参照。

▼34 『折口全集33』13頁。

▼35 アルバート・シュヴァイツァー『メシア性の秘密と受難の秘儀――イエス小伝』（一九〇一、二九、五六）、波木居齊二訳、岩波文庫、一九九八。

▼36 『平塚らいてう著作集１』大月書店、一九八三、15頁。鈴木貞美『生命観の探究』前掲書〔第七章八節〕を参照。

▼37 『折口全集33』13頁〜。

▼38 同前、22頁。

▼39 日光観光協会編『日光パーフェクトガイド』下野新聞社、一九九八を参照。

▼40 深萱和男『明治の国文学雑誌』笠間叢書、一九七八を参照。

▼41 『折口全集27』336頁。

▼42 『折口全集33』33頁。

▼43 同前、16頁。

▼44 同前、14頁、17頁、18頁、21頁。

▼45 同前、16頁。

第三章

▼1 『口ぶえ』218頁。

▼2 同前、192頁。

▼3 同前、200頁。

▼4 同前、188頁〜。

▼5 同前、258頁。

▼6 同前、269頁。

▼7 『折口全集32』87頁。

▼8 同前、92頁。

▼9 『口ぶえ』244頁。

▼10 『折口全集36』13頁。20頁。

▼11 鈴木貞美「旅愁をめぐって――抒情の一九一〇年代から一九三〇年代へ」（小峯和明・王成共編『アジア遊学

「東アジアにおける旅の表象―異文化交流の文学史」勉誠出版、二〇一三）を参照。
▼12 『口ぶえ』318頁〜を参照。
▼13 『昭和文学全集4』208頁。
▼14 『口ぶえ』202頁〜
▼15 『昭和文学全集4』208頁。
▼16 『口ぶえ』211頁。
▼17 同前、233頁。
▼18 同前、236頁〜。
▼19 同前、220頁〜。
▼20 新版も踏襲。『折口全集36』33頁。
▼21 『近代文学大系46』23頁〜。
▼22 『折口全集26』24頁〜。
▼23 『折口全集33』23頁。
▼24 『折口全集36』13頁。
▼25 『口ぶえ』238頁。
▼26 『折口全集26』19頁。
▼27 『折口全集36』33頁。
▼28 『口ぶえ』258頁。
▼29 『折口全集26』291頁〜。
▼30 『折口全集3』461頁〜。
▼31 『折口全集24』301頁、
▼32 『折口全集29』100頁〜。
▼33 『折口全集32』45頁。
▼34 『谷崎潤一郎全集1』中央公論社、一九八一、63頁。
▼35 『中央美術』一九一七年二月号、小特集「名勝地保護問題」を参照。
▼36 西山卯三『大正の中学生―回想・大阪府立第十三中学校の日々』（筑摩書房、一九九二）を参照。
▼37 『宇野浩二全集1』中央公論社、一九六八、30頁〜。
▼38 『宇野浩二全集2』中央公論社、一九七二、453頁。
▼39 『近代文学大系46』、337頁頭注。
▼40 『昭和文学全集4』240頁。
▼41 『折口全集24』109頁。
▼42 鈴木貞美『「文藝春秋」の戦争』前掲書〔第一章1〕を参照。

第四章

▼1 『昭和文学全集4』288頁〜。
▼2 『上田敏全集1』教育出版センター、一九七八、27頁。
▼3 『明治文学全集58』筑摩書房、一九六七、286頁。
▼4 『岡倉天心全集1』平凡社、一九八〇、85頁〜。鈴木貞美『生命観の探究』前掲書〔第五章五節〕を参照。
▼5 アーサー・シモンズ『完訳 象徴主義の文学運動』山形和美訳、平凡社ライブラリー、二〇〇六〔序文〕を参照。
▼6 『マラルメ全集Ⅱ』筑摩書房、一九八九、137頁。訳文は〈信仰の業《わざ》〉。
▼7 アーサー・シモンズ『完訳 象徴主義の文学運動』前掲書〔序文〕を参照。

▼8 鈴木貞美『入門　日本近現代文芸史』前掲書〔第二章二節〕を参照。
▼9 『マラルメ全集Ⅱ』前掲書、237頁、242頁を参照。ただし、訳文を変更。
▼10 『白秋全集1』岩波書店、一九八四、9頁。
▼11 『通俗 新文章問答』新潮社、一九一三、81頁。
▼12 『折口全集2』348頁〜。
▼13 『昭和文学全集4』295頁。
▼14 田中保隆「解説」『日本近代文学大系58　近代評論集2』角川書店、一九七二を参照。
▼15 『折口全集3』479頁。
▼16 『折口全集12』26頁〜。
▼17 岩井茂樹「『幽玄』と『象徴』―『新古今和歌集』の評価をめぐって」岩井茂樹・鈴木貞美共編『わび・さび・幽玄―「本的なるもの」への道程』水声社、二〇〇六、鈴木貞美『日記と随筆―ジャンル概念の日本史』臨川書店、二〇一六を参照。
▼18 藤岡作太郎『国文学史講話』岩波書店、一九四六、153頁〜。
▼19 藤岡作太郎『国文学史講話』前掲書、157頁〜。
▼20 佐佐木信綱『定家歌集』博文館、一九〇八、24頁。
▼21 羅鋼「『人間詞話』是如何成為国学経典的?」、方維規主編『思想与方法』―近代中国的文化政治与知識建構』（北京大学出版社、二〇一五）を参照。
▼22 藤岡作太郎『国文学史講話』前掲書、5頁〜。
▼23 鈴木貞美『近代の超克』前掲書、182頁〜を参照。
▼24 国木田独歩『武蔵野』民友社、一九〇一、復刻版日本近代文学館、一九八四、259〜206頁。
▼25 『鷗外全集21』岩波書店、一九七六、121〜123頁。
▼26 『折口全集33』123頁。
▼27 鈴木貞美『生命観の探究』前掲書〔第五章四節〕を参照。
▼28 『折口全集3』473頁。
▼29 『折口全集3』183頁。
▼30 『折口全集2』179頁〜。
▼31 『折口全集3』405頁。
▼32 『折口全集32』98頁。
▼33 『折口全集32』81頁〜。
▼34 萩原碌山『彫刻神髄』精美堂、一九一一、復刻版、碌山美術館、一九九一。
▼35 『岩野泡鳴全集9』臨川書店、一九九六、4頁。
▼36 『自画像』16号、一九一四年四月。
▼37 『岩野泡鳴全集9』前掲書、29頁〜。
▼38 『岩野泡鳴全集10』臨川書店、一九九六、289頁。
▼39 『岩野泡鳴全集9』前掲書、26頁、42頁。
▼40 『鷗外全集21』岩波書店、一九七六、54〜55頁。。
▼41 『折口全集32』81頁〜。
▼42 『折口全集32』93頁。
▼43 『折口全集26』82頁〜。
▼44 『折口全集32』85頁。

▼45 『折口全集32』92頁〜。
▼46 『折口全集27』140頁。
▼47 『折口全集32』77頁。
▼48 『岩野泡鳴全集9』臨川書店、一九九五、448頁。
▼49 『折口全集20』27頁。
▼50 『明治文学全集63』筑摩書房、一九六七、132、149頁。
▼51 『若山牧水全集1』増進会出版社、一九九二、244頁、13頁。
▼52 『若山牧水全集3』増進会出版社、一九九二、107、197頁。
▼53 『折口全集25』361頁〜。
▼54 同前、363頁。
▼55 『昭和文学全集4』279頁。
▼56 『斎藤茂吉全集1』岩波書店、一九七三、86、90、213、216頁。
▼57 『斎藤茂吉全集9』岩波書店、一九七三、161頁。
▼58 『斎藤茂吉全集9』岩波書店、一九七三、804頁〜。
▼59 鈴木貞美『生命観の探究』前掲書〔第八章四節〕を参照。
▼60 『和辻哲郎全集1』岩波書店、一九六一、148頁。鈴木貞美「和辻哲郎の哲学観、生命観、芸術観―『ニイチェ研究』をめぐって」（前掲）を参照。
▼61 『明治文学全集59』筑摩書房、一九六九、376頁。
▼62 『太田水穂全集3』近藤書店、一九五七、29頁〜。
▼63 『折口全集30』41頁。
▼64 『昭和文学全集4』280頁。
▼65 『子規全集4』講談社、一九七五、一九七七、244頁〜。
▼66 『子規全集6』講談社、一九七五、一九七七。412頁。
▼67 『折口全集24』18頁。
▼68 荻原井泉水『我が小さき泉より』交閲社、一九二四、28頁。
▼69 『昭和文学全集4』215頁〜。
▼70 『折口全集1』421頁。
▼71 土居光知『文学序説』（再訂版）岩波書店、一九七六、226頁。
▼72 『昭和文学全集4』217頁〜。
▼73 『折口全集24』129頁〜。
▼74 『折口全集26』481頁〜。
▼75 鈴木貞美『宮沢賢治―氾濫する生命』左右社、二〇一六、第二章を参照。
▼76 『折口全集24』138頁。
▼77 『折口全集32』254頁。
▼78 『折口全集24』140頁。
▼79 『折口全集24』265頁〜。
▼80 『折口全集30』257頁〜。
▼81 『折口全集30』97頁。
▼82 『折口全集32』213頁。
▼83 中西恭子「幻影の人の叢林をゆく」『現代思想』「折口信夫特集」前掲を参照。
▼84 Bernard-Henri Lévy, Le Siècle de Sartre, Grasset, 2000, p. 119を参照。

第五章

▼1 『昭和文学全集4』208頁。

▼2 鈴木貞美『鴨長明―自由のこころ』ちくま新書、二〇一六、第二章を参照。

▼3 浅見和彦・伊東玉美訳注『新版 発心集』上、角川ソフィア文庫、二〇〇四、72頁。

▼4 『折口全集2』179頁。

▼5 『折口全集3』470頁。

▼6 鈴木貞美『近代の超克―その戦前、戦中、戦後』作品社、二〇一六、〔第三章〕を参照。

▼7 『佐藤春夫全集19』臨川書店、一九九八、217頁〜。

▼8 『萩原朔太郎全集8』筑摩書房、25頁〜。

▼9 堀まどか『「二重国籍」詩人 野口米次郎』名古屋大学出版会、二〇一二、〔第七章〕を参照。

▼10 石内徹「『死者の書』の夢」『折口信夫全集 月報35』（一九九八）を第七章参照。

▼11 『折口全集26』79頁。

▼12 『折口全集32』245頁〜。

▼13 『折口全集32』133頁〜。

▼14 同前、78頁。

▼15 『折口全集20』289頁。

▼16 同前、275、277頁。

▼17 同前、283頁。

その他参照書目

有山大五他編『迢空・折口信夫事典』勉誠出版、二〇〇〇。

藤井貞和『折口信夫の詩の成立―詩形／短歌／学』中央公論新社、二〇〇〇。

石内徹『折口信夫　人と作品』勉誠出版、二〇〇三。

村井紀『反折口信夫論』作品社、二〇〇四。

松浦寿輝『増補 折口信夫論』ちくま学芸文庫、二〇〇八。

持田叙子『歌の子詩の子　折口信夫』幻戯書房、二〇一六。

The Book of the Dead, by Shinobu Orikuchi, Translated by Jeffrey Angles. University of Minesota Press, 2016,〔Introduction〕

紀）…47
夢野久作 ゆめの・きゅうさく（1889-1936）；『ドグラ・マグラ』（1935）…81, 83
永観 ようかん（1033-1111）；『往生拾因』（1103）…221
横山大観 よこやま・たいかん（1868-1958）…96
横光利一 よこみつ・りいち（1898-1947）…211
与謝蕪村 よさ・ぶそん（1716-84）…203
吉田光邦 よしだ・みつくに（1921-91）；『日本科学史』（1955）…10
慶滋保胤 よししげのやすたね 寂心（933頃-1002）；「池亭記」（982?），『日本往生極楽記』（983-986）…221
「弱法師」（謡曲）よろぼし …12, 27, 219

〔ら行〕

冷泉為恭 れいぜい・ためちか（1823-64）…24, 94-, 224, 226, 236

〔わ行〕

若山牧水 わかやま・ぼくすい（1885-1928）…199, 213
『海の声』（1908），『別離』（1910）…198-
『牧水歌話』（1911）…199
和辻哲郎 わつじ・てつろう（1889-1960）…69-
『偶像再興』（1918），『ニイチェ研究』（1913）…201, 203
『続日本精神史研究』（1935），『日本古代文化』（1920, 25, 39）…69

源地帯』(1933)…213
正岡子規 まさおか・しき(1867-1902)…94
『竹乃里歌』(1904),「芭蕉雑談」(1892)…204
正宗白鳥 まさむね・はくちょう(1879-1962);『人を殺したが』(1925)…78
松浦武四郎 まつうら・たけしろう(1818-88)…182
松村介石 まつむら・かいせき(1859-1939);『修養録』(1899)…128
麻呂古王 まろこおう 当麻皇子(飛鳥後期)…32
『万葉集』 まんようしゅう(奈良時代)…8-, 11, 17, 19, 21, 37, 41, 45, 53, 55, 71, 147-, 153-, 166, 176-, 203, 207-, 216, 229, 240
三木露風 みき・ろふう(1889-1964);「芭蕉」(1912)…202
三島由紀夫 みしま・ゆきお(1925-70)…75
三矢重松 みつや・しげまつ(1872-1924)…114
美濃部達吉 みのべ・たつきち(1873-1948)…196
耳面刀自 みみものとじ(飛鳥～藤原朝期)…17-, 33, 35-
宮内寒弥 みやうち・かんや(1912-83);「印象」いんしょう(1939)…33
宮沢賢治 みやざわ・けんじ(1896-1933);『春と修羅』(1924)…211
宮武外骨 みやたけ・がいこつ(1867-1955)…119, 160
三好達治 みよし・たつじ(1900-1964)…75
武者小路実篤 むしゃのこうじ・さねあつ(1885-1976);「人間万歳」(1922),「わしも知らない」(1914) …245
村上専精 むらかみ・せんしょう(1851-1929);『仏教統一論』(1901)…111
室生犀星 むろう・さいせい(1889-1962)…63, 194
「文芸時評」1939年3月4日『東京朝日新聞』…32-, 40
本居宣長 もとおり・のりなが(1730 -1801)…177, 180, 213
『石上私淑言』(1816),『玉くしげ』(1789)…57
森鷗外 もり・おうがい(1862-1922)…63, 78
「山椒大夫」(1915)…13
『審美論』訳,『審美綱領』(1899) 大村西崖と共著…183
『審美新説』訳(1900)…190
『ヰタ・セクスアリス』(1909)…162, 191
文武天皇 もんむてんのう(683-707),第42代(在位:697-707)…68
室伏高信 むろぶせ・こうしん(1892-1970)…30, 42

〔や行〕

柳田国男 やなぎた・くにお(1875-1962)…9, 49, 64, 66, 69, 128-, 136, 149-, 157, 211
「所謂特殊部落ノ種類」(1913)…136
『歳時習俗語彙』編(1939)…128
『遠野物語』(1910)…47-, 174
「鳴滸の文学」(1947)…38, 149
柳宗悦 やなぎ・むねよし(1889-1961)…50
山片蟠桃 やまがた・ばんとう(1748-1821)…144
山路愛山 やまじ・あいざん(1865-1917);「支那思想史」(1906)…245
山田孝雄 やまだ・よしお(1875-1958)…49
ヤマトタケルノミコト 日本武尊 …192
山上憶良 やまのうえ・おくら(660?-733)…178
『類聚歌林』…178
山部赤人 やまべのあかひと(未詳-736)…40, 177-, 184, 207-
雄略天皇 ゆうりゃくてんのう 第21代(5世

長谷川如是閑 はせがわ・にょぜかん(1875-1969);「国民的性格としての日本精神」(1934)…58
半村 良 はんむら・りょう(1933-2002);『産霊山秘録』(1973)…245
久生十蘭 ひさお・じゆうらん(1902-57)…34
久松真一 ひさまつ・しんいち(1889-1980);「禅」(1935)… 230
菱田春草 ひしだ・しゅんそう(1874-1911)…96
平野謙 ひらの・けん(1907-78)…30
「アラヒトガミ事件」(1953)…32-, 56, 61
藤井春洋 ふじい・はるみ(1907-45)…60
藤無染 ふじ・むぜん(1878-1909)…75, 104-, 111, 118, 156, 159
『英和対訳 二聖の福音』(1905)…107
藤岡作太郎 ふじおか・さくたろう(1870-1910);『国文学史講話』(1907)…177-, 181, 184, 209
富士川游 ふじかわ・ゆう(1865-1940)… 78, 82
藤村操 ふじむら・みさお(1886-1903)…113, 127-
藤原家隆 ふじわらのいえたか(1158-1237)…123, 130
藤原鎌足 ふじわらのかまたり(614-669)…18
藤原清輔 ふじわらのきよすけ(1104-77);『袋草子』…222
藤原定家 ふじわらのさだいえ(1162-1241)…92, 176-, 179-, 184
藤原俊成 ふじわらのとしなり(1114-1204)…179
藤原豊成 ふじわらのとよなり(704-66)…7-, 17, 22, 31, 35-, 232
藤原仲麻呂 ふじわらのなかまろ 恵美押勝(706-64)…7, 9, 16, 20-, 34-, 41, 88, 210, 235, 238, 241, 243
藤原不比等 ふじわらのふびと 淡海公(659-720)…7, 16, 19, 36, 40, 177-
藤原道綱母 ふじわらのみちつなのはは(936? -995);『かげろふ日記』…46, 77
藤原武智麻呂 ふじわらのむちまろ(680-737)…7, 16, 36
藤原基俊 ふじわらのもととし(1060-1142);『新撰朗詠集』(平安後期)…222
武帝(漢) ぶてい 第7代皇帝(BC156-BC87)… 68
『風土記』ふどき…70, 103
舟橋聖一 ふなばし・せいいち(1904-76)…48
船山信一 ふなやま・しんいち(1907-1994);『明治哲学史研究』(1959)…245
『平家物語』へいけものがたり(鎌倉時代)…27, 219
『宝物集』ほうぶつしゅう(平安末期)…222
細川嘉六 ほそかわ・かろく(1888-1962);「世界史の動向と日本」(1942)…51
穂積八束 ほづみ・やつか(1860-1912)…196
『国民教育愛国心』(1897)…84
ほむたわけ → 応神天皇
堀辰雄 ほり・たつお(1904-53)…29, 46-, 59, 62-, 77, 93-, 166, 216
『美しい村』(1933)…93
『かげろふの物語』…46, 48, 63, 77, 79, 166
「『死者の書』—古都における、初夏の夕ぐれの対話」(1943),『大和路・信濃路』…43-
『風立ちぬ』(1937-38)…48
『本朝皇胤紹運録』ほんちょうこういんしょううんろく(1426, 以降増補)…18

〔ま行〕
前田夕暮 まえだ・ゆうぐれ(1883-1951);『水

豊島与志雄 とよしま・よしお（1890-1955）…189
「湖水と彼等」（1914）…129
豊臣秀吉 とよとみ・ひでよし（1537-98）…149
鳥居龍蔵 とりい・りゅうぞう（1870-1953）；『人類学上より見たる我が上代の文化』（1926）…66

〔な行〕
内藤湖南 ないとう・こなん（1866-1934）…106
永井荷風 ながい・かふう（1879-1959）；「厠の窓」（1913）…191
『日和下駄』（1915）… 151
中江兆民 なかえ・ちょうみん（1847-1901）；『維氏美学』訳（1883-84）…170
中里介山 なかざと・かいざん（1885-1944）；『夢殿』（1927, 29）…41
「余が懺悔」（1905）…159
中沢臨川 なかざわ・りんせん（1878-1920）；『自然主義汎論』（1910）…114
長田秀雄 ながた・ひでお（1885-1949）…194
中臣大島朝臣 なかとみおおしまあそん…101
『中臣寿詞』なかとみのよごと 天神寿詞…100-
中野重治 なかの・しげはる（1902-79）…30, 62-, 70-, 157
「折口さんの印象」（1953）など…62-
「村の家」（1935）…30
中村真一郎 なかむら・しんいちろう（1918-97）…74, 77-
「『死者の書』私観」（1967）…75-, 78-, 81, 88, 90, 171
中村浩 なかむら・ひろし（1920-85）；『若き折口信夫』（1972）…135, 156
中村不折 なかむら・ふせつ（1866-1943）…106, 169
中村光夫 なかむら・みつお（1911-88）…175
中村武羅夫 なかむら・むらお（ぶらふ）（1886-1949）…54
夏目漱石 なつめ・そうせき（1867-1916）；『草枕』（1906）…133
南家の郎女 なんけのいらつめ（藤原豊成の娘）→郎女
西田天香 にしだ・てんこう（1872-1968）…111
西脇順三郎 にしわき・じゅんざぶろう（1894-82）…214
『あんばるわりあ』（1947），『シュルリアリスム文学論』（1930）… 214
日蓮 にちれん（1222-82）…90, 110-, 199, 220
新渡戸稲造 にとべ・いなぞう（1862-1933）；『修養』（1911）…128
ニニギノミコト 瓊瓊杵尊／邇邇芸命…21
日蓮 にちれん（1222-82）…85, 106
『日本書紀』にほんしょき（720）…15, 18-, 42, 56-, 67-, 98-, 186, 193, 196, 216
『日本霊異記』にほんりょういき 日本国現報善悪霊異記（平安初期）…47
沼波瓊音 ぬなみ・けいおん（1877-1927）…203
野口米次郎 のぐち・よねじろう ヨネ・ノグチ（1875-1947）…229
信時潔 のぶとき・きよし（1887-1965）…241

〔は行〕
萩原朔太郎 はぎわら・さくたろう（1886-1942）；「象徴の本質」等三篇（1926）…228
『詩の原理』（1928）…229
芭蕉 ばしょう（1644-94）…12, 124, 140, 168, 201-, 229-
『野ざらし紀行』（1684-85）…229
『芭蕉俳句研究』（1924）太田水穂ら…193

…230
武田祐吉 たけだ・ゆうきち(1886-1958)…120
高市黒人 たけちのくろひと(奈良時代)…11-, 166, 208-
太宰治 だざい・おさむ(1909-48)…79
橘諸兄 たちばなのもろえ(684-757)…21, 36-
橘奈良麻呂 たちばなのならまろ(721-75)…17
立原道造 たちはら・みちぞう(1914-39)…46
田中王堂 たなか・おうどう(1868-1932)…189
田中智学 たなか・ちがく(1861-1939)…111
田中保隆 たなか・やすたか(1911-2000)…174
谷崎潤一郎 たにざき・じゅんいちろう(1886-1965)…12, 91, 150, 162, 200
『細雪』(1944-48)…150, 243
「刺青」(1910)…150
「捨てられるまで」(1914)…162, 194
種田山頭火 たねだ・さんとうか(1882-1940)…206
田山花袋 たやま・かたい(1872-1930)…126, 190
「一握の藁」(1914)…126
『生』(1908)…79
『南船北馬』(1899)…182
『蒲団』(1907)…190
『歎異抄』たんにしょう(鎌倉後期)…111
近角常観 ちかずみ・じようかん(1870-1941);『懺悔録』(1905)…159
近松門左衛門 ちかまつ・もんざえもん(1653-1724)…8, 149
中将姫 ちゅうじょうひめ…8-, 14, 22-, 97-, 105, 174, 218
『通俗 新文章問答』匿名, 新潮社(1913)…173
津田左右吉 つだ・そうきち(1873-1961);『神代史の新しい研究』(1913)…68-
「日本精神について」(1935)…57
坪井正五郎 つぼい・しょうごろう(1863-1913)…186
坪内逍遥 つぼうち・しょうよう(1859-1935)…63
『当世書生気質』(1886)…63
貞明皇后 ていめいこうごう 大正天皇妃(1884-1951)…57
出口王仁三郎 でぐち・おにさぶろう(1871-1948)…111
天智天皇 てんじてんのう 中大兄皇子 なかのおおえのおうじ(626-672), 第38代(在位:668-672)…7, 42, 102
天武天皇 てんむてんのう(生年未詳 -686)大海人皇子 おおあまのおうじ, 第40代(在位:673-686)…15, 17, 56, 68, 178
『田園都市』内務省地方局有志(1907)…151
土居光知 どい・こうち(1886-1979);『文学序説』(1927)…208
徳川家康 とくがわ・いえやす(1543-1616)…149, 151
徳川光圀 とくがわ・みつくに(1628-1701)…156
徳川吉宗 とくがわ・よしむね(1684-1751)…223
徳田秋声 とくだ・しゅうせい(1872-1943)…191
徳富蘇峰 とくとみ・そほう(1863-1957)…128
富岡多恵子 とみおか・たえこ(1935-);『釈迢空ノート』(2000)…7, 11-, 24, 75, 103-, 118, 157
富永仲基 とみなが・なかもと(1715-46)…144

島木赤彦 しまき・あかひこ(1876-1926);『馬鈴薯の花』(1913),『氷魚』(1020)…203
島崎藤村 しまざき・とうそん(1872-1943);『藤村詩集』(1904)…127
「ルウソオの『懺悔』中に見出したる自己」(1909)…190
『若菜集』(1897)…166
島村抱月 しまむら・ほうげつ(1871- 1918)…174-
釈契沖 → 契沖
寂照 じゃくしょう 大江定基(962頃?-1034)…221
釈宗演 しゃく・そうえん(1860-1919)…107
俊徳丸 しゅんとくまる/しんとくまる…12
聖徳太子 しょうとくたいし 厩戸皇子(574-622)…32, 41
昭和天皇 しょうわてんのう(1901-89)…57, 247
式子内親王 しょくしないしんのう(1149-1201)…176
『続日本紀』しょくにほんき(平安時代初期)…36
『新古今和歌集』(鎌倉前期)…123, 177, 179, 229
『新撰姓氏録』しんせんしようじろく(815)…21
神武天皇 ジンムテンノウ 第1代天皇…21, 100
親鸞 しんらん(1173-1203)…109, 155, 199
杉本五郎 すぎもと・ごろう(1900-37);『大義』(1937)…55
スサノオノミコト 素戔男尊…158, 193
『世界史的使命と日本』(1943刊)…50
薄田泣菫 すすきだ・きゅうきん(1877-1945)…166
『暮笛集』(1899),『白羊宮』(1906)…168-
鈴木大拙 すずき・だいせつ(1870-1966)…107, 189
鈴木牧之 すずき・ぼくし(1770-1842);『北越雪譜』(1837)…181
世阿弥 ぜあみ(1363? -1443?)…174
『世界聖典全集』せかいせいてんぜんしゅう(同刊行会, 1920)…195
芹沢光治郎 せりざわ・こうじろう(1896-1993)…245

〔た行〕
『大正新脩大蔵経』たいしょうしんしゅうたいぞうきょう…106
『大日経』だいにちきょう 大毘盧遮那成仏神変加持経(7〜8世紀推定)…90, 227
太武帝(北魏)たいぶてい 第3代皇帝(408-452)…68
「当麻」(謡曲)…8
当麻曼荼羅 たいままんだら…8, 14, 25-, 218, 240
高木敏雄 たかぎ・としお(1876-1922);『比較神話学』(1904)…186
高見順 たかみ・じゅん(1907- 65)…30, 61, 72, 79, 242
『昭和文学盛衰史』(1958)…60-,
高皇産霊尊 タカミムスビノミコト 高産霊尊…16, 94, 246-
高村光太郎 たかむら・こうたろう(1883-1956);「緑色の太陽」(1910)…173
瀧川政次郎 たきかわ・せいじろう(1897-1992);「大化改新管見」(1934)『日本歴史解禁』(1950)…41
当麻国見 たぎまのくにみ 真人まひと(飛鳥後期)…32
田久保英夫 たくぼ・ひでお(1928-2001);「野性の雅び」(1985)…75
竹内敏雄 たけうち・としお(1905-82);「世阿弥に於ける『幽玄』の美的意識」(1935)

呉秀三 くれ・しゅうぞう (1865-1932)…82
『傾城阿波の鳴門』浄瑠璃, 近松半二ら, 初演 (1768)…154
景行天皇 ケイコウテンノウ 第12代天皇…192
契沖 けいちゅう (1640-1701)…155
『万葉代匠記』(1690)…156
源信 げんしん 恵心僧都 (942-1017)…27-, 221, 227
『往生要集』おうじょうようしゅう (985)…25, 90, 218-, 227
元正天皇 げんしょうてんのう (680-748) 第44代, (在位:715-724)…37
古泉千樫 こいずみ・ちかし (1886-1927)…213
孝謙天皇 こうけんてんのう (718-770) 第46代在位 (在位:749-758), 重祚して第48代称徳天皇 (764-770)…16, 21, 36
幸田露伴 こうだ・ろはん (1867-1947)…203
『縁外縁』(のち『対髑髏』1890)…182
『風流仏』(1889)…96
光明皇后 こうみょうこうごう 聖武天皇の后 (701-760)…36
『古今和歌集』こきんわかしゅう (平安前期)…150, 177, 207
『古今著聞集』ここんちょもんじゅう 橘成季編 (鎌倉前期)…124
『古事記』こじき…16, 38, 58, 68-, 103, 186, 193, 236
後鳥羽院 ごとばいん (1180-1239) 第82代 (在位:1183-98)…123, 179
小林秀雄 こばやし・ひでお (1902-83)…174
『私小説論』(1935)…30
小宮豊隆 こみや・とよたか (1884-1966)…203
「瓶花について」(1935)…230
今日出海 こん・ひでみ (1903-84);『山中放浪』(1949)… 54
『今昔物語集』こんじゃくものがたりしゅう (未詳)…222

〔さ行〕
『西域考古図譜』さいいきこうこずふ (1915)…106
西行 さいぎょう (1118-90)…124
斎藤茂吉 さいとう・もきち (1882-1953)…12, 85, 147-, 154, 200-, 195, 203
『あらたま』(1921),『赤光』(1913)…200
『金槐集私鈔』(1911-12),『童馬漫語』(1917)…201
「釈迢空に与う」(1916)…147
「短歌に於ける写生の説」(1920-21)…201
佐伯彰一 さえき・しょういち (1922-2016)…75
「『死者の書』のディレンマ——日本の「私」を索めて IX」(1973)…95
嵯峨天皇 さがてんのう (786-842) 第52代 (在位:809-823)…21
桜井義肇 さくらい・ぎちょう (1868-1926)…108
佐佐木信綱 ささき・のぶつな (1872-1963);『定家歌集』(1910)…180
佐藤春夫 さとう・はるお (1892-1964);『佐藤春夫全詩集』(1952)…212
「秋刀魚の歌」(1922)…212
『退屈読本』(1924),「『風流』論」(1924)…228
塩井雨江 しおい・うこう (1869-1913):『新古今集詳解』(1897-1908)…177
志賀津彦 しがつひこ → 大津皇子
志賀重昂 しが・しげたか (1863-1927);『日本風景論』(1894),『山水叢書 河及び湖沢』(1910)…182
志賀直哉 しが・なおや (1883-1971);『大津順吉』(1912)…162

「人生観上の自然主義」(1907)…190
荷田春満 かだのあずままろ(1669-1736)…177, 223
語部の嫗(当麻の) かたりべのおむな…15, 17, 31, 34-, 46, 72, 79-, 95-, 99-, 217, 231, 235-, 252
加藤咄堂 かとう・とつどう(1870-1949);『修養論』(1909)…128
加藤直士 かとう・なおし(1873-1952)…158
加藤弘之 かとう・ひろゆき(1836-1916);「国家生存の最大基礎に就て東西両洋の比較研究」,「殉国の義」(1890)…83-
加藤道夫 かとう・みちお(1918-53);「『死者の書』と共に」(1953)…75-
金子薫園 かねこ・くんえん(1876-1951)…197
上司小剣 かみつかさ・しょうけん(1874-1947);『鱧の皮』(1914)…129-
鴨長明 かものながあきら(1155-1216)…221
『発心集』(鎌倉前期)…222
賀茂真淵 かものまぶち(1697-1769);『万葉考』(1768)…178, 252
河合酔茗 かわい・すいめい(1874-1965)…166
『無弦弓』(1901),『塔影』(1905)…169
川崎長太郎 かわさき・ちょうたろう(1901-85);「裸木」(1939)…33
川端康成 かわばた・やすなり(1899-1972)…211
『雪国』(1937)…95
河東碧梧桐 かわひがし・へきごとう(1873-1937)…206
川村二郎 かわむら・じろう(1928-2008)…74, 93
「解説」『死者の書』中公文庫(1974),「解説」『死者の書 身毒丸』(1999)…89
「勧進帳」(歌舞伎)かんじんちょう 三代目並木五瓶台本(1840)…72
蒲原有明 かんばら・ありあけ(1875-1952)…165-, 175
『有明集』(1908),『草わかば』(1902),『独弦哀歌』(1903)…168
『春鳥集』(1905)…168, 228
神八井耳命 かんやいみみのみことと…100
菊池寛 きくち・かん(1888-1948)…53
「病的性欲と文学」(1914)…162
北畠親房 きたばたけ・ちかふさ(1293-1354);『神皇正統記』(1339, 1343)…58
北原白秋 きたはら・はくしゅう(1885-1942)…12, 85-, 202, 206, 214
『邪宗門』(1909)…173
「童謡私観」(1926)…85
吉川霊華 きつかわ・れいか(1875-29)…95
木下尚江 きのした・なおえ(1869-1937);『懺悔』(1906)…159
紀平正美 きひら・ただよし(1874-1949);『日本精神』(1930)…54, 230
清沢満之 きよざわ・まんし(1863-1903)…159
『懺悔録』(1905)…159
『精神講話』(1902),『修養時感』(1903)…128
空海 くうかい 弘法大師(774-835)…106, 227
『即身成仏義』…227
九鬼周造 くき・しゅうぞう(1888-1941);『「いき」の構造』(1930)…148
草壁皇子 くさかべのみこ(662-689)…15
国枝史郎 くにえだ・しろう(1887-1943);『蔦葛木曾桟』(1926)…34
国木田独歩 くにきだ・どっぽ(1871-1909);「忘れえぬ人々」(1898)…183-
『武蔵野』(1901)「小春」…184
熊沢蕃山 くまざわ・ばんざん(1619-91)…182
久米正雄 くめ・まさお(1891-1952)…51-

68
大伯皇女 おおくのひめみこ 大来皇女（661-702）…8, 35, 41
応神天皇 オウジンテンノウ ほむたわけ 第15代…193, 236
大国主命（神） オオクニヌシノミコト…16, 103
太田水穂 おおた・みずほ（1876-1955）；「万物の生意と詩人芭蕉の心」（1916）…202-
大谷光瑞 おおたに・こうずい（1876-1948）…105-
大津皇子 おおつのみこ（663-686）志賀津彦…8, 14-, 17-, 23, 29, 32-, 37-, 45, 47, 72, 79-, 95-, 127, 194, 217, 233, 236-
大友皇子 おおとものおうじ 弘文天皇（648-672）第39代（在位：672年1〜8月）…18
大伴坂上郎女 おおとものさかのうえのいらつめ（奈良時代）…176
大伴家持 おおとものやかもち（718 785）…9, 11, 14, 16, 18, 20-, 33-, 40, 45, 72, 88, 148, 151, 166, 209-, 238, 241
大西克礼 おおにし・よしのり（1888-1959）；『幽玄とあはれ』（1939）…230
大禍津日神・八十禍津日神 オオマガツヒノカミ・ヤソマガツヒノカミ…186
岡崎義恵 おかざき・よしえ（1892-1982）；『日本詩歌の気分象徴』（1917）…230
岡野弘彦 おかの・ひろひこ（1924 - ）；「折口信夫・人と作品」（1995）…97
岡本綺堂 おかもと・きどう（1872-1939）…91
岡本屋彦次郎 おかもとや・ひこじろう 信夫の曾祖父の先妻の息子（1798-1851）…145
荻原井泉水 おぎわら・せいせんすい（1884-1976）；『我が小き泉より』（1924）…206
荻原守衛 おぎわら・もりえ 碌山（1879-1910）…188
尾崎放哉 おざき・ほうさい（1885-1926）…206
「小栗判官」説教浄瑠璃 おぐりはんがん…212
落合直文 おちあい・なおぶみ（1861-1903）…197
尾上柴舟 おのえ・さいしゅう（1876-1957）…206
『静夜』（1907）…197
小幡重一 おばた・じゅういち（1888-1947）；「日本の言語及び音楽の特殊性」（1935）…230
折口えい（子） おりくち・えい（こ） 信夫の叔母（1872-1944）…146
折口こう おりくち・こう 信夫の母親（1859-1989）…134-
折口静 おりくち・しずか 信夫の長兄（1881-1928）…134, 143-
折口秀太郎 おりくち・しゅうたろう 信夫の父親（1852-1902）…134-
折口順 おりくち・じゅん 信夫の次兄（1883-95）…143
折口進 おりくち・すすむ 信夫の三兄 のち古子進（1885-1946）…143-

〔か行〕

柿本人麻呂 かきのもとのひとまろ（660頃-724）…55, 177-
『人麻呂歌集』…178
筧克彦 かけい かつひこ（1872-1961）…54-, 165, 195-, 230
『神ながらの道』（1926）…57
『皇国精神講話』（1930）…55, 230
『古神道大義』（1912）『続古神道大義』（1925）…56-, 195
風巻景次郎 かざまき・けいじろう（1902-60）；『新古今時代』（1931）…229
片上天弦 かたがみ・てんげん（1884-1928）；

(1995)…7
石川淳 いしかわ・じゅん(1899-1987)…79
石原正明 いしはら・まさあき(1760-1821)…177
石母田正 いしもだ・ただし(1912-86);『日本の古代国家』(1971)…103
泉鏡花 いずみ・きょうか(1873-1939)…115
『日本橋』(1914),「五本松」(1899)…38
『高野聖』(1900)…182
『出雲国風土記』いずものくにふどき(733)…103
『出雲国造神賀詞』いずものくにのみやつこのかんよごと…56, 98
伊勢清志 いせ・きよし(未詳)…117
一木喜徳郎 いちき・きとくろう(1867-1944)…196
伊藤証信 いとう・しょうしん(1876-1963)…111
伊藤博文 いとう・ひろぶみ(1841-1909)…106
井上円了 いのうえ・えんりょう(1858-1919)…115-, 164
井上司朗 いのうえ・しろう 逗子八郎(1903-91)…54
井上哲次郎 いのうえ・てつじろう(1855-1944);『国民道徳論』(1912)…84
『日本精神の本質』(1934)…230
井上友一郎 いのうえ・ともいちろう(1909-97);「従軍日記」(1939)…33
井伏鱒二 いぶせ・ますじ(1898-1993)…191
郎女 いらつめ(藤原)南家の郎女…7-, 14-, 17, 21-, 24, 26-, 31-, 34-, 39-, 72, 74, 76, 79, 88, 90, 96-, 211, 216-, 225-, 231-, 243
岩野泡鳴 いわの・ほうめい(1873-1920)…79-, 161, 165, 169, 174-, 187- , 190-
「お仙」(1914)…192
「熊か人間か」のち(のち「人か熊か」)
「ぼんち」(1913)…161-, 192
「現代将来の小説的発想を一新すべき僕の描写論」(1918)…191
『古神道大義』(原題『筧博士の古神道大義』1915)…195
『神秘的半獣主義』(1906)…117, 188-
『耽溺』(1909)…191
『悲痛の哲理』(1920)…190
『表象派の文学運動』翻訳書(1913)…194
『闇の盃盤』(1908)…169
石姫 いわひめ 仁徳天皇皇后…38
上杉慎吉 うえすぎ・しんきち(1878-1929)…196
臼居雅雄 うすい・まさお(未詳);「死者の書」連載第1回書評(1939)… 30
内田百閒 うちだ・ひゃっけん(1889-1971)…93
内村鑑三 うちむら・かんぞう(1861-1930)…159
宇野浩二 うの・こうじ(1891-1961)…79, 154, 157
『清二郎　夢見る子』(1913)…129, 192
「甘き世の話—新浦島太郎物語」(1920)…182
「夢見る部屋」(1922)…153
江藤淳 えとう・じゅん(1932-99)…75, 93-
『作家は行動する』(1959)…92-
「フォニイ考」(1974)…93
『リアリズムの源流』(1989)… 94
恵美押勝 えみのおしかつ → 藤原仲麻呂
遠藤清子 えんどう・きよこ(1882-1920)…188
遠藤周作 えんどう・しゅうさく(1923-1996);『沈黙』(1966)…245
円仁 えんにん(794-864);『入唐求法巡礼行記』(839-848)…220
役小角 えんのおづぬ(奈良時代)…32, 47,

『老子道徳経』ろうしどうとくきょう（春秋戦国時代）…246, 248
ロダン, オーギュスト Rodin, Franşois Auguste René（1840-1917）…188, 201
ロンブローゾ, チェーザレ Lombroso、Cesare（1835-1909）…82

〔ワ行〕
ワイルド, オスカー Wilde, Oscar Fingal O'Flahertie Wills（1854-1900）…162
ワーズワース, ウィリアム Wordsworth, William（1770-1850）…170, 184

■日本人名・書名

（神名、伝説および架空の人物を含む）

〔あ行〕
青野季吉 あおの・すえきち（1890-1961）…48
阿部次郎 あべ・じろう（1883-1959）…184, 203
『人格主義の思潮』（1921）…246
阿部知二 あべ・ともじ（1903-73）;『文学論』（1939、のち、『文学入門』）…10
安倍能成 あべ・よししげ（1883-1966）…110, 194, 203
天照大神 アマテラスオオミカミ…57, 100, 186
天押雲根命 アメノオシクモネノミコト…99-, 217
天児屋根命 アメノコヤネノミコト…100-
天若日子 アメワカヒコ 天稚彦…15 , 31, 35, 42, 98-, 217, 233, 236-
荒木田守武 あらきだ・もりたけ（1473-1549）…229
安藤礼二 あんどう・れいじ（1967- ）…7, 75, 90, 104-
『神々の闘争 折口信夫論』（2004）…103, 176
『霊獣―「死者の書」完結編』（2009）…105, 108
五百歌左二郎 いおか・さじろう（未詳）;「ぬかるみ」（1914）…126
池田弥三郎 いけだ やさぶろう（1914-82）;編『日本近代文学大系46』（1972）…7, 20, 31, 37-, 42, 99
同前「折口信夫集解説」（1971）…31, 135-
イザナギ・イザナミ 伊邪那岐・伊邪那美…186, 189
石内徹 いしうち・とおる（1947- ）;編『釈迢空「死者の書」作品論集成』全3冊

…31-
ボードレール, シャルル Baudelaire, Charles Pierre（1821-67）;『悪の華』（*Les Fleurs du Mal*, 1857）…167
ホメーロス（Homerus、BC8世紀末?）…69

〔マ行〕
マラルメ, ステファヌ Mallarmé, Stéphane（1842-98）…167, 169-, 172, 228, 237
「リヒァルト・ワーグナー――フランスの詩人の夢想」（*Richard Wargner; Reverie d'un poete Français*, 1885）…170
「詩の危機」（Cricis de vers, 1897）…172
ミュラー, フリードリッヒ・マックス Müller, Friedrich Max（1823-1900）…185
メーテルランク, モーリス Maurice, Maeterlinck（1862-1949）…115, 188, 202
メリメ, プロスペル Mérimée, Prosper（1803-70）;「カルメン」（*Carmen*, 1845, 47刊）…13
メルヴィル, ハーマン Melville, Herman（1819-1891）;『白鯨』（*Moby-Dick: or, the whale*,1851）…87
メレシュコフスキー, ディミトリー・セルギェーヴィチ（Дмитрий Сергеевич Мережковский（1865 -1941）;『人及芸術家としてのトルストイ並にドストイエフスキー』（*Tolstoy and Dostoevsky*, 1900-01）…194
モース,マルセル Mauss, Marcel（1872-1950）;『呪術論』（*Esquisse d'une théorie générale de la magie, avec Henri Hubert*, 1902）…66
モレアス, ジャン Moréas, Jean（1856-1910）;「象徴主義宣言」（*Le Symbolisme*, 1886）…167
モントリオール美術館企画展『失楽園―ヨーロッパの象徴主義』図録（*The Exhibition Lost Paradise: Symbolist Europe, Montreal Museum of Fine Arts*, 1995）…172

〔ヤ行〕
ヤスパース, カール Jaspers, Karl Theodor（1883-1969）…246
ユンク, カール・ギュスタフ Jung, Carl Gustav（1875-1961）…78, 82

〔ラ行〕
ラスキン, ジョン Ruskin, John（1819-1900）;『近代画家論』（*Modern Painters*, 1843-60）…182
ラマルク, シェバリエ・ド Lamarck, J. B. P. A. de Monet, Chevalier de（1744-1829）…83
ランボー, アルチュール Rimbaud, Jean-Nicolas Arthur（1854-91）…168
『リグ・ヴェーダ』*Rigveda* …185
リッケルト, ハインリヒ・ヨーン Rickert, Heinrich John（1863-1936）…184
劉勰 りゅう・きょう（南朝時代）;『文心雕龍』…178
リルケ, ライナー・マリア Rilke, Rainer Maria（1875-1926）…48
ルソー, ジャン-ジャック Rousseau, Jean-Jacques（1712-78）…114
『告白録』（*Les Confessions*, 1781, 1788）…190
レイモン, マルセル Raymond, Marcel（1897-1981）;『ボードレールからシュルリアリスムまで』（*De Baudelaire au surrealism*, 1933）…172
レヴィ, エリファス Lévi, Eliphas（1810-75）;『高等魔術の教理と祭儀：教理篇』（*Dogme et Rituel de la Haute Magie; Dogme*, 1855）…167

ハクスリー, トマス・ヘンリー Huxley, Thomas Henry (1825-95);「行政ニヒリズム」(*Administrable Nihilism*, 1871)…83
ハリスン, J・E Harrison, Jane Ellen (1850-1928);『古代芸術と祭式』(*Ancient Art and Ritual*, 1913)…10
ハルトマン, カール・ロバート・エドゥアルト・フォン Hartmann, Karl Robert Eduard von (1842-1906);『美の哲学』(*Die Philosophie des Schönen,*, 1887)…183
『無意識の哲学』(*Philosophie der Unconscious*, 1869)…64, 78
フィヒテ, ヨハン・ゴットリープ Fichte, Johann Gottlieb (1762-1814)『人生論—恵まれたる人生への道しるべ』(*Die Anweisung zum Selingen Leben, oder auch die eligionslehre*, 1806)…56
フェノロサ, アーネスト Fenollosa, Ernest Francisco (1853-1908)『美術真説』(1882)…170
フォークナー, ウィリアム Faulkner, William Cuthbert (1897-1962)…76
フォルケルト, ヨハネス Volkelt, Johannes Immanuel (1848-1930);『美学上の時事問題』(*Asthetisce Zeitfrangen*, 1895)…190
『仏説阿弥陀経』…25
『無量寿経』むりょうじゅきょう 大無量寿経(1世紀頃)…25
プラトン Plato (BC427-BC347)…117, 246
ブランデス, ゲーオア Brandes, Georg Morris Cohen (1842-1927);『一九世紀文学主潮』(*Hovedstrømninger i det 19 de Aarhundredes Lieteratur*, 1872-90)…115
プルースト, マルセル Proust, Marcel (1871-1922);『失われた時を求めて』(*Á la recherche du temps perdu*, 1913-27)…48, 76, 81, 223
ブレイク, ウィリアム Blake, William (1757-1827)…170
ブレヒト, ベルトルト Brecht, Bertolt (1898-1956)…174
フレイザー, ジェームズ・ジョージ Frazer, James George (1854-1941);『金枝篇』(*The Golden Bough*, 1890-)…65, 249
フローベール, ギュスタフ Flaubert, Gustave (1821-80);『ボヴァリー夫人』(*Madame Bovary*, 1856)…79, 115
フロイト, ジークムント Freud, Sigmund (1856-1939)…78
ペイター, ウォルター・ホレイシオ Pater, Walter Horatio (1839-94)…78-
『ルネサンスの歴史研究』(*Studies in the History of the Renaissance*, 1873, *The Renaissance: Studies in Art and Poetry*, 1893)…79
『エピクロスの徒・マリウス』(*Marius the Epicurean: His Sensations and Ideas*, 1885)…95
ヘーゲル, ゲオルク・ウィルヘルム・フリードリヒ Hegel, Georg Wilhelm Friedrich (1770-1831);『美学講義』(*Vorlesungen über die Ästhetik*, 1835, 1931)…69, 170
ヘッケル, エルンスト Haeckel, Ernst Heinrich (1834-1919);『生命の不可思議』(*Die Lebenswunder*, 1904)…82
ペリ, ノエル Peri, Noël (1865-1922);「特殊なる原始的戯曲」(1913)…173
ペリオ, ポール Pelliot, Paul (1878-1945)…106
ベルクソン, アンリ Bergson, Henri (1859-1941);『物質と記憶』(*Matière et mémoire*, 1896)…202
『法華経』ほけきょう(BC1世紀頃?)…39, 90, 220, 231
穆王 ボクおう (? - BC614) 周の第五代王

『ユリシーズ』（*Ulyysses*, 1922）…215
蔣介石 しょうかいせき（1887-1975）…51
『称讃浄土仏摂受経』しょうさんじょうどぶっしょうじゅきょう →『阿弥陀経』
スウェーデンボルク, エマヌエル Swedenborg, Emanuel（1688-1772）;『天界と地獄』（*Heaven and Hell*, 1758）…189
スタイン, オーレル Stein, Marc Aurel（1862-1943）…106
スペンサー, ハーバート Spencer, Herbert（1820-1903）…82-
『聖書』（キリスト教）せいしょ *the Bible* …108, 110, 159, 185
『千載和歌集』せんざいわかしゅう（平安時代末）…179
善導 ぜんどう（八世紀）;『観無量寿経疏』…25
ソクラテス Socrates（BC470/469-399）…55, 115
ゾラ, エミール Zola, Émile（1840-1902）;「実験小説」（*Le Roman experimental*, 1880）…115, 190

〔タ行〕
タゴール, ラビンドラナス Tagore, Rabindranath（1861-1941）;『ギータンジャリ』（*Gitanjali*, 1909）…87, 171
ダーウィン, チャールズ Darwin, Charles Robert（1809-82）…83
チェンバレン, バジル・ホール Chamberlain, Basil Hall（1850-1935）…229
テイラー, チャールズ Taylor, Charles Margrave（1931- ）;『自我の源泉—近代的アイデンティティの形成』（*Philosophical Papers vol.2: Sources of the Self: the Making of the Modern Identity*, 1989 …86
デュルケイム, エミール Émile, Durkheim（1858-1917）…78
ドストエフスキー, フョードル・ミハイロヴィチ（Достое́вский, Фёдор Михайлович;, 1821-81）…115, 194
トルストイ, レフ Tolstoy, Lev Nikolaevich（1828-1910）…116-, 194
『人生論』（*On life*, 1887）…117, 158
『要約福音書』（*Краткое изложение Евангелия*, 1881）…116
『我懺悔』（*A Confession*, 1879-81）…158
『我宗教』（*В уем моя вера*, 1884）…158

〔ナ行〕
ニーチェ, フリードリヒ・ウィルヘルム Nietzsche, Friedrich Wilhelm（1844-1900）…110, 114-, 189, 201-
ネクラーソフ, ニコライ・アレクセーヴィチ Некрасов, Николай Алексеевич（1821-78）…242-
ネルヴァル, ジェラール・ド Nerval, Gérard de（1808-55）;『オーレリア（夢と人生）』（*Aurélia ou le rêve et la vie*, 1855）…195
ノワイユ夫人 ノワイユ, アンナ・ド Noailles, La comtesse Anna-Élisabeth de（1876-1933）…43-

〔ハ行〕
ハーディー, トマス Hardy, Thomas（1840-1928）;『ダーバヴィル家のテス』（*Tess of the d' Urbervilles*, 1891）…87
ハイネ, ハインリヒ Heine, Christian Johann Heinrich（1797–1856）;『流刑の神々』*Les Dieux en Exil*（1853）…46-
ハウプトマン, ゲルハルト Hauptmann, Gerhart（1862-1946）;『沈鐘』（*Die versunkene Glocke*, 1896）…115
パウンド, エズラ Pound, Ezra Weston Loomis（1885-1972）…174

Life and Opinions of Herr Teufelsdrockh, 1831)…171
カント, インマニュエル Kant, Immanuel (1724-1804)…114-
『判断力批判』(*Kritik der Urteilskraft* , 1790)…171
『観無量寿経』かんむりょうじゅきょう(1世紀頃)…25, 218
観音菩薩 かんのんぼさつ 観自在菩薩…8, 12, 26, 96, 130, 219
『旧約聖書』(*Old Testament*)…108, 110, 185
キリスト, イエス Christ, Jesus (BC 6 ~ 4-ca.30)…55-, 90, 103, 105-, 108-, 116, 216
キェルケゴール, セーレン・オービエ Kierkegaard, Søren Aabye (1813-55) …246
鳩摩羅什 くまらじゅう (344 -413)…25
クラフト-エビング,リヒャルト・フォン Krafft-Ebing, Richard Freiherr von (1840-1902);『性の精神病理学』(*Psychopathia Sexualis*, 1886), 吉山順吉訳『色情狂編』(法医学会, 1894)黒沢良吉訳『変態性欲心理』(大日本文明会, 1913)…162
クローデル, ポール Claudel, Paul (1868-1955)…82
ゲーテ, ヨハン・ヴォルフガング・フォン Goethe, Johann Wolfgang von (1749-1832)…166
『西東詩集』*West-östlicher Divan* (1819)…44
ケーラス, ポール Carus, Paul (1852-1919); 編『仏陀の福音』(1894)…107, 185
玄奘 げんじょう (602-664)…25
『コーラン』 Al Qur'an アル・クルアーン (7世紀)…44
孔子 コウ・シ Kŏng-zĭ (BC552/551-BC479)…55, 114-
『論語』…85, 174
コクトー, ジャン Cocteau, Jean (1889-1963)…48
ゴル, イヴァン Goll, Yvan (1891-1950)…228
ゴルドン, エリザベス Gordon, Elizabeth Anna (1851-1925)…105-, 108
コンラッド, ジョセフ Conrad, Joseph (1857-1924)…87

〔サ行〕

サルトル, ジャン-ポール Sartre, Jean-Paul (1905-80);『実存主義とは何か』(*L'Existentialisme est un humanism*, 1946)…246
ジェイムズ, ウィリアム James, William (1842-1910);『信ずる意志』(*The will to believe, 1897*)…110
シモンズ, アーサー Symons, Arthur (1865-1945);『文芸における象徴主義運動』(*The Symbolist Movement in Literature*, 1899)…170
釈迦 シャカ Gotama Siddhattha (BC463-BC383/BC565-BC485) …25, 55, 96, 107, 109, 115-, 236
シュミット, アルベール-マリ Schmidt. Albert Marie (1901-1966);『象徴主義の文芸』(*La Littérature symboliste, collection « Que Sais-Je ? »*, PUF, 1942…172
シュライアーマハー, フリードリヒ・ダニエル・エルンスト Schleiermacher, Friedrich Daniel Ernst (1768-1834);『キリスト教信仰』(*Der christriche Glaube nach den Grundsätzen der Evangelischen Kirche*, 1821-22)…56
ジョイス, ジェイムズ Joyce, James (1882-1941)…78, 86-, 215
『ダブリン市民たち』(*Dubliners*, 1915)…86

『遠やまひこ』(1947)…48
「なかま誉めをせぬ証拠に」(1921)…203
「西山の善峯寺」短歌(『海やまのあひだ』)…157
「日本古代の国民思想」(1935)…241
「日本文学の発生―序説」(1937-38)…30
「日本文学発想法の一面―誹諧文学と隠者文学と」(1935)…93,155
「ねくらそふの現実」(1949)…242-
「妣が国へ・常世へ―異郷意識の起伏」(1917)…50, 81, 103, 223
「花の話」(1928)…66
『春のことぶれ』歌集(1930)…29, 59, 118, 147, 164, 210-
「髯籠の話」(1915)…185-, 222
「平田国学の伝統」(1942)…67
「文学を愛づる心」(1946)…194, 244
「文芸時評」(『日刊 不二新聞』1914)…32-, 126, 161, 192, 194
「ほうとする話」(1927)…140
「牧水詠歌」(1951)…199
「水の女」(1927-28)… 101
「民族教より人類教へ」(1947)…248
「茂吉への返事」(1916)…147
「やまと恋」詩(1946)…77
『倭をぐな』詩集(1955)…71, 216
「山越しの阿弥陀像の画因」(1944)…8, 14, 22-, 26-, 35, 70, 85-, 90-, 94-, 104-, 130-, 174, 216-, 220, 223- , 239
「山の音を聴きながら」(1936)…184
「零時日記」…6, 108, 110-, 116-, 127, 136, 160, 195
「和歌批判の範疇」(1909)…175-, 180
「若山牧水論　盲動」(1914)…199

■外国人名・著書名(原綴)
(神話・伝説上の人物を含む)

〔ア行〕

愛新覚羅溥儀 あいしんかくら・ふぎ, アイシンギョロ・プーイー(1906-67)…51
アウン・サン Aung San(1915-47)…50
阿闍世 アジャセ(BC5世紀頃)…25
『阿弥陀経』あみだきょう『称讃浄土仏摂受経』…22, 24, 218
阿弥陀仏 アミダブツ…7-, 22, 25-, 74-, 90-, 96, 103, 109, 111, 130, 216, 221, 233, 236, 239-
イェーツ, ウィリアム・バトラー Yeats, William Butler(1865 - 1939)…87, 174
韋提希夫人 イダイケふじん…25, 27
イプセン, ヘンリク Ibsen, Henrik(1828-1906);『人形の家』(*Et dukkehjem*, 1879)…115, 244
『野鴨』(*Vildanden*, 1884)…115
ヴァーグナー, ヴィルヘルム・リヒャルト Wagner, Wilhelm Richard(1813-83)…170
ヴェルレーヌ, ポール-マリー Paul-Marie Verlaine(1844-96);「詩法」(Art poétique, 1885)…167-
ヴェロン, ウージェーヌ Véron, Eugène(1825-1889);「美学」(*L'Esthétique,* 1878)…170
エジプトの『死者の書』(*Ägyptisches Totenbuch*)…23, 104, 195
エマーソン, ラルフ・ウォルド Emerson, Ralph Waldo(1803-82)…189
王国維 おう・こくい(1877-1927);『人間詞話』(1908)…180-

〔カ行〕

カーライル, トマス Tomas Carlyle(1795-1881);『衣装哲学』(*Sartor Resartus; The*

人名・書名索引

■釈迢空・折口信夫の著作

「飛鳥の村」詩(1944)…241
『天地に宣る』歌集(1942)…48-
「異郷意識の進展」(1916)…82
「岩野泡鳴氏(創作家として)」推讃(1914)…156-, 187, 192-
「伊庭孝氏(俳優として)」推讃(1914)…161
「歌の円寂する時」(1926)…64, 142,199-, 203, 206-
「歌の円寂する時　続篇」(1927)…206
「羽沢の家」歌群(1925)…211
『海やまのあひだ』歌集(1925)…154, 157, 161, 205, 211
「大阪」短歌二首(1920)…153
「翁の発生」(1928)…174
「幼き春」詩(1937)…135, 141
「おほやまもり」詩(1922)…193
「解説」 堀辰雄『かげろふの日記・曠野』(1951)…63, 77
「木津鷗町」短歌(1929)…147
「『桐の花』追ひ書き」(1948)…214
「近代小説文体論序」(1946) …77, 94
『近代悲傷集』詩集(1952)…77, 141
『言語情調論』卒業論文(1910)…175, 182, 185
『現代襤褸集』詩集(1956)…63, 211
「好悪の論」(1917)…149
「国語国字を語る」(1936)…30
「国文学の発生(第一稿)」(1924)…80
「国文学の発生(第三稿)」(1927)…50
「国文学の発生(第四稿)―唱道的方面を中心として」(1927)…101
『古代感愛集』詩集(1947)…47, 74, 139, 193, 241
『古代研究』三冊…9-, 64
『古代研究(国文学篇)』(1929)…64, 71
『古代研究(民俗学篇1)』(1928)…64, 146
『古代研究(民俗学篇2)』(1929)〔追ひ書き〕…64-, 70, 142, 144, 146, 175, 185, 223
「古代人の思考の基礎」(1929-30)…56, 66, 101-, 186, 246
「古代生活に於ける惟神の真意義」(1930)…55
「古代生活の研究―常世の国」(1925)…67, 84,196
「乞丐相」詩(1946)…139
「詩歴一通」(1947)…214
「『西観唐記』逸文」小説草稿中…106, 227
「『細雪』の女」(1949)…150, 243
「『佐藤春夫全詩集』のために」(1953)…212
「三郷巷談」(1913-14)…133, 140, 161
「自歌自註」(1954)…12, 85, 157
「詩語としての日本語」(1945)…165, 174
「自撰年譜」(1930, 37)…128, 137, 140, 145, 163
「招魂の御儀を拝して」(1943)…58-
「逍遥から見た鷗外」(1948)…63
「贖罪」詩(1947)…141
「叙事詩の発生」(1926)…208
「新刊紹介」(1917)…186
「神道宗教化の意義」(1946)…246-
「神道の新しい方向」(1949)…247
「神道の友人よ」(1947)…247
「身毒丸」小説(1917)…12-, 89, 244
「『水源地帯』俯瞰」(1933)…213
「砂けぶり」詩(1924)…211
「たなばたと盆祭りと」(1930)…98
「短歌本質成立の時代–万葉集以降の歌風の見わたし」(1926)…11, 166, 209
「天子非即神論」(1947)…247
「弔辞」詩(1953)…62
「遠野物語」詩(1939)…47, 74

【著者略歴】
鈴木貞美（すずき・さだみ）
1947年生まれ。東京大学文学部仏文科卒。学術博士。人間文化研究機構／国際日本文化研究センター名誉教授。総合研究大学院大学文化科学研究科名誉教授。主著に『「近代の超克」――その戦前・戦中・戦後』2015、『「日本文学」の成立』2009、『生命観の探究―重層する危機のなかで』2007、『梶井基次郎の世界』2001、『日本の「文学」概念』1998、以上作品社。一般向けの著書に『入門日本近現代文芸史』平凡社新書2013、『自由の壁』集英社新書2009、『日本人の生命観―神、恋、倫理』中公新書2008、『日本の文化ナショナリズム』平凡社新書2005、ほか編著書多数。

『死者の書』の謎――折口信夫とその時代

2017年　10月25日　第1刷印刷
2017年　10月30日　第1刷発行

著　者　鈴木貞美
発行者　和田　肇
発行所　株式会社 作品社
〒102-0072 東京都千代田区飯田橋 2-7-4
電　話　03-3262-9753
ＦＡＸ　03-3262-9757
http://www.sakuhinsha.com
振　替　00160-3-27183

装　丁　小川惟久
本文組版　米山雄基
印刷・製本　シナノ印刷㈱

落・乱丁本はお取替えいたします。
定価はカバーに表示してあります。

ISBN978-4-86182-658-0 C0095